本书受到"第四十六批中国博士后科学基金"（项目编号：20090461129）和"江苏高校优势学科建设工程项目"资金（优势学科代码：20110101）的资助

青年学术丛书·文化

YOUTH ACADEMIC SERIES-CULTURE

建造心灵的方舟

——论别雷的《彼得堡》

管海莹 著

人民出版社

真正严肃的就是我对俄罗斯的爱,对俄罗斯人民的爱,它是我心灵之唯一完整的音符。

——[俄]别雷

彼得堡将要沉没,如同大西洲;《彼得堡》显露出来,如同永恒的诗歌世界。

——[美]安许茨

序　言

汪介之

　　管海莹博士的这部专著,论及 20 世纪俄罗斯文学史上的一位独特的作家安德烈·别雷。对于我国广大读者而言,这位作家的名字或许是相对陌生的,虽然早在 20 世纪第二个十年中,他就已经写出了作为欧美现代主义文学奠基作之一的长篇小说《彼得堡》,那也是卡夫卡的《审判》和《变形记》、詹姆斯·乔伊斯的《一个青年艺术家的画像》和《尤利西斯》、弗吉尼亚·伍尔夫的《雅各的房间》和《达洛维夫人》等作品先后问世或尚在酝酿之中的时期。不过,别雷的文学命运却远不如他的国外同行,虽然在俄罗斯文学的白银时代(1890—1917)他曾显赫一时,但是随着这个文学时代的终结,他的名字和作品便一起渐渐淡出读者的视野。直到作家去世半个世纪以后,他的作品才开始回归,并从那时起逐步为新一代读者所知晓。

　　安德烈·别雷(1880—1934)原名鲍里斯·尼古拉耶维奇·布加耶夫,生于莫斯科的一个书香之家,其父为莫斯科大学教授。他在文化和学术氛围浓厚的环境中长大,中学时代即结识近邻、在现代俄国文化史上卓有影响的索洛维约夫一家。1899—1903 年在莫斯科大学物理—数学系学习,1904—1905 年转至历史—语文系就读,其间广泛阅读弗·索洛维

1

约夫、叔本华、尼采和费特、陀思妥耶夫斯基、易卜生等人的著作,并深受其影响。1900 年别雷完成《交响曲》四部曲的第一部《北方交响曲》,1902年发表论文《艺术的形式》,由此开始理论批评与艺术创作两个方面的探求,两方面均不断有成果问世,并日益成为象征主义文学运动中有影响的人物。1905—1906 年间,他的理论兴趣中心由索洛维约夫和尼采转向康德和新康德主义。1909 年别雷组建后来成为"年轻一代"象征派中心的"缪萨革忒斯"出版社,进入理论著述最为集中的时期。1912 年他在德国结识著名哲学家施泰纳,深受其"人智学"理论的影响。十月革命后既参加过"自由哲学协会"的活动,也曾被卷入"无产阶级文化派"的时潮之中。1921 年赴柏林,与高尔基、霍达谢维奇等一起创办《交谈》杂志,1923年秋回国,继续创作与理论研究,直至 1934 年去世。

作为诗人和小说家,别雷的大量诗歌和小说创作,从一个方面显示了俄国象征主义文学的丰饶实绩。作为文学理论家和批评家,他则以一系列论文和专题学术专著,对"作为一种世界观的象征主义"作了系统的理论阐述,其中的"理论三部曲"《象征主义》、《绿草地》和《阿拉伯图案》更被称为俄国象征主义的"圣书"。在晚年,他还写有三卷本回忆录《两世纪之交》、《世纪的开端》和《两次革命之间》,给白银时代文学生活以艺术总结。因此,别雷不仅是俄国象征主义文学的集大成者,而且当之无愧地成为俄国整个现代主义文学运动的杰出代表之一。

在别雷步入俄罗斯文学之林的白银时代,象征主义是最先出现的一种文学新思潮,也是最有成就和影响的文学新流派。它除了具有西方象征主义文学的一般特点外,还强调艺术的宗教底蕴,认为艺术具有改造尘世生活的作用,赋予"象征"性形象以多义性;另外,与西方象征主义的成就集中在诗歌方面有所不同,俄国象征主义在小说、戏剧领域也同样颇有建树。别雷的长篇小说《彼得堡》(1916),正是俄国象征主义小说的代表性成果。管海莹博士的这本书,就是在细读《彼得堡》文本的基础上,联系白银时代的俄罗斯思想和文学潮流及别雷的整个创作道路,对这部长篇作品进行深入研究的一项成果。

　　《彼得堡》写的是 1905 年发生在俄罗斯帝国都城彼得堡的事。小说主人公之一、贵族参政员阿波罗·阿勃列乌霍夫，是"一个重要机构"的首脑，他的妻子安娜因丈夫的冷漠无情而出走了。他们的儿子、大学生尼古拉则讨厌父亲，不满现实，曾许诺要帮助某个"轻率政党"。尼古拉的同学、平民知识分子杜德金受恐怖组织委托，把一个装有定时炸弹的罐头盒交给尼古拉保管。尼古拉因爱情纠葛，前不久受到沙龙女主人索菲娅的嘲笑，决定实施报复，于是戴上假面具进入其父与索菲娅均到场的舞厅。他在舞会上收到了一封信，信中催促他用定时炸弹炸死父亲，但他犹豫不决。同时，阿波罗也被告知日内将有人加害于他，凶手即他的儿子。由于炸弹未爆炸，又有谣言传出，说尼古拉是政府派出的密探。其实，所有这一切都是真正的密探利潘钦科干的，其用意是制造混乱，破坏革命。杜德金得知这一真相后，气愤至极，杀死了利潘钦科。尼古拉回家后，打算把那个装有定时炸弹的罐头盒子找出来，立即扔到涅瓦河中去，但没想到父亲已无意中把它拿到自己房间内。此时，出走的母亲安娜也回到家中。当一家三人重归于好、晚餐后就寝时，炸弹爆炸了，但幸好三人均未受伤。阿波罗从此退休，与安娜一起避居乡间，尼古拉则出国疗养。若干年后他回国时，父母均已去世，他本人也渐渐变成一位白发老者。

　　管海莹的专著，集中探讨的是《彼得堡》在艺术形式上的创新性。作为象征主义小说，这部作品的内容是以一种新颖奇特的形式表现出来的。作品中的人物不过是一种"想象的形式"，地点与时间不过是一种"象征"，整部小说其实是一种"下意识生活"的记录。首先，故事发生地点彼得堡就是一种象征。它是俄罗斯帝国的象征，东方和西方"两个敌对世界的交接点"的象征，它的历史也象征着彼得大帝以来俄罗斯的历史。其次，作品中的主要人物都有一定的象征意义，如阿波罗·阿勃列乌霍夫象征着那种把东方的守旧和西方的虚伪结合在一起的官僚，乃至整个矛盾重重的俄罗斯国家机器；尼古拉、杜德金、利潘钦科等形象，也各有其特定的象征性,或象征着某种普遍的社会现象,或暗示出某种历史过程的后果。另外,小说中的许多场面、事件和细节,也同样具有象征性,如作品临近结束时阿勃列乌霍夫家中定时炸弹爆炸的一声巨响,便象征着正在来临的世界性的灾难和危机。这一切使得整部小说获得了一种宽泛的象征意义。

管海莹还注意到,与传统小说不同的是,《彼得堡》中还充满着人物直觉、下意识活动的呈现与自由联想,别雷的叙述有时也具有非理性、非逻辑性的特点,接近于意识流小说。作家似乎还有意强调其笔下人物的无力、无助乃至"傀偶性",他们的行为往往是微不足道的,荒谬的,其活动常以失败告终;他们的言语则口齿不清,甚至只是一种"手势言语",与作家考究的讽刺性叙述语言形成鲜明的反差。小说对上层官僚统治集团、首都自由主义知识分子和革命示威游行的场面,都作了一种讽刺性的描画,在把生活现象漫画化的处理中强调这种生活的"幻觉性",而悲剧性的冲突也就在漫画般的场景和近似闹剧的形式中表现出来。凡此种种,都表明作品艺术风格的多样性。

如果说,作为文学理论家、批评家的别雷既显示出在宗教—哲学体系中探索艺术真谛的取向,又怀抱着由艺术活动改变人的精神、改造现实的理想;那么,作为小说家的别雷,同样没有在艺术形式试验和语言革新的框架内限制自己的活跃思维。管海莹的这本著作令人信服地揭示出:在《彼得堡》打破惯常时空顺序的、时断时续的叙述中,涵盖着作家关于俄罗斯独特的历史命运的深邃思考。在别雷看来,彼得大帝创建彼得堡这座城市,成为俄罗斯历史进程中遭遇一种"劫运"的起点。彼得机械地接受了西方的原则和方法,却不能在东方和西方的融合中建立一种新的统一和谐,造成了俄罗斯无法克服的悲剧,这对于俄罗斯来说,无异于完成了一次历史性的奸细勾当。于是,西方的唯理主义、实证主义和东方的因循守旧、破坏性的本能发生碰撞,演化成一种神秘的危害力量,它影响着《彼得堡》中的所有主要人物。阿勃列乌霍夫这个官僚是把所谓"西方原则"引向荒谬地步的人物。他遵循的是平面几何学、合目的性和公文,把一切都纳入"律令与法规"之中,但是在他身上所流的却是"蒙古人的血"。这一形象是俄国上层统治官僚的讽刺性写照。利潘钦科既是官僚统治集团豢养的走狗,又是名副其实的暗探、奸细。作品中的众多人物,都是由彼得堡这座城市象征性体现出来的俄罗斯历史劫运的牺牲品。他们的命运,标志出从彼得时代到1905年革命这一漫长历史过程的结果,而这一漫长的历史过程本身,不过是某些现象的永无止境的悲剧性重复。小说多方面地显示出俄罗斯文化的双重性、矛盾性:一方面是官僚主义的幽灵,机械的事务主义,生活的虚伪性,另一方面是虚无主义、野性本能和恐怖主义。然而,别雷又从一个特殊的角度肯定了1905年革命,即认为它标志着彼得一世以来俄罗斯荒谬历史的终结,而其后俄罗斯不可避免的"劫运"将是它对于历史的启示录式的飞跃。如此看来,别雷的艺术形式创新,从来不是为了形式本身,而是在探索并创造了一种"有意味的形式"。

　　然而,别雷作品的艺术形式特别是他的语言试验,有时确实让人望而生畏。就像人智学、宗教神学和神秘主义的影响,不免在他的理论批评文字中留下某些繁冗、晦涩的痕迹一样,他的小说《彼得堡》,正如一位俄罗斯学者当面对管海莹(为了写这本书,她曾两次去彼得堡访问)所说,是一颗"难啃的酸苹果"。难能可贵的是,管海莹没有因为这颗苹果的"酸"和"难啃"而轻易丢弃它,而是以一种敢于直面难题的学术勇气,下决心把它啃干净。这样,我们才得以在本书第五章中看到关于《彼得堡》的形式和语言的新奇、奥妙和独特蕴涵的细致解读。毋庸讳言,正是由于包括《彼得堡》在内的别雷全部创作的形式创新,管海莹博士的这部专著并不能穷尽对它的阐释,其中的疏漏之处在所难免,然而"诗无达诂",作者已完成的工作不仅成为她以往研读别雷的一种总结,也将为作者自己和后来的同类研究提供铺垫与启示。

2011 年秋于南京

目 录
contents

导　　论

　　20 世纪俄罗斯著名作家安德烈·别雷（Андрей Белый，1880—1934）
是难解的，他分裂的个性、悲剧性的命运、试验性的文体，使他的创作有如
斯芬克司之谜一样显得扑朔迷离。从他的一生看，他是弗·索洛维约夫
的追随者，施泰纳人智学说的积极宣传者，象征主义的理论大家，反对暴
力的托尔斯泰主义者；小说《交响曲》、《彼得堡》、《银鸽》和回忆录三部
曲的作者，学术著作《果戈理的技巧》和难以读懂的理论巨著《象征主义》
的著者，作诗法的奠基人和在内容与形式上均不同凡响的系列抒情诗作
的撰写人①。别雷似乎就是斯拉夫的浮士德，生命不息，探索不止。然
而，值得指出的是，在他那似乎永不疲倦的找寻生命支点的旅程之中，唯
一执著不变的是他对人的心灵本质价值的信念。别雷曾说过："真正严
肃的就是我对俄罗斯的爱，对俄罗斯人民的爱，它是我心灵之唯一完整的
音符。"②别雷艺术的终极目的是重铸罗斯性灵，因为他相信建造起人类
心灵的方舟就能使人接近永恒。站在新时代的门槛上，别雷肩负起 19 世
纪俄国文学传统所孕育出的文学使命感继续前行。

---

① *Долгополов. Л. К. Начало знакомства.//Составители: Лесневский Ст. , Михайлов Ал.*
　　Андрей Белый. Проблемы творчества. М. ,1988. С. 3.
② *Пискунов В. М. сост.* Воспоминания об Андрее Белом. М. ,1995. С. 1.

1

为了适应新现实的要求,别雷超越 19 世纪俄国传统文学的形式,发展了属于 20 世纪的文学。别雷的早期四部《交响曲》的发表标志着俄国古典小说的终结,而他的长篇代表作《彼得堡》的影响更深、更远,为别雷在俄国文学史上树起了一块丰碑。这是一种全新的小说模式,在题材、结构、语言、叙事技巧等小说形式范畴方面完成了长篇小说写作范式上的一次革命。因此,巴赫金视别雷为所有俄罗斯小说家的"导师"。著名诗人纳罗夫恰托夫认为,别雷是"本世纪前几十年俄罗斯知识界最有意思的人物之一。离开他的名字就不可能认识那个时代俄罗斯的文艺思想。"①所以,在俄罗斯文学史上,别雷不仅是俄国象征主义文学的集大成者,他更是以俄罗斯现代主义小说奠基人的身份进入文学史的。他的文体新颖独特,其影响远远超越了象征主义流派的范畴。

在别雷去世后的第二天,诺贝尔文学奖获得者、著名作家帕斯捷尔纳克就在《消息报》上发表和皮里尼亚克、萨尼科夫等共同签名的悼词缅怀别雷,悼词中称:"安得烈·别雷的创作不仅是对俄国文学,也是对世界文学的天才贡献……与马歇尔·普鲁斯特采用的回忆个人的感觉世界的方法相类似,别雷做得更全面、更完善。对于现代欧洲文学来说,詹姆斯·乔伊斯是手法的高峰。应该记得詹姆斯·乔伊斯是安得烈·别雷的学生。作为象征主义流派的代表人物进入俄罗斯文学,别雷比这一流派的所有的老一辈,如勃留索夫、梅列日科夫斯基、索洛古勃等创造出的都更多。他超越了自己的流派,并给予所有后来俄国文学流派以决定性的影响。我们,在别雷去世后写下这段文字的作者们,认为自己是他的学生。"②帕斯捷尔纳克等人准确定位了别雷在 20 世纪俄罗斯文学中的地位。

---

① *Наровчатов Сергей. Слово об Андрее Белом. // Составители: Лесневский Ст. , Михайлов Ал. Андрей Белый. Проблемы творчества.* М. , 1988. С. 6.

② Известия, 1934 г, января.

一、俄罗斯学界的别雷研究与《彼得堡》研究

　　别雷一生著述颇丰。作为诗人，别雷的主要成果有诗文集《碧空之金》(1904)、诗集《灰烬》(1910)、诗集《骨灰盒》(1909)、长诗《基督复活》(1918)、诗集《星星》(1919)、长诗《第一次相遇》(1921)等等；作为小说家，别雷创作了四部《交响曲》(1902—1908)，《银鸽》(1910)、《彼得堡》(1916)、《柯季克·列塔耶夫》(1922)、《莫斯科》(1926)、《面具》(1932)等等；作为文学理论和批评家，别雷先后出版了理论三部曲论文集《象征主义》(1910)、《绿草地》(1910)、《阿拉伯图案》(1911)和《创作悲剧——陀思妥耶夫斯基和托尔斯泰》(1911)、《革命与文化》(1917)、《亚伦之杖（论诗歌语言）》(1917)、《作为辩证法的旋律和〈铜骑士〉》(1929)、《果戈理的技巧》(1934)等专题学术著作。

　　别雷丰厚的文学创作和理论著述是俄国文学史和批评史上的重要现象。在20世纪初别雷已经像一颗高高在上的星星，闪烁在俄国文学的星空中了。与别雷同时代的许多作家、诗人、评论家或思想家都对其进行过评论：从现实主义作家高尔基到老一代象征主义者勃留索夫、吉皮乌斯，年轻一代象征主义者中的重要理论家维·伊万诺夫、大诗人勃洛克、埃利斯，以及阿克梅派的诗人曼德尔什塔姆；从白银时代的职业文学批评家尤里·艾亨瓦尔德、伊凡诺夫-拉祖姆尼克到宗教哲学家别尔嘉耶夫、舍斯托夫、谢·布尔加科夫等。但是他们的观点和结论远不是一致的，可以说见仁见智、众说纷纭。

　　为了方便研究，我们把俄国的别雷创作评论史按时间顺序大致分为三个时期：1. 白银时代作家、评论家的评论；2. 十月革命后，国外侨民文学评论家的评论和苏联国内的评论；3. "解冻"之后，特别是20世纪80年代之后的文学评论。

　　总的说来，别雷作品的命运就和他本人的命运一样曲折。他最早的

四部《交响曲》问世之初,就引起评论界的误解和嘲笑,但却得到了象征主义圈内朋友的高度赞扬。在别雷的第一部诗文集《碧空之金》出版之时,老一代象征主义代表人物勃留索夫的评价是:"在这部诗集里,卓越的艺术成就、无与伦比的形象世界与少年的经验缺乏、技巧不足混合在一起。"①别雷的小说《银鸽》则由于其中提出的某些问题过于特殊而被认为不适于大量发行②。别雷的长篇代表作《彼得堡》就连出版也是几经周折。别雷后来在回忆录中忆及当时的情况。小说最初是《俄罗斯思想》杂志社预定的。但当别雷将小说的第一部分手稿交给杂志社的时候,《俄罗斯思想》的主编司徒卢威却严厉地拒绝了他,而作为杂志的文学艺术部主任的勃留索夫也不支持别雷。之后,别雷将小说卖给了雅罗斯拉夫尔城的出版商涅克拉索夫,但事情也不顺利。1914年《彼得堡》出现在"美人鸟"出版社。该杂志正计划出版象征主义专集。文学评论家伊凡诺夫-拉祖姆尼克当时正担任该出版社编辑,是他促成了《彼得堡》的最终出版。《彼得堡》分三册印刷,然后在1916年出版了单行本,1922年在柏林重印缩略本③。

　　小说出版后,维·伊万诺夫认为它"内容丰富而深刻的题名"具有"极大的分量";高尔基也给予了相当高的评价,称"别雷是具有非常细腻精致的文化教养的人,是写特殊题材的作家,有自己独特的精神世界",但却认为"这部小说,不是用俄语写出来的",作品的语言给人的感觉好像是犯了"不能容忍的舞蹈病"④。作为别雷的志同道合者,勃洛克认为

① *Долгополов. Л. К. Начало знакомства.//Составители:Лесневский Ст., Михайлов Ал.* Андрей Белый. Проблемы творчества. М.,1988. С. 33.

② *Долгополов. Л. К. Начало знакомства.//Составители:Лесневский Ст., Михайлов Ал.* Андрей Белый. Проблемы творчества. М.,1988. С. 33.

③ Цит. по:*Белый А.* Между двух революций. М.,1990. С.437 – 440.

④ *Крюкова Алиса. М.* Горький и Андрей Белый: Из истории творческих отношений.// *Составители:Лесневский Ст., Михайлов Ал.* Андрей Белый. Проблемы творчества. М., 1988. С. 288 – 289.

作品是"杂乱无章的,但具有天才的印记"①。

在同时代人中,文学评论家伊凡诺夫-拉祖姆尼克是最早系统研究别雷的创作及其演变的批评家之一。《彼得堡》出版后,伊万诺夫-拉祖姆尼克认为这是一个"意义重大的文学现象"。他为谢·阿·文格罗夫主编的多卷本《20世纪俄国文学》(1916)撰写了《安德烈·别雷》专章。他的《东方还是西方?》(1916)一文则较早对别雷的《彼得堡》作出了有创见的分析,阐发了这部长篇小说中隐含的对于俄罗斯的独特民族传统、文化特性与历史命运的思考。他把别雷称为"20世纪最伟大的作家之一"②。

宗教哲学家别尔嘉耶夫也十分钟情这位年轻一代的象征主义代表人物,专门撰写长篇论文《长篇小说之星》评价别雷的代表作《彼得堡》。作者从作品富含的宗教哲理意蕴指出其对于俄罗斯意识、俄罗斯思想潮流史具有重要意义。他认为别雷"以新的方式使文学回归俄罗斯文学的伟大主题。他的创作与俄罗斯的命运、俄罗斯心灵的命运息息相关"③。

概言之,别雷的同时代人对别雷的思想和创作,显然持有不同的评价态度:对于其思想和文体特别是语言,评论者们有褒有贬。很少有人能真正理解他,他的理论著作很少有人懂,哲学家也不视他为同道。

十月革命以后,俄罗斯文学被分为国内板块和国外板块。在国内,有关别雷的评价依然是几种声音。布尔什维克领导人之一托洛茨基在其所著《文学与革命》一书中把别雷定位为"非十月革命文学"的"国内流亡者"一类,认为在他身上,"两次革命之间(1905—1917年)情绪和内容上颓废的而在技巧上精致的个人主义的、象征主义的、神秘主义的文学得到了较为浓缩的表现",说他是"脱离生活轴心的个人主义者","他的笔名

---

① *Долгополов Л. К.* Начало знакомства. //*Составители*:*Лесневский Ст.*,*Михайлов Ал.* Андрей Белый. Проблемы творчества. М.,1988. С. 38.
② 张杰、汪介之著:《20世纪俄罗斯文学批评史》,译林出版社2000年版,第200页。
③ *Бердяев Н.* Астральный роман:размышление по поводу романа А. Белого 《Петербург》. //*Бердяев. Н.* О русских классиках. М.,1993. С.319.

本身就表明了他与革命的对立"①。托洛茨基着重指出:"通过别雷,这一文学响声最大地撞击在十月革命上。"②

但比较奇特的是,一些年轻作家——不论是"同路人"还是无产阶级作家——都受到别雷的象征主义和表现主义的影响。评论家戈尔巴切夫在1928年不得不承认:"在新经济政策开始时,俄国小说便在别雷的《彼得堡》,部分地在列米佐夫以及扎米亚京的《岛民》的指引下前进了。"③20世纪20年代活跃的批评家沃隆斯基、扎米亚京等也都曾写过关于别雷的评论文章。历史诗学批评家巴赫金也对别雷进行过专门评价。巴赫金高度赞扬了别雷在俄国文学中的意义,他说:"别雷影响着所有的人,他犹如劫数一般悬置在所有人的头顶之上,欲从这一劫数那儿走开,乃是谁也不可能的。"④

俄国侨民文学第一浪潮中著名评论家莫丘里斯基、斯洛尼姆(又译斯洛宁)、格·司徒卢威、小说作家列米佐夫都曾对别雷的作品进行过深入研究。莫丘里斯基的专著《安德烈·别雷》是在他对俄国象征主义系列研究的基础上写就的。专著在传记批评的基础上,揭示了别雷在文学史上的贡献和价值。他认为:"没有一个俄罗斯作家能像别雷一样,在词上做出如此无畏的实验。他的叙事小说在俄国历史上无与伦比。可以认为别雷的题材革命如同大灾难似的不成功,但不可否认它的巨大意义。《银鸽》和《彼得堡》的作者彻底摧毁了旧的文学语言,他把俄国小说'吊死在绞架',把句法翻了个底朝天,用他想出来的新词汇成的急流淹没了词典。"⑤

莫丘里斯基总体上较为保守地评价了别雷的诗作,但高度评价了

① [俄]托洛茨基著:《文学与革命》,刘文飞等译,外国文学出版社1992年版,第32页。
② [俄]托洛茨基著:《文学与革命》,刘文飞等译,外国文学出版社1992年版,第32页。
③ [俄]马克·斯洛宁主编:《俄罗斯苏维埃文学》,浦立民等译,上海译文出版社1983年版,第51页。
④ [俄]巴赫金著:《文本对话与人文》,白春仁等译,河北教育出版社1998年版,第477页。
⑤ Мочульский К. В. Андрей Белый. Томск,1997. С. 157.

《彼得堡》，认为这"是他所有作品中最有力和最有艺术表达力的"。但同时他也认为："这是在文学上前所未有的梦呓的记录。用极其讲究而且非常复杂的文学手法构造了一个特殊的世界——不可能的、幻想的、神奇的世界：噩梦和恐怖的世界……要理解这个世界的规则，读者必须将自己的逻辑素养抛在门外。"[1]斯洛尼姆认同了这一观点，他说："别雷（依）之重要，不在于他的思想而在于他对俄国小说的贡献。"[2]

在一些文学回忆录和作家诗人们的传记中（如弗·霍达谢维奇的《名人陵墓》、茨维塔耶娃的《被俘的灵魂》、扎伊采夫的《悠远的回忆》等），也对别雷有不同角度的评述。霍达谢维奇曾从弗洛伊德心理分析的角度极其详尽地阐述过《彼得堡》的自传性特点和文学、社会学起源。他认为，从《彼得堡》开始——别雷小说中的所有政治、哲学和日常生活的任务都退到了自传性表达的后面，本质上，它们成为复活记忆中……童年时代留下的印象。……发生在布尔加耶夫家里的"日常的大雷雨"深刻地影响了别雷的性格和他一生的生活[3]。

20 世纪 20 年代后侨居国外的哲学家斯杰蓬也曾撰文评价过别雷，他是为数不多的能够理解别雷的同时代人之一。斯杰蓬认为，别雷是带着激情孤独地奔突于时代浪潮之中的人物。他的整个创作生活都消磨在"我"字上，他仅仅描写了"意识的全景"；而他描写的全部人物，不过是他的意识全景中的"全景式形象"。但同时，"他的意识偷听到了、注意到了俄罗斯文化，……无论别雷涉及什么，他永远为之激动的其实都是同一主题——欧洲文化与欧洲生活的全面危机。他的全部公开发表的言论所反复申说的都是同一件事：关于文化的危机，关于即将到来的革命，关于燃

① *Мочульский К. В.* Андрей Белый. Томск，1997，C. 169.

② ［俄］马克·斯洛宁主编：《现代俄国文学史》，汤新楣译，人民文学出版社 2001 年版，第 203 页。

③ *Ерофеев Вик.* Споры об Андрее Белом. // *Составители：Лесневский Ст.，Михайлов Ал.* Андрей Белый. Проблемы творчества. М.，1988. C. 499.

烧的森林和在俄罗斯延伸的沟壑"①。

总的说来,十月革命后无论在国内板块还是在国外板块,关于别雷的研究论文已经有了一定的数量,其中的某些见解也相当深刻,但关于其创作的独特价值与个性特色的揭示尚不十分确切,有些评论者往往以或是赞叹或是批判的态度替代了细致而具体的分析。

进入 20 世纪 30 年代后,别雷的作品长期遭到冷落。这与当时苏联文学中"社会主义现实主义"一统天下的局面是分不开的。别雷被当做"颓废派"、"政治和艺术上反动的蒙昧主义与叛变行为的代表者"遭到公开点名批评。1935 年后,他的作品再也没有出版,直到 1954 年,历史翻开新的一页:苏联文学突破"日丹诺夫主义"的钳制,"解冻"开始。1962年,苏联国家科学出版社出的 9 卷本《简明文学百科全书》第一卷首次把别雷作为重点作家和俄国象征派的代表,作了不带"颓废"、"反动"等字眼的介绍,并称《彼得堡》是他的最高水平的代表作。1978 年,1922 年版的《彼得堡》得以重版;1981 年,未经删节的完全本再版,俄国国学大师利哈乔夫为之作序,确认了别雷的《彼得堡》的重要价值和意义。

可以说,自 20 世纪 80 年代后苏联学术界才真正翻开了别雷研究的新篇章。科学院 1983 年版《俄国文学史》第四卷(1881—1917)别雷专章中肯定了别雷是"独特小说体裁(《交响曲》)和在叙事艺术中属首创现象的小说的奠基人"②。在此前后,在 1980 年(作家诞辰 100 周年)和 1984 年(作家去世 50 周年纪念日),都举行了盛大的文学纪念活动,并且召开了别雷研究的专题学术会议。1988 年苏联作家出版社推出《安德烈·别雷:创作问题》汇集了上述会议上提交的学术论文。论文集包括三个部分:1. 作家的艺术创作道路,代表作,作家创作的主要方法研究;2. 别雷创作的诗学和美学问题以及别雷和他同时代作家的创作联系;3. 关于别雷的回忆性随

---

① 张杰、汪介之著:《20 世纪俄罗斯文学批评史》,译林出版社 2000 年版,第 348 页。

② *Главный редактор Пруцков Н. И. История русской литературы*, Т4. Л. ,1983. С. 549.

笔。这本论文集是苏联学者在别雷研究方面的第一部集体的学术著作。

　　同年,苏联别雷研究专家多尔戈波洛夫出版了别雷研究专著《安德烈·别雷及其长篇小说〈彼得堡〉》。多尔戈波洛夫认为:"没有安德烈·别雷的创新手法,就难以理解 20 世纪文学中像乔伊斯的《尤利西斯》、加缪和卡夫卡的长篇小说以及普鲁斯特的作品的一些片断等等重要文学现象的产生。"[①]论者着重考察了别雷的思想发展及代表作的主题内容等方面的问题。这是俄罗斯第一部关于《彼得堡》的研究专著。此后,俄国的"别雷学"研究专家从别雷的语言、世界观、人智学等角度不断有研究专著问世。

　　论文集方面,2002 年由"高尔基世界文学研究所"编辑的《安德烈·别雷:作品出版与研究》一书出版。该书集中了 1993 年 10 月和1994 年10 月在高尔基世界文学研究所召开的关于别雷生平和创作的学术会议上提交的论文。该论文集汇集了俄罗斯学者、美国、以色列、意大利、日本等国别雷研究专家在神学、人智学、哲学、宗教等角度的研究成果。

　　2008 年为纪念别雷诞辰 125 周年俄国出版了学术论文集《变动世界中的安德烈·别雷》,这本论文集涉及"别雷学"研究的诸多重要方面,展现了多个国家多层次、多角度的"别雷学"研究的新成果。2010 年 10 月,在莫斯科召开的"别雷学"研究大型国际学术会议上,发布了各国"别雷学"新老研究者们的最新研究成果和出版动态。可见,21 世纪以来"别雷学"研究领域成果丰硕,各国学者为之作出了自己的努力。

　　概观俄罗斯这几十年来"别雷学"的研究进展,可以看到,由 20 世纪 70—80 年代开始在俄国现代文艺学中严肃而富有成效地研究别雷的创作。历经时代变迁,别雷的创作问题始终是"别雷学"研究的中心,而研究方法则发生了很多变化。总体而言,俄国"别雷学"研究虽历史不长,却卓见成效,形成了从别雷创作活动的多层面性出发研究别雷创作的传统。

---

① Долгополов Л. К. Начало знакомства. //Составители: Лесневский Ст., Михайлов Ал. Андрей Белый. Проблемы творчества. М., 1988. С. 26.

　　吸引研究者注意的主要问题是处在俄国象征主义演变背景之下的别雷创作。有这样一些问题成为研究的热点,比如:别雷从阿尔戈勇士时期到象征主义时期的转变问题;有关别雷的创作和年轻一代象征主义者(勃洛克、维亚切伊万诺夫)以及老一代象征主义者(索洛古勃、勃留索夫、巴尔蒙特等等)之间的相关性问题;还有,别雷的创作方向与作家和文学传统之间文学联系的研究;以及,研究别雷三重身份(诗人别雷、小说家别雷和作为理论家的别雷)与其复杂的诗学构造之间关联的问题等等。因此在象征主义的历史、美学和诗学中研究别雷创作是俄国学者开创的"别雷学"主要方面。

　　别雷在西方的开掘,明显晚于20世纪20年代至30年代的那些受到他影响的作家们。在美国,《彼得堡》的第一次翻译是在1959年,直到1978年小说全译本才得以推出。小说的法文版出现在1967年。无可否认,翻译的滞后是国外别雷学研究滞后的一个重要因素。国外别雷研究的主要着眼点是小说《彼得堡》。就《彼得堡》在国外的研究状况来看,最初的研究成果很受俄国学者的影响。比如在乔治·尼瓦翻译的法文版《彼得堡》(1967)的序言中,皮埃尔·帕斯卡尔对别雷的评价就比较接近莫丘里斯基的观点。帕斯卡尔甚至将别雷评价为"伟大的神经过敏者",而他的代表作《彼得堡》被认为是"梦呓和现实的世界,它向逻辑发出了挑战"①。乔治·尼瓦在后记中则这样写道:"噩梦,逻辑上无懈可击的呓语结合在一起。"②

　　西方的别雷研究到1980年形成了某种小高潮。西方学者结成一定的组织(1981年在纽约成立了别雷协会),组织讨论会,促成书籍的翻译和出版。别雷研究由欧洲—日本—美国形成一轴线。1985年弗·亚历

---

① Долгополов Л. К. Начало знакомства. //Составители: Лесневский Ст., Михайлов Ал. Андрей Белый. Проблемы творчества. М.,1988. С. 32.

② Долгополов Л. К. Начало знакомства. //Составители: Лесневский Ст., Михайлов Ал. Андрей Белый. Проблемы творчества. М.,1988. С. 32.

山大罗夫在他的《安德烈·别雷》一书中,从当代西方文学基本流派的角度对别雷进行总体考察与评说。这本书在相当程度上可以认为是美国"别雷学"研究的总结性著作。

亚历山大罗夫将别雷归于"自觉的象征主义者",认为《彼得堡》中"充满了许多对俄国古典文学的回应,包括普希金、果戈理、托尔斯泰和陀思妥耶夫斯基的作品,别雷改变了所有这些作品,与自己的主题掺杂在一起,变成了一个文学的混合物,这个混合物在俄国和欧洲的文学中是独一无二的。"①同时,对于别雷作品的体裁问题,亚历山大罗夫提出了自己的见解。他认为,别雷"未曾找到已有的体裁来表达自己对人类命运的独特理解",这样,别雷被迫找寻新的表达方法和组织的原则,以表明自己的世界观。亚历山大罗夫还分析了法国象征主义者和别雷之间的区别。他否定了法国象征主义者对别雷的影响,他指出,别雷和法国象征主义者的最大差别在于,"别雷是形而上学者,将超越现实的现实纳入自己的作品世界"②。

值得一提的是亚历山大罗夫分析了别雷误读的原因。他认为,别雷很容易陷入各种各样(诸如社会学的、神秘主义的、诺替斯教的、人智学的、音乐学的、弗洛伊德的等等)阐释之中,主要原因在于别雷艺术作品中的中心方向不明确。别雷不像勃洛克那样,在作品每个部分都能感知到他明确的方向,而别雷的意向性时常难以捉摸。所以研究者首先将着眼点放在别雷自己的阐释中。比如,象征主义的宣言和纲领(音乐的、通灵术的方向)、个性特征(弗洛伊德学说的方向),还有关于社会形势的读解③。所有种种造成了别雷的误读。

西方"别雷学"研究的中心模式基本围绕着别雷的《彼得堡》。几乎

① Alexandrov, Vladimir E. *Andrei Bely*, *The Major Symbolist Fiction. Cambridge*, 1985, p. 100.

② См.: *Ерофеев Вик.* Споры об Андрее Белом. // *Составители: Лесневский Ст.*, *Михайлов Ал.* Андрей Белый. Проблемы творчества. М., 1988. С. 487.

③ См.: *Бибихин В. В.* Орфей безумного века. // *Составители: Лесневский Ст.*, *Михайлов Ал.* Андрей Белый. Проблемы творчества. М., 1988. С. 505 – 506.

所有的研究者都支持纳博科夫对别雷《彼得堡》的评价,同意《彼得堡》是
20世纪文学的顶峰之一,这部小说是作家的代表作。因此,有论者对研
究模式作出这样的总结:"国外研究的模式是什么?很明显,现代'别雷
学'的主要源泉在于研究小说《彼得堡》,《彼得堡》——这是一个暗
语,……在国外研究中,别雷的其他创作研究围绕着《彼得堡》,归功于
《彼得堡》。"①目前西方学者关注的中心是别雷诗学理论中的创新,具体
包括这样的一些内容,比如:别雷与俄国传统;别雷与象征主义;创作心理
学;别雷与神秘主义;别雷与乔伊斯的对比;别雷与形式主义等等。

总的来看,国外的别雷研究蒸蒸日上,并且愈来愈细化,但在不少问
题上评论界还存在很大的分歧。另外,国外学者在别雷研究中提出了各
种观点,但这些观点只有放在他的创作的广阔图景中,联系他的作品进行
具体辨析,才能看出其是否具有科学性。

二、中国学界的别雷研究

别雷在中国的接受史,要追溯到我国接受外国文学的第一个高峰
期——五四时期。五四运动以后,中国作家强烈认同俄苏文化中蕴涵着
的鲜明的民主意识、人道精神和历史使命感,开始全面介绍苏俄文化与文
学。茅盾先生在一九二一年八月十日《小说月报》第十二卷第八号发表
的《劳农俄国人的诗坛现状》一文最早提到俄国著名诗人"勃李"(Andrew
Belij)(今译别雷),并翻译了他的诗,名为《基督正上升了》中的几句:

    俄罗斯是今天的新娘,

---

① *Ерофеев Вик.* Споры об Андрее Белом. // *Составители*: Лесневский *Ст.* , Михайлов Ал.
Андрей Белый. Проблемы творчества. М. ,1988. С. 482.

接受春日的新光!

救世呀,复活呀!

一切物,一切,一切

都表示乃先此所未有。

锐声绝叫的机关车,

沿着铁道而飞驰的,

再三说,"万岁——

第三国际(共产会)万岁!"

薄雾似的雨点,

德律风的电线,

叫喊着,再三说:

"第三国际万岁!"①

此后,1929 年 8 月上海光华书店出版的《新俄诗选》中收入别雷(另有中译名柏里)的诗歌《基督起来了……》(今译《基督复活》),由李一氓、郭沫若根据英译本转译。最早对别雷创作进行点评的外国文学史著作要算瞿秋白所著《俄国文学史》(1922)。该书中写道:

白内宣(Andrey Bely)他那诗人的心灵愈觉的现实,愈觉的革命的潮势,就愈不能了解宇宙,他说是"文字之穷"——其实是前进,后退,踟蹰不决的神态,因此他的文意格外羞涩懦怯……综合以前惶恐不宁怨叹抗议的情绪,要求一种高亢辽远的理想。②

---

① 《小说月报》,一九二一年八月十日,第十二卷,第八号。
② 瞿秋白著:《瞿秋白文集》,人民文学出版社 1986 年版,第 12 页。

瞿秋白把别雷归入"为平民服务的象征主义",属于十月革命前的"旧文学"。到 1948 年,我国翻译出版了一部俄苏文学史教材:季莫菲耶夫的《苏联文学史》。这部文学史曾多次再版,并在后来一个相当长的时期内影响了中国对俄苏文学的接受。季莫菲耶夫将别雷放入"三股潮流"说中的"资产阶级颓废派文学"之列。这些观点基本上代表了当时苏联文坛对别雷的意见,随后也被我国全盘接受过来了。自苏联提出社会主义现实主义文坛标准之后,别雷在苏联国内受到批评,作品均不能再出版。因此无论是中苏两国文学关系火热的新中国成立初期还是疏远的 20 世纪 60 年代至 70 年代,别雷都被我国文学界拒之门外。

　　20 世纪 80 年代,中国再次出现大规模译介苏联文学的热潮,但所选译的对象基本上是具有强烈的反思意识、对人性和人情的热诚呼唤的作品。别雷作为一个象征主义代表人物显然不能引起人们的重视。当时出版的文学史著作①、文学词典、百科全书②都把别雷作为十月革命前后创作复杂的、走在象征主义文学运动前列的作家一带而过。实际上在苏联自"解冻"之后,别雷的作品也才获"解冻",到 20 世纪 80 年代才掀起别雷研究的高潮。能够反映出苏联评论界研究步伐的是我国 1988 年出版、彭克巽所著《苏联小说史》③,其中对别雷的生平与创作作了简要介绍,概述了其文体和思想上的特征,并指出《彼得堡》作为典型的象征主义小说近年来已引起西方以及苏联评论界的重视。在 1989 年黄晋凯等主编的《象征主义·意象派》④一书中,选译了别雷的两篇论文《艺术形式》和《象征主义》。这是否可以看成是世纪末我国学界开始检视别雷作品的一线曙光呢?

　　在苏联,20 世纪 80 年代后期,"白银时代"文学与文化成为俄国文学

---

① 包括曹靖华主编:《俄国文学史》,人民文学出版社 1989 年版;[俄]叶尔绍夫著:《苏联文学史》,北京师范大学外国文学研究所译,北京师范大学出版社 1987 年版。

② 包括 1984 年江苏人民出版社出版的《苏联文学词典》,1982 年发行的《中国大百科全书》(外国文学卷)。

③ 彭克巽著:《苏联小说史》,北京十月文艺出版社 1988 年版。

④ 黄晋凯、张秉真、杨恒达主编:《象征主义·意象派》,中国人民大学出版社 1989 年版。

研究者们追逐的热点,而在我国,对别雷作品的译介,也随着我国学界对俄国白银时代文化的接受而正式起步了。20世纪90年代初,《世界文学》(1992年第4期)刊登了张小军译的一篇《作家自述》,其内容是别雷对自己的生活和创作风格的介绍和评说。同期还有一篇十分引人注目的文章《一部被冷落多年的俄罗斯文学名著——关于长篇小说〈彼得堡〉及其作者》。该文由我国著名翻译家钱善行先生撰写。文章对别雷的生平及其象征主义代表作《彼得堡》作了提示性介绍,对作品进行了扼要的分析,同时还指出关于别雷和他的主要代表作《彼得堡》至今仍是我国外国文学译介和研究中一个有待填补的空白。

　　20世纪90年代白银时代俄国文学作品在国内的翻译出版骤然升温。1994年哈尔滨出版社率先推出《吻中皇后——俄国象征派小说选萃》,其中第一次选译了别雷的短篇《故事№2》。1998年多家出版社①在短短几个月内相继推出了白银时代的系列丛书。别雷的主要代表作《彼得堡》②、《银鸽》③相继问世。别雷的几个短篇④也被选译。同时推出的还有别雷的4篇回忆录⑤,几篇随笔⑥,几首诗歌⑦。别雷的一篇重要理

---

① 包括学林出版社、作家出版社、云南人民出版社、中国文联出版公司等。

② 《彼得堡》在国内的中文译本有两种,都由钱善行和杨光先生翻译,一种为删节本,一种为全译本,本书正文中采用的《彼得堡》的中文引文均来自全译本:[俄]安·别雷著:《彼得堡》,靳戈(即钱善行)、杨光译,作家出版社1998年3月版。原文引用均来自: *Белый Андрей. Петербург. М. ,1994.*

③ [俄]安·别雷著:《银鸽》,李政文、吴晓都、刘文飞译,云南人民出版社1998年4月版。

④ [俄]安·别雷著:《风神》、《寻找金羊毛的勇士》,徐振亚译,吴笛编译:《对另一种存在的烦恼　俄罗斯白银时代短篇小说选》,云南人民出版社1998年4月版;[俄]安·别雷著:《故事№2》,周启超译,周启超主编:《俄罗斯白银时代精品文库·小说卷》,中国文联出版公司1998年6月版。

⑤ 包括《弗·索洛维约夫》、《安·契诃夫》、《列夫·舍斯托夫》、《德·梅列日科夫斯基》,汪介之主编:《俄罗斯白银时代精品文库·名人剪影》,中国文联出版公司1998年6月版。

⑥ 包括《未来的艺术》、《生活之歌》、《语言的魔力》,金亚娜主编:《俄罗斯白银时代精品文库·文化随笔》,中国文联出版公司1998年6月版。

⑦ 包括《太阳》、《神圣的骑士》、《田间先知》、《早晨》、《绝望》、《窗下》、《生活》、《致阿霞》、《躯体》、《给朋友们》,余一中主编:《俄罗斯白银时代精品文库·诗歌卷》,中国文联出版公司1998年6月版。

论著作《象征主义是世界观》的部分内容也被摘译出来①。

这时我国评论界对白银时代文学的研究和开掘工作也在悄然进行。其中别雷研究也是无法回避的。在 1998 年 11 月出版的李辉凡、张捷著《20 世纪俄罗斯文学史》②中,对别雷的诗作和几部主要作品进行了简要分析,指出其创作文本的试验性和革新性以及创作思想上的悲观主义和神秘主义色彩。这似乎有沿袭 20 世纪 50 年代中期以前苏联评论者观点之嫌,但作者同时提出"不应该抹杀现代主义在俄罗斯文学史上应有的一席之地"③。在能够代表我国新时代欧洲文学史研究水平的新《欧洲文学史》中讲到"以象征主义为标志的白银时代"④,用数百字介绍了俄国象征主义的宗教哲学基础、美学特点、代表人物,其中提到别雷的长篇小说《彼得堡》的特点和内容概要。

2000 年 3 月人民文学出版社推出了马克·斯洛宁的《现代俄国文学史》中译本⑤,书中列有"勃洛克与象征派"专章,其中用了一个小节点评了别雷的主要作品,描述了别雷思想的变迁,指出他在文体上的贡献。在这个时期还有不少 20 世纪俄罗斯文学史方面的新作诞生,基本上都对别雷进行了不同程度的点评。与此形成对照的是,1979 年人民文学版《欧洲文学史》中仅有数十字的关于 19 世纪末、20 世纪初的俄国"颓废派文学"的简介:"90 年代出现的象征主义是俄国最早的颓废派……代表人物有梅列日科夫斯基、巴尔蒙特等。"⑥我们从这些著作中,都能发现在别雷的研究问题上体现出的时代变迁。

在这一时期以考察白银时代文学或文化、现代主义或是象征主义流派

---

① 参见翟厚隆等编:《十月革命前后苏联文学流派》,上海译文出版社 1998 年 7 月版。
② 李辉凡、张捷著:《20 世纪俄罗斯文学史》,青岛出版社 1998 年版。
③ 李辉凡、张捷著:《20 世纪俄罗斯文学史》,青岛出版社 1998 年版,第 38 页。
④ 李赋宁主编:《欧洲文学史》(第三卷,上册),商务印书馆 2000 年版,第 226 页。
⑤ [俄]马克·斯洛宁(即斯洛尼姆)著:《现代俄国文学史》,汤新楣译,人民文学出版社 2000 年版。
⑥ 杨周翰等编:《欧洲文学史》(下卷),人民文学出版社 1979 年版,第 362 页。

的文学成就或理论建树的专著中,也体现出我国学者对别雷问题的研究进展。在别雷的小说研究方面,刘亚丁教授考察了别雷的四部总题目为《交响曲》的作品①;周启超研究员论述了别雷在象征主义小说艺术探索上的重要的特征②。在刘文飞研究员和郑体武教授的相关著作中都兼有对别雷的诗歌创作的考察③。在关于别雷的理论批评研究方面比较有代表性的成果,是周启超研究员的《俄国象征派文学理论建树》和张杰教授、汪介之教授的《20世纪俄罗斯文学批评史》④。

新世纪出版了汪介之教授的《远逝的光华——白银时代的俄罗斯文化》⑤,其中涵盖了对别雷的诗歌、小说、文学理论等方面成就所进行的综合研究。作者一一分析了别雷在诗歌、小说、文学理论方面的成就,特别指出"作为小说家,别雷已远远超出了俄国象征主义的流派范围,而是以俄国现代主义小说的奠基人之一进入文学史的"⑥。另外,石国雄教授、王加兴教授翻译了俄罗斯学者弗·阿格诺索夫主编的《白银时代俄国文学》。这本书比较系统地介绍了俄国学者对白银时代俄国文学研究的成果。书中收入学者洛姆捷夫的文章,洛姆捷夫把别雷作为象征主义的代表人物,对别雷的一生的创作进行了梳理,并分析了他的创作思想和艺术特色。

在新世纪我国青年学者在别雷专题研究方面亦有专著出版⑦:2006年,杜文娟出版专著《诠释象征——别雷象征艺术论》,分析了别雷象征主义艺术理论的特点。2008年,王彦秋出版著作《音乐精神:俄国象征主

---

① 参见刘亚丁著:《苏联文学沉思录》,四川大学出版社1996年版。
② 参见周启超著:《俄国象征派文学研究》,北京大学出版社2003年版。
③ 参见刘文飞著:《二十世纪俄语诗史》,社会科学文献出版社1996年版;郑体武著:《俄国现代主义诗歌》,上海外语教育出版社1999年版。
④ 周启超著:《俄国象征派文学理论建树》,安徽教育出版社1998年版;张杰、汪介之著:《20世纪俄罗斯文学批评史》,译林出版社2000年版。
⑤ 汪介之著:《远逝的光华:白银时代的俄罗斯文化》,译林出版社2003年版。
⑥ 汪介之著:《远逝的光华:白银时代的俄罗斯文化》,译林出版社2003年版,第233页。
⑦ 杜文娟著:《诠释象征——别雷象征艺术论》,中国传媒大学出版社2006年版;王彦秋著:《音乐精神:俄国象征主义诗学研究》,北京大学出版社2008年版。

义诗学研究》,探讨了象征主义与音乐的关联,从一个角度对象征主义的理论建构及其创作体现进行了探讨。

20世纪90年代以来,我国研究者发表的别雷研究文章不算多,涉及诗歌研究、理论研究方面、早期小说《交响曲》研究、《银鸽》研究、代表作《彼得堡》研究文章以及与相关作家关系研究等等方面。这表明,我国学者的研究视野还是相当开阔的。这些文章涉及作家及其创作的多方面,其中小说研究占了很大比重,而小说研究中以其代表作《彼得堡》最受关注。从钱善行先生那篇《一部被冷落多年的俄罗斯文学名著——关于长篇小说〈彼得堡〉及其作者》(1992年)之后,又出现了若干研究论文。

《试析〈彼得堡〉的叙事艺术》①从时空结构和叙事方式两个方面分析了小说的叙事艺术风格,指出小说的时空由彼得堡的现实、前俄罗斯文学文本和古希腊神话文本三个时空层面构成,增加了文本的象征意义,并认为别雷主要采取"猜谜与象征相结合"和"幻想与自传相结合"的叙事手段,扩大了阅读空间。《〈彼得堡〉:在人文价值内涵上空前增生的文本》②一文则从文化研究的角度分析了小说中的多重象征对人文价值的意义。这两篇都是对小说文本的不同角度的分析。另一篇《从抽象的模式化图形谈起——〈彼得堡〉中阿波罗·阿勃列乌霍夫的象征形象分析》③,则以小说中的阿波罗·阿勃列乌霍夫的象征形象为研究重点,指出这个人物形象的塑造突出地体现了作者的抽象思维形式,作者把人物变成了一个抽象的概念。

总体看来,像《彼得堡》这样一部内容丰富、形式独特、意义重大、影响深远,能与《追忆似水年华》、《尤利西斯》比肩的作品,对它进行评论的文章从数量上看还相对比较少,在广度和深度的研究上还有相对比较多

---

① 祖国颂:《试析〈彼得堡〉的叙事艺术》,《外国文学评论》2002年第4期。
② 林精华:《〈彼得堡〉:在人文价值内涵上空前增生的文本》,《国外文学》1997年第4期。
③ 吴倩:《从抽象的模式化图形谈起——〈彼得堡〉中阿波罗·阿勃列乌霍夫的象征形象分析》,金亚娜主编:《俄语语言文学研究文学卷(第二辑)》,人民文学出版社2003年版。

有待挖掘的空间。看来,钱先生的呼吁在这十年内还是曲高和寡。

其实就别雷创作总的研究和出版状况而言,又何尝不是这样呢? 虽然不少学者都已经注意到这个问题,也做了有相当有建树性的工作,但至今已经翻译的作品仍只是别雷全部创作的一小部分。毋庸置疑,这和别雷的文体有很大关系。别雷承认自己的作品十分难译,甚至于认为它们是不可译的。这项工作对于翻译者来说是巨大的挑战。所以,我们特别感谢那第一个敢吃螃蟹的人,为国内别雷研究工作的启动提供了基础。但总的说来,对别雷的专门性研究工作尚处在初期阶段,研究状况远远落后于俄国和欧美。不容否认,在这一领域里还有相当多的工作要做,它应该包括翻译和研究两方面。

作为本书主要研究对象的安德烈·别雷是20世纪初俄罗斯文学领域中的一位风格独特、成就卓著、影响颇大的作家。作为象征主义者,他突破了西方各国象征主义文学主要在诗歌领域内最有建树的旧有框架,创造了象征主义小说的艺术典范;作为小说家,他实现了俄罗斯小说从传统现实主义向现代主义的历史性转变,从一个侧面带动了俄苏小说在20世纪的革命性变革。更值得指出的是,别雷没有局限于在形式主义、唯美主义的河床中游弋,而是始终通过自己的小说探索着俄罗斯人的心灵、俄罗斯民族的命运。

别雷的小说创作在20世纪俄罗斯文学史上具有开风气之先的意义,为在它之后的叙事文学写作提供了一个不可忽视的参照。他的文学创作和理论思考直接为20世纪初的俄国形式主义运动提供了发展基础。如果说,俄国形式主义从方法论上注意文学研究中的科学因素及其因果关联,那么,象征派大家别雷的小说创作则在创作实践中体现了其对形式美学的艺术探索,克服了俄国形式主义把艺术的理性特征和审美特征相剥离的危机。他的长篇代表作《彼得堡》是其思想探索和艺术追求的最重要的结晶。

俄罗斯文艺学家、科学院院士利哈乔夫在为《彼得堡》的完整本再版所写的序言中指出:别雷的《彼得堡》是"整个世界","别雷就这样第一次在俄罗斯文学中提出了俄罗斯的问题,正因为如此,别雷的这部长篇小说在今天具有最迫切的世界意义。"①围绕"彼得堡"问题的思考凝聚着俄国知识分子的精神追求。别雷用自己的代表作《彼得堡》终结了俄国文学百年来的"彼得堡神话"。在小说中他描绘的是一幅将要降临的世界性的灾难的图景,表达的是自己对国家历史、世界历史进程的看法,对完整和谐人性的追求,对人生价值的探索。别雷不但用自己全部的精神探索当之无愧地成为时代的代言人,同时他的探索也超越了时代。当我们沐浴着新世纪曙光的时候,再回视一下 20 世纪的风风雨雨,也许更能感受到这朵永不凋谢的精神之花的魅力。

从具体文本角度看,在《彼得堡》中,别雷创造出一个纯粹意识的世界,以使他的美学追求和哲学理想和谐地共生共长。别雷认为艺术的使命是"建设生活"。他将象征主义理解为一种世界观,并借之以探索国家、民族的发展道路。这种信心是来之不易的。它源于别雷为绵延了两个世纪的彼得堡神话寻找到了一种现代的形式。在这个新形式中别雷肆意地纵横着自己的思想,体验着与"永恒"的亲近。他发挥着自己俄耳甫斯般的才能,用自己的绝世琴音,奏出心中的生命之歌,试图复活出真正的勇士来拯救风雨飘摇的俄罗斯。他向所有的词、形象施加了魔法,使它们随他一起去寻找绝对的意义;他破坏传统文法,革新形式,煽动所有的形式范畴,使它们与他一起编织生命的神话。总之,他无情地颠覆了 19 世纪的文学准则,为 20 世纪建立了新的文学方向。

在别雷创作生命中最后一部著作《果戈理的技巧》时,曾提到自己的写作具有两重写作计划:"展现果戈理形象在形式和内容过程中的痕迹。展现静力学平衡中的动态印记。"他指出写作该书的任务"是展示形式—

---

① ［俄］安·别雷著:《彼得堡》,靳戈(即钱善行)、杨光译,作家出版社 1998 年版,第 4 页。

内容的过程:主要是随着作家创作过程的形成在形式和内容中考察果戈理风格的手法,最后探索呈现在固定音步中的果戈理词典,它是果戈理开发的文学手法的产物"①。本书也拟以此为目标,探索别雷专属的文学形象,以期契合别雷对文学批评的理解。全书立足于别雷的小说艺术,以外部研究和内部研究相结合的方法,运用主题学、叙事学、符号学、文体学、语言学批评的理论,将对别雷艺术观的理性分析与具体创作文本的解读结合起来,在20世纪俄罗斯小说艺术发展的宏观背景上考察他的小说艺术和诗学创新,致力于揭示他的代表作《彼得堡》的独特艺术成就、思想价值和文学史意义。

---

① *Белый А.* Мастерство Гоголя:Исследование. М. ,1996. C. 50.

第一章 《彼得堡》在别雷创作发展中的地位

从 1880 年出生到 1934 年去世,别雷一生的大半时间都在进行创作。从 1900 年开始写第一部作品《北方交响曲》到 1934 年他的三卷本回忆录的第三部《两次革命之间》、最后一部作品《果戈理的技巧》的出版,别雷共出版了 10 部长篇小说、8 本诗集(长诗)、6 部研究专著和 4 部回忆录。

按别雷创作风格的演变我们将其创作道路大致划分为四个阶段。第一阶段,"阿尔戈勇士"阶段,包含 1898—1904 年的创作过程。在整体上,别雷创作的最早阶段是以表达"阿尔戈勇士"的追求、找寻索洛维约夫的理想作为主要特点。这个阶段是别雷关于"阿尔戈勇士"世界观的表达,是一段找寻"世界的灵魂"的历史。"世界的灵魂"是诗人别雷通过接受索洛维约夫的思想和对古代生活的思考反馈出来的。传统上将这个阶段视为诗人和小说家的孕育阶段,也是一个理想的象征主义者的形成阶段。

这个阶段别雷的重要作品有:诗文集《碧空之金》;四部交响曲《北方交响曲》《戏剧交响曲》《复归》《雪杯》。必须指出的是,这个时期所包含的诗人的实验性经验既体现在整个艺术形式领域里,也体现在单个艺术文本的结构中。拉夫罗夫、敏茨、多尔戈波洛夫和赫梅里尼茨卡亚等诸多学者对这个阶段的作家创作进行了有相当深度的研究。这也将是我们在本章里的考察重点,因为别雷的早期创作演变决定了他之后全部创作探索的方向。

第一和第二阶段之间的界限是别雷在 1905 年遭受的危机。1905—1909 年被视为作家开创象征主义艺术创作传统的初期。这个阶段习惯上被研究者们纳入正统的象征主义创作阶段,这个时期典型的艺术作品有诗集《灰烬》、《骨灰盒》和中篇小说《银鸽》。中篇小说《银鸽》的创作标志着这个阶段的结束。当然,《银鸽》既是这个阶段的结束也是下个阶段的开始,《银鸽》表现出后来作家创作阶段及系列长篇小说的本质特点。关于《银鸽》的诗学特点我们将在下一章重点论述。

1909—1917 年是别雷创作的第三阶段,也是其一生创作的高峰期。别雷最重要的代表作《彼得堡》和重要的理论三部曲《象征主义》、《绿草地》、《阿拉伯图案》都在这个时期诞生。为了便于分析,我们将第二和第三阶段并称为作家创作的中期。1917 年之后是作家的最后创作阶段,列入作家创作的晚期。在本章中,我们将描述别雷的创作历程,并以此为背景,考察他如何逐步形成自己的创作特色,进而指出其代表作《彼得堡》在其全部创作中的独特地位,并探讨它的艺术构思对俄罗斯传统的继承和创新。

第一节　从别雷的创作道路看《彼得堡》

《彼得堡》是别雷的代表作,是他的思想探索与艺术创新的主要成果。纵观他一生的创作活动,可以清楚地看到这部长篇小说在他的创作发展中具有无可替代的地位。

虽然别雷将他一生最著名的小说献给了彼得堡,但实际上他和莫斯科的联系更为紧密。1880 年,别雷出生于莫斯科著名的阿尔巴特街上的一个书香之家。别雷的父亲是莫斯科大学数学—物理系的著名教授,而母亲是个音乐和文学爱好者。父亲希望儿子继承自己的科学精神,而母亲却害怕儿子成为家里的"第二个科学家"。父母之间的矛盾和施加在别雷身上完全相反的教育理念和方法造就了别雷矛盾的个性。父亲的科学信念影响了儿子的宇宙性世界观,而母亲培养了儿子对音乐和文学的爱。

1891年别雷进入波里万诺夫私立中学学习。波里万诺夫是别雷中学时代的老师、普希金和茹科夫斯基的研究专家。当时别雷还结识了近邻、现代俄国文化史上卓有影响的索洛维约夫一家。他们对别雷的成长都产生过重要的影响。别雷曾就读于莫斯科大学的两个系。1903年,别雷从莫斯科大学数学—物理系毕业。1904年,别雷进入莫斯科大学哲学—历史系学习。

这些学习经历使他变得十分博学。他对物理、数学、化学和生物领域的最新发现,特别是新的时空观念、物质组成、生物和无生命物质的组成等很感兴趣,同时他也爱好西方哲学、东方文化和音乐。这些都表现在他作品的形象、主题、结构以及作品的文化哲学的方法论和根本原则上。别雷在创作中试图把人文科学和自然科学的方法结合起来,使自然科学的方法和认识论、逻辑学、价值观的最新思想结合,并且试图在其中糅合古代的真理,如佛教的逻辑学和心理学等。

一、 四部《交响曲》

别雷的第一批作品是他的四部《交响曲》。第二部《交响曲》(《戏剧交响曲》)是年轻的作家在1902年发表的处女作,紧接着在1904年,出版了他在1900年写下的《北方交响曲》(第一部《交响曲》即《英雄交响曲》)。1905年别雷发表第三部《交响曲》——《复归》(在1902—1903年写成)。1908年出版了《雪杯》(第四部《交响曲》,写于1902—1906年)。

　　《交响曲》是别雷文学道路的起点,是"把青春音乐组曲形象化的试作"①。众所周知,在19世纪90年代末至20世纪初来自于音乐和文学的印象和思想的共同作用对别雷创作的影响十分巨大。别雷在回忆录《世纪之初》中这样描述:"在那些年,我感到诗歌、小说、哲学、音乐交织在我的心中;我知道,一种离开另一种就是缺陷,但怎样完全结合起来——不知道。不明白我是谁?理论家,批评—鼓动家,诗人,小说家,作曲家?各种力量在胸中相互碰撞,唤起信心:一切对我来说都是可以通行的,它取决于我如何组织……我想,数字低音、生活之歌就是音乐,我第一次试作的形式就是《交响曲》,这不是偶然的。"②

　　白银时代伊始年轻一代象征主义者便投入了自己全部的热情以求进行心灵革命并继而改造生活。他们希望借助于新的包罗万象的文学改变人们之间关系的本质。他们把生活的现象看做多种辩证法的统一:科学和艺术、哲学和宗教、现代和永恒的统一。受叔本华、尼采思想的影响,他们相信,音乐居于所有艺术之首位,并且在某种程度上决定其他艺术。音乐最大限度地包含精神和存在的全部内容,吸取了所有其他艺术中富于表现力的手法。叔本华和尼采的美学感受及其把音乐作为最高艺术形式的观念深深地吸引了年轻的别雷。

　　在《我们如何写作》一文中,别雷对《交响曲》的形式作出说明:"最初的作品就像试图为青年时期的音乐作品做文字说明而产生的;我憧憬着标题音乐;我将最初四本书的情节……不是称为中篇或长篇小说,而是称作交响曲……由此而产生它们的语调和音乐构思,由此而产生它们的形式特征……"③别雷认同交响曲为音乐中最完善和最复杂的形式,认为它

①　[俄]安·别雷:《作家自述》,张小军译,《世界文学》1992年第4期,第197页。

②　Хмельникая Т. Литературное рождение Андрея белого.//Составители:Лесневский Ст.,Михайлов Ал. Андрей Белый. Проблемы творчества. М.,1988. C.107.

③　Белый А. Как мы пиешм. О себе как о писателе.//Составители:Лесневский Ст.,Михайлов Ал. Андрей Белый. Проблемы творчества. М.,1988. C.20.

统一了生活主题的多样性和斗争性。他说:"所有的艺术形式都具有作为出发点的现实性和作为终点的音乐心房。在交响乐中完成对现实的改造……"①这和勃洛克心气相通。勃洛克也曾表示:"音乐——运动的艺术,难怪在《交响曲》中总有两个斗争的主旋律,在音乐主题中,音乐独自摆脱它的各种变奏经不协调而复归。"②

别雷很多早期的文本诞生于即兴演奏。在回忆录中,别雷这样解释:我的早期《交响曲》开始于在钢琴旁形成的旋律中,"形象仿佛是对音符的注解"③。可以说,《交响曲》不仅是别雷在音乐结构上经验总结的结果,也是别雷对音乐深刻认识的记录。拉夫罗夫提到,《交响曲》的体裁出现是"通过延长抒情片断、结合部分情绪,变成十分复杂和多主题的构成。它出现是因为别雷在自己的文学试验中冒险完全服从于控制他的音乐因素"④。所以这四部按照音乐原则构成的象征主义的《交响曲》,是出现在世纪之初的全新文学体裁。

别雷的第一部《北方交响曲》(即《英雄交响曲》,1904),是一部童话式的作品。第一《交响曲》的主题来源于格里格的音乐。别雷曾介绍这部作品产生的背景:"1900 年 1 月—3 月。我每天在家听格里格的作品。他越来越深地吸引着我。母亲演奏的浪漫曲《公主》令我产生了《北方交响曲》的纯音乐的主题。浪漫曲《公主》与格里格叙事曲(作品第 34 号)的主导动机相关联。当家里没人的时候,我溜到钢琴旁即兴演奏《交响曲》的旋律;在我脑海里形成类似《组曲》的东西,其文字内容就是《北方

---

① *Белый А*. Формы искусства. // *Белый А*. Символизм как миропонимание. М. ,1994. С. 100 –102.

② *Хмельникая Т*. Литературное рождение Андрея белого. //*Составители*:*Лесневский Ст*. ,*Михайлов Ал*. Андрей Белый. Проблемы творчества. М. ,1988. С. 116.

③ *См*. :*Лавров А. В*. Юношеская художественная проза Андрея Белого. // Памятник культуры. Новые открытия. Ежегодник 1980. Л. ,1981.

④ *Лавров А. В*. У истоков творчества Андрея Белого (《 Симфонии 》). //*Белый А*. Симфонии. Л. ,1991. С. 12.

交响曲》第一部分的初稿；初稿的题目是《北方的春天》。"①

第一部《北方交响曲》充满了神话的、故事的和文学的形象，它们是从各种绘画、文学和音乐的源头中汲取出来的。小说以一个句段或者两个句段、短的节奏句这样的形式出现。作品充满了单行的重复，这些单行形成了文本的某种补充性特点，显得似乎独立于叙事。在内容上，《北方交响曲》描写了美丽的公主和年轻的勇士历经磨难终于战胜巨人、怪兽、魔法师等恶势力，迎来幸福的故事，表现了光明与黑暗、短暂与永恒之间的斗争。尽管小说内容上存在明显的非独立性，但是拉夫罗夫指出，第一《交响曲》已经有"完全的艺术上的完整性，新体裁和风格的第一个典范"②。

亚历山大罗夫曾指出别雷创作中"滑稽、可笑"的因素。在第一部《交响曲》中，亚历山大罗夫发现"祭神的庄重和滑稽风格的对比"，而且亚历山大罗夫认为，这种"滑稽风格"对于别雷来说是具有典型特点的③。这和赫梅里尼茨卡娅的见解相近。赫梅里尼茨卡娅认为："第一部《交响曲》充满了懒洋洋的（外表）的美和当时时髦的平常的神话主题，但其中已经显示出别雷全部创作的不可分离的一个特点——激动人心的和离奇怪诞的艺术手法，庄严地、荒唐地、笨拙地、夸张地结合在一起。"④可见，第一部《交响曲》中别雷风格已经崭露头角。

值得一提的是，别雷的第一部《交响曲》并不是现在的这部《北方交响曲》。在其之前别雷还创作了一部《前交响曲》，但是并未公开发表。

---

① *Хмельникая Т. Литературное рождение Андрея белого.//Составители:Лесневский Ст., Михайлов Ал. Андрей Белый. Проблемы творчества. М.,1988. С.109.*
② *Лавров А. В. У истоков творчества Андрея Белого (《Симфонии》).//Белый А. Симфонии. Л.,1991. С.18.*
③ *Ерофеев Вик. Споры об Андрее Белом.//Составители:Лесневский Ст., Михайлов Ал. Андрей Белый. Проблемы творчества. М.,1988. С.469.*
④ *Хмельникая Т. Литературное рождение Андрея белого.// Составители:Лесневский Ст., Михайлов Ал. Андрей Белый. Проблемы творчества. М.,1988. С.111.*

别雷创作《前交响曲》的一个原因是波里万诺夫教授的逝世。在写给伊万诺夫·拉祖姆尼克的书信中,别雷描述了这个"奇怪的、野性的、迷雾般的、宇宙的小说体史诗":"在这首长诗的天空中不断飘移着天使的翅膀之云,翅膀上载着个王位,而在天空下面时不时展开某个'终身漂泊流浪的人'的生活全景,他曾是天堂里的孩子,后来成了世界之王,最终被天空中愤怒的闪电烧灼等等。1899 年从冬至秋,我满头大汗地写作这首长诗;后来'长诗'在我手里放了几年;再后来我又把它销毁。从这个形式中诞生了'交响曲'。"[①]由此,别雷逐渐地确立介于诗文之间的形式问题,这样最终诞生了《交响曲》的形式。

第二部《交响曲》(即《戏剧交响曲》,1902)从假定性的童话世界来到了莫斯科的日常生活之中,在作品中出现了当时莫斯科的人物、事件和布景等。《第二交响曲》(《戏剧交响曲》)奠定了别雷一生创作的多方面基础。作品以广阔的史诗般的容量体现出时代脉搏的节奏。小说具有一定的自传性质,表现了年轻的象征主义者所经历的启事录式的情绪和精神历程。别雷将自己以及朋友的生活和创作交融起来。1901 年被别雷、谢尔盖·索洛维约夫和年轻的象征主义圈子视为"曙光的年代"。他们深受弗·索洛维约夫预言性的诗和他的最高神智——永恒女性的化身——索菲娅学说的鼓舞,勃洛克创作出了《美妇人诗集》,别雷创作出了《第二交响曲》。在《戏剧交响曲》中,我们可以感受到这种对即将出现的"静观性质的宏大转折"状态的预感。

交响曲的写作过程直接与别雷在那些天的现实生活相吻合。在圣灵降临节,别雷把刚写完的《交响曲》读给谢尔盖·索洛维约夫听,然后他们去了新圣女公墓,那里埋葬着弗·索洛维约夫和列·波里万诺夫。别雷自称:"第二部《交响曲》——偶然的片断,几乎是我在今年这些月所感

---

① 转引自王彦秋著:《音乐精神:俄国象征主义诗学研究》,北京大学出版社 2008 年版,第 188 页。

受的真正庞大的交响曲的实际记录。"①另外,别雷还将轰动一时的事件、现实中的人物引入小说,如:夏里亚平成为他作品中的施里亚平,罗赞诺夫成为什波维克夫,梅列日科夫斯基则变为梅列日科维奇和德罗日科夫斯基。这也是别雷以后作品的一个共性,在《银鸽》和《彼得堡》中作家也都选取了有时代特点的大事件,并将其与自己思考的永恒存在相联系。

别雷运用对位和交织等音乐作曲原则,使整个交响曲充满了音乐主导动机:不可能的、温柔的、永恒的、可爱的、一切时代的旧的和新的(事物)及其变奏形式。作品里出现诸多主题群,如霞光主题、疯狂主题、永恒主题和弗·索洛维约夫主题等,它们都成为贯穿别雷全部创作的本质主题。如在《第二交响曲》中出现的疯狂主题后来以各种形式展现出来。其中,埋头于康德哲学,尤其是沉浸于《纯粹理性批判》中的年轻哲学家发了疯的形象,在小说《银鸽》中鸽子派的疯狂倾向中再现;到了小说《彼得堡》中,发了疯的恐怖分子杜德金在亭子间楼梯上的梦呓几乎丝毫不差地重复着《第二交响曲》中发疯的哲学家的视幻觉。

在结构上这部《交响曲》被认为与契诃夫的戏剧相近。谢尔盖·索洛维约夫在听过作者朗读了第二部《交响曲》的开头后,立即把两个作家的名字放在一起:"这就是我的理解。契诃夫和您——真正的当代文学;其他都不值一提。"②谢尔盖·索洛维约夫指的是多声部音乐、和弦和协韵的音乐性技巧在别雷场景布局中的运用与契诃夫在戏剧中的一个时间点上叠加出各个场景的原则相近。比如,《万尼亚舅舅》中在沃依尼茨基哭泣的同时,索尼娅发出关于金刚石般的蓝天的独白,捷列金在轻轻地弹奏,而玛利亚·瓦西里耶夫娜则在写小册子。别雷音乐性文本的场景结

---

① *Хмельникая Т. Литературное рождение Андрея белого.//Составители:Лесневский Ст., Михайлов Ал. Андрей Белый. Проблемы творчества. М.,1988. С. 115.*

② *Лавроы А. В. У истоков творчества Андрея Белого.//Белый А. Симфонии. Л.,1991. С. 33.*

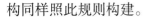

构同样照此规则构建。

别雷在第二部《交响曲》中重建了日常生活和莫斯科神秘主义者的对话,一方面,他用轻松的幽默接近浪漫主义的色调给它们着色,表现出小说的讽刺意义;另一方面,别雷同时展示出自己的心理认知。所以,在第二部《交响曲》中,实际上没有事件的情节线索和人物的关系线索(比如家庭的、惊险的、社会的等等),也没有统一的叙事声音,更缺乏统一的情绪。如列娜·西拉尔德所指出的,在第二部《交响曲》中,作家对仅在时间和地点上有联系的独立片段进行剪辑,围绕着时空分散的点(广场,商店,音乐会大厅,哲学—宗教会议等等)设置场景,别雷开创了一条分裂性(сегментации)的道路①。

西拉尔德认为在作品中"可能的情节联系被单个场景的蒙太奇所替代",这些单个场景只在空间和时间上联系。城市生活的各个片断之间发生联系,只是因为它们发生在同一个时间和同一个地点。《交响曲》的文本由多个扇形组成,每个扇形都是由小场景或者小场面组成,有如"场景的万花筒,人物的万花筒"。作家用变幻无常的场景和人物的变幻无常反映了大城市生活的喧嚣,20世纪文明的混乱。美国学者巴朗把别雷的《交响曲》中的这一表征作为在俄国文学中大型碎片化(фрагментация)文本的首例,称其为"俄国的土壤上出现的特殊形式"②。

这种由小扇形合成的方法给表达增加了更大的可能性。别雷第一批作品中表现出的碎片化诗学体现了在白银时代的文学中运用片断作为大型叙事作品的结构的体裁特点,并且从这个方面联系了整个20世纪文

① *Отв. редактор Келдыш. В. А. Русская литература рубежа веков* Ⅱ.(1890—е—начало 1920—х годов). ИМЛИ РАН. М. ,2001. С. 151.

② *Хенрик Баран. Фрагментарная проза. // Научные ректоры :Келдыш В. А. ,Полонский В. В.* Поэтика русской литературы конца ХIХ - начала ХХ века. Динамика жанра. Общие проблемы. Проза. М. , 2009. С. 511.

学。在 20 世纪文学中片断化结构被广泛运用为设置嵌入前时代的文本、设置后现代的游戏、设置多声部。这些技巧,经过别雷的发展改造,后来在他的其他小说中得到广泛运用。西拉尔德说:"几乎在 20 年后,乔伊斯在自己的《尤利西斯》中写都柏林的一天 1904 年 6 月 16 日时也运用了相类似的技巧。"①

不仅在思想内容和结构形式上,包括在语言组织上,别雷初步显示出自己的独特性。在第二部《交响曲》中别雷大量使用了不确定性词语,包括中性词、不定代词、名词化的形容词等等,这些词形手法直接被搬至《彼得堡》的创作之中。赫梅里尼茨卡娅总结说:"它(《第二交响曲》)是别雷全部创作的胚芽,从中生长出了《彼得堡》、《柯季克·列塔耶夫》和诗作《第一次相遇》。"②

第三部《复归》展示了人的多重存在,人同时处在"日常生活"与"永恒存在"之中。"永恒"的主题在别雷创作中多次出现。在诗文集《碧空之金》中,就已经出现作家"钟爱的永恒"形象。在别雷早期诗歌中的崇拜形象不是"美妇人",而是"钟爱的永恒"。从少年时代起就占据了别雷的这种思想是之后他迷恋施泰纳人智学说的一个重要原因。这个一直以来不为人们所理解的少年希图在亘古不变的"永恒存在"中找到他在周围的经验世界中看不到的思想。"永恒"主题在前两部《交响曲》中有所表现。在第三部《交响曲》和第四部《交响曲》中,"永恒存在"成为一种支点。"永恒"的形象对别雷来说就是重复、回声和节奏原则。在这部小说中,象征主义双重世界的原则建构了整个文本:小说中心部分"现实的"经验的世界和环绕着它的第一和第三部分的"理想"世界相对立。别雷在《复归》中同样运用了主导主题,尽管《复归》不像其他的《交响曲》

---

① *Отв. редактор Келдыш. В. А.* Русская литература рубежа веков Ⅱ. (1890—е—начало 1920—х годов). ИМЛИ РАН. М., 2001. С.151.

② *Хмельникая Т.* Литературное рождение Андрея белого. // *Составители: Лесневский Ст., Михайлов Ал.* Андрей Белый. Проблемы творчества. М., 1988. С.113.

那么具有蒙太奇效果。

勃留索夫认为作者"试图混合宇宙的各个层面,用另一种非人间的光穿过强大的日常生活"①。人的多重存在,人经常处于生活和存在的边缘,这是别雷的第三部《交响曲》的开创性主题,这个主题在别雷以后的创作中得到延续和开拓。另外,《复归》无论从题名方面还是从小说内容和形式方面都表现出关于历史周期性重复的观念:历史就是记忆,是个人或者人类的记忆。记忆的源泉在潜意识的深处流淌。人在有意识的年龄突然认识的现象和事物,对人来说并非新鲜事物,它曾经以另一种形式存在过。这些认识多次出现在作家后来的创作之中。比如在《彼得堡》中,作家将自己对历史"周期循环"的认识融入了对俄国历史进程中"彼得之圈"的评价之中。

在给伊万诺夫-拉祖姆尼克的信中别雷强调了第三部《交响曲》与其他三部《交响曲》的不同之处:《交响曲》与《前交响曲》相比尽管加强了"文学"原则,但它们都拥有音乐源头……《复归》已经脱离了钢琴。它是我的第一部,也是仅有的一部"文学"作品。② 作家在这部作品的标题上强调了它是"中篇小说",且并未写明"第三交响曲"。这部作品具有更加明显的情节。在永恒世界,小孩藏在海边的石洞里,受到蛇、海风、圆头怪物的威胁,一位老人常来保护这个孩子。而在日常世界,硕士研究生汉德利科夫经常受到编外副教授的恐吓,却得到来自医生的保护。这部小说受到勃留索夫的赞扬,他说:"别雷的交响曲建立了自己独特的、此前从未有过的形式。它们既达到了真正的史诗般巨著的音乐建构,又保留了充分的自由性、广度、随意性等这些小说常有的特征。"③

---

① *Брюсов В. Собр. соч. в 7—ми т.*, т6. М., 1975. С. 307.

② 转引自王彦秋著:《音乐精神:俄国象征主义诗学研究》,北京大学出版社2008年版,第200页,稍有改动。

③ См.:*Хмельникая Т. Литературное рождение Андрея белого.// Составители:Лесневский Ст., Михайлов Ал.* Андрей Белый. Проблемы творчества. М., 1988. С. 120.

第四部《雪杯》是别雷创作时间最长、修改次数最多、篇幅最长的一部"交响曲"。这部作品创作的时间持续到 1907 年之前。这部《交响曲》题献给"授意了交响曲主题"的梅特涅尔和"决定了这个主题"的吉皮乌斯。它描绘了尘世之爱和天国之爱，表现了一位上校、一位知识分子和一位女性之间的爱情纠葛。小说人物已经完全失去作为具体的人的特征，而变成纯粹的象征。

别雷声明，在创作第四部《交响曲》的时候，只是将它"看成一个结构的任务"。第四交响曲《雪杯》开始于冗长的前言，其中别雷详细地分析了自己在文本中的工作。他预先驳斥了可能出现的负面的反应。据别雷所述，关于新体裁的结构原则在他的意识里不是立即形成的，他写道："在创作以前三部《交响曲》的时候，对文学中的交响曲应该是什么样的，这一点没有明确的概念。"到了写《雪杯》的前言时，别雷已经说得非常确定："我更感兴趣的是那种模糊意识到的形式的结构机制，我以前的《交响曲》就是用这种形式写的。在《交响曲》中，我十分努力在构思中使它们在对位、衔接等等方面变得准确。"别雷认为，"结构的准确性，首先，使情节服从于技巧（经常只是为了结构而必须延长'交响曲'），而且形象的美不总是和它的结构形式的规则性相吻合。"[1]

别雷在第四部《交响曲》中反映了 20 世纪初的心灵感受。他说："我想反映爱，一种神圣的爱的全部音阶，这种爱是我们这个时代模糊预感到的。"别雷补充："我想用暴风雪、金子、天空和风来表达这种爱的福地（乐土）。"[2]然而作家承认，如果读者要弄明白《雪杯》中全部复杂的象征，需要特殊的努力，必须研究作品，"研究结构，一遍又一遍地读"，但别雷也疑惑："但是我怎么有权利让别人来研究我，甚至连我自己也不知道，我的'交响曲'是不是荒谬？"[3]

---

① Белый А. Симфонии. Л., 1991. С. 252 – 253.

② Белый А. Симфонии. Л., 1991. С. 254.

③ Белый А. Симфонии. Л., 1991. С. 254.

概观自己的第一批小说,别雷本人在为《戏剧交响曲》写下的代前言中,较好地表达了他对自己的"交响作品"的理解:

这部作品有三重意义:音乐的、讽刺的,除此以外还有思想象征的,首先交响曲的任务在于表达由主要情绪(思绪,曲调)联系起来的一系列情绪;由此出现了将它分成章、将章分成段、将段分成诗节(乐句)的必要性;一些乐句不止一次地重复强调了这种划分。

第二层意思——反讽的:这里嘲笑了某些神秘主义的极端表现。这就产生了一个问题:当着实有不少人对这些人和事是否存在尚存怀疑的时候,对人和事的讽刺态度是否有理有据。作为回答,我只能建议仔细地观察周围的现实。

最后,在音乐的和反讽的意思背后,细心的读者可能会明了思想的层面,这个层面作为主要的层面,既不会诋毁音乐的层面,也不会诋毁反讽的层面。在一个段落或诗节中把这三个层面统一起来就导向了象征主义。①

纵览别雷的第一批小说,可以归结为,别雷超越文学和艺术手段的局限性,给文学注入新的元素,表现出世纪之交的俄国文学发展的本质特点。整个白银时代文化的发展是以俄国文学本身的发展脚步和艺术文化演进的世界性趋势为前提的。在世纪之交的俄国美学和艺术哲学形成中瓦格纳的歌剧改革(在同一的舞台场景中结合语言、音乐、戏剧演出和话剧艺术构成的新原则)影响深远。当然,叔本华和尼采的哲学体系中对音乐本质的认识,在俄国形成新的美学—哲学概念时也起了决定性的作用。所以,关于艺术综合的思想给予了世纪之交的俄国文学和艺术文化

---

① 转引自王彦秋:《语言的作曲家:论安·别雷的〈交响曲〉及其文学道路》,金亚娜主编:《俄语语言文学研究》(文学卷第一辑),人民文学出版社2002年版,第99页。

以重大推进力。别雷以自己的第一批创作契合了时代文化发展的精神。

别雷将音乐结构的专门知识体现在自己的文学创作中。有论者专门研究《别雷的对位技巧》，特别指出，"仔细阅读诗人的科学和艺术文本，我们完全能够确信，他完全有基础写出自己的多声部的技巧，并且弄懂和利用独特的技巧。"①别雷经常在钢琴前即兴弹奏，由于这些体验，诞生出未来作品的主题、人物和情节线索。关于音乐的印象在文学作品的内容形成方面的作用，别雷在系列理论作品和宣言中多次予以宣扬："在声音中赋予我整个的主题、色彩、形象和情节已经预先在声音中决定了"②。

别雷在《交响曲》中锤炼的叙事原则，在之后的其他小说中被作家加以变形使用。另外，在《交响曲》中别雷开创了一定数量的主题，如生与死、理智与疯狂、短暂与永恒、神圣的爱等等，别雷其后创作的所有重要作品，都可以看成他从最开始就提出的一定数量主题的最复杂、最多样化的变奏曲。亚历山大罗夫在研究了别雷的《交响曲》后指出，虽然它们是别雷创作的雏形，但是从它们可以预见到现代小说中的系列重要流派③。西拉尔德这样总结："别雷的实验，具有自己的独特性，反映了20世纪初在音乐——抒情方面小说的普遍进展。"④

其实，从《前交响曲》开始，在别雷那里已经看见大型作品形式的意向性，除了这样或者那样隐藏着的音乐性，作家为构建文本付出巨大努力。一方面，在文本中保持程序化的模块（比如首先将由圣经原型转化而来的诗句进行编码，再将其分化成具有相对一致的大小片段，最后将这

① *Гервер Л. Л.* Контрапунктическая техника Андрея Белого. // Литературное обозрение. 1995. № 4－5. С.192.

② *Белый А.* Как мы пиешм. О себе как о писателе // *Составители : Лесневский Ст. , Михайлов Ал.* Андрей Белый. Проблемы творчества. М. , 1988. С. 16－17.

③ *Ерофеев Вик.* Споры об Андрее Белом. // *Составители : Лесневский Ст. , Михайлов Ал.* Андрей Белый. Проблемы творчества. М. , 1988. С.489.

④ *Отв. редактор. В. А. Келдыш.* Русская литература рубежа веков Ⅱ. (1890—е—начало 1920—х годов). ИМЛИ РАН. М. , 2001. С.154.

些片段安置在所有的《交响曲》中)。另一方面,自由地分配情节并且保持意义的完整性,同时引入和组合超出主题之外的细节,结合抒情的和描写的片段,在主题重复和句式节奏组织方面做实验。这些叙事方式被别雷纳入了大型小说形式的规则革新。如果说创作第一部《交响曲》只能被认为是别雷在主题和叙事方面做出的试验,那么经历了第一批《交响曲》的创作,别雷已经完全突破了俄国原有古典小说的创作范畴,为20世纪的小说写作作好了相当充分的准备。维·什克洛夫斯基指出,没有《交响曲》就不可能有俄罗斯新文学①。

与《交响曲》同时期的重要作品是别雷的第一本诗文集《碧空之金》(1904)。弗·柏亚斯特认为:"《碧空之金》是《交响曲》的间奏曲。"②诗集传达了当时被称为"阿耳戈号勇士"的莫斯科象征主义小组弗·索洛维约夫式的预感。别雷称作品中"金色和蓝色是索菲娅圣像画的颜色……在弗·索洛维约夫那里她涂满了金黄色的蔚蓝的颜料。"③别雷第一本诗文集中色彩十分丰富。"金色的阳光"主题使诗歌具有一种明亮、乐观的色彩。直白地裸露在诗行之中的抒情主人公也展现出一种前所未有的充满崇高精神的形象。在诗歌形式上,别雷不断试验新的韵脚,混淆各种格律,显示出大胆创新的勇气。

引人注目的是,别雷在他的第一个合集《碧空之金》里放置了《小说中的抒情片段》。这个部分除了短篇故事《阿尔戈勇士们》(《Арганавты》)外,还包括两个具有抒情特点的短篇《幻影》(《Видение》)、《梦》(《Сон》),以及具有明显情节的小作品《强力信号》(《Ревун》)、《争吵》(《Ссора》)、《草图》(《Этюд》)等。拉夫罗夫指出,这些片段是"别雷的情绪和印象的自然而日常的记录——是诗人所有小

---

① 转引自刘亚丁:《〈交响曲〉:俄国古典小说的终结》,《外国文学评论》1996年第1期。

② *Отв. редактор. В. А. Келдыш.* Русская литература рубежа веков Ⅱ.(1890—е—начало 1920—х годов). ИМЛИ РАН. М., 2001. С. 155.

③ *Сост. В. М. Пискунов.* Воспоминания об Андрее Белом. М., 1995. С. 178.

说体裁的起始形式"①。这些短篇是别雷随手记在笔记本中的,包含着很多他早期的小说经验。所以,小型的笔记片段可以视做别雷文学之路的开端,别雷由类似的短小片段的形式起步逐渐转入在大型叙事形式中形式和内容上的根本性试验。

二、《东方或西方》三部曲

可以说,在自己的创作初期,别雷还没有充分感受到生活的严峻性,还十分乐观地沉浸在幻想的游戏和离奇怪诞的世界中。他开拓了新的创作主题,发展了有别于传统小说的技巧,但他并未开创真正属于自己的文学传统。他不幸的爱情为他打开了真正痛苦的世界,使他品尝到没有出路的绝望。同时,1905 年革命给别雷以深刻的影响。如别尔嘉耶夫说:"革命要以信仰的瓦解和衰落为前提条件,以至在社会和人民中失去起凝聚作用的精神中心。"②社会各方面的危机导致了革命。别雷开始思考俄罗斯的命运,努力探求变动时代的特点,并得出具有时代意义的结论。

随着别雷对艺术和生活的认识不断深入,他意识到以前的题目和形象已经山穷水尽了。他感到自己应该是果戈理、涅克拉索夫、陀思妥耶夫斯基的伟大传统的继承者、推进者。他的创作视野开始扩大了。他尝试用一种新的风格代替了原有的风格。1907 年至 1917 年是别雷创作最丰产的时期。别雷将心灵的不安和个人的伤痛与人民的命运、时代的步伐融合起来。这是别雷创作发展的内在基础。

1909 年出版的《灰烬》里悲观的情绪替代了先前诗集中的"金色阳光"的明朗色调。作者在前言中写道:"……主要的是——空洞的空间,中间是俄罗斯的日渐贫弱的中心。资本主义还没有在我们的城市中建立

---

① *Лавров А. В. У истоков творчества Андрея Белого (《Симфонии》). // Белый А. Симфонии. Л., 1991. С. 10.*

② [俄]Н. О. 洛茨基著:《俄国哲学史》,贾泽林等译,浙江人民出版社 1999 年版,第 311 页。

像西方那样的中心,但是已经在瓦解农村的村社,因此不断增多的峡谷伴着风暴、乡村的图景是古朴的日常生活毁灭和死亡的生动象征。这种死亡,这种毁灭有如巨大的波涛冲毁了村落、庄园,而城市里资产阶级文化的呓语却在滋长。"①别雷对现代俄罗斯不由自主地产生了悲观主义的看法。诗集的主导动机决定了这种悲观。在这部诗集中,别雷第一次让自己的抒情主人公在俄罗斯中感知自己,在自己中感知俄罗斯,个人命运的不成功、悲剧性仿佛都嵌入了国家的历史命运中。经历了革命、日俄战争,处于激烈政治斗争中的国家的历史命运令人无比悲伤,十分迷惘。诗集透过抒情主人公的咏叹展现了现代俄罗斯的悲剧性状况。

不少评论家曾指出,别雷诗歌中的抒情主人公具有明显的可感知性,尽管在诗体风格和内容上,《灰烬》和《碧空之金》有很大差异,但它们正是通过抒情主人公这条线而彼此相连的。抒情主人公的形象在《碧空之金》中逐渐成形,在《灰烬》中走向丰满。在两本诗集中抒情主人公表现出相同的感受痛苦、参与历史的思想。所以,别雷的诗歌完全可以看做某个演员的舞台专集,其中多种情感和感受都是诗人本人多样化的艺术体现。同在 1909 年,别雷还发表了另一部诗集《骨灰盒》。他自称,《灰烬》是一本"自焚与死亡之书",而《骨灰盒》中收集的则是"自身的灰",全书笼罩着"棺木般的深沉"和"无尽的默默的哀愁"②。

经历了《灰烬》和《骨灰盒》的伤痛,别雷再次重整旗鼓。深刻的精神转折使他对生命和文化的理解与认识进一步丰富和深化。到 1910 年,别雷已经达到自身艺术才华发展的顶峰。对艺术和对生活的态度在他的自我认识中变得深刻了。这个时期别雷出版了自己最重要的三部理论集《象征主义》(1910)、《绿草地》(1910)、《阿拉伯图案》(1911)。他系统地阐述了"作为一种世界观的象征主义",阐述了艺术的起源与作用、形式

---

① *Отв. редактор. В. А. Келдыш.* Русская литература рубежа веков Ⅱ. (1890—е—начало 1920—х годов). ИМЛИ РАН. М., 2001. C.158.

② 汪介之著:《远逝的光华:白银时代的俄罗斯文化》,译林出版社 2003 年版,第 151 页。

和语言等根本问题,探讨了艺术的现代特征和未来走向。

1909 年别雷计划写作一部以《东方或西方》为总题的三部曲来探讨正处在重重危机之中的俄罗斯在东西方之间的命运归属问题,找寻民族发展的道路。第一部《银鸽》和第二部《彼得堡》相继问世,第三部《看不见的城堡》没有完成,后更名为《我的一生》,也没有完成,但作家的自传性小说《柯季克·列塔耶夫》却被认为是第三部的组成部分。在写作上述作品时,别雷完全沉浸到艺术创造的热情中。他运用各种风格体系和方法尝试着参与历史。这样的形式在《银鸽》中已开始表露出来,到《彼得堡》时则达到顶峰。

《银鸽》的主人公达尔亚尔斯基是一个诗人,"他自认为是人民的未来",是当时声势浩大的俄国知识分子"到民间去"运动的积极参加者。他从莫斯科来到乡下——他未婚妻的贵族庄园里做客。在此期间,他尝试接近普通民众的生活,以求了解民众,继而探寻民族出路。然而他被卷入了附近小村子里的一个色情教派——鸽派。达尔亚尔斯基为了心中的理想和神秘的实现道路,离开了未婚妻,加入"鸽派",然而悔时晚矣,最终达尔亚尔斯基为"鸽派"教徒杀害。作家经由这一形象的性格、遭遇和命运,表现了俄罗斯及俄罗斯人在东方与西方、信仰与理性、天使与恶魔、肉体与精神等对立因素之间的两难选择,并试图给出象征主义的历史学方案。

在《银鸽》中,俄罗斯是作为东西方冲突的领域存在的。代表人民因素的乡村和代表西方文明因素的贵族庄园相对立。小说的主人公达尔亚尔斯基作为知识分子的代表,努力走出代表西方文明因素的封闭的首都和庄园。从艺术技巧上看,别雷回到对小说情节的重视上来,但也运用了在《交响曲》中用到的主导动机的技巧。他还第一次运用了诗化叙事体的形式。这是别雷借鉴了 19 世纪的列斯科夫、陀思妥耶夫斯基(在中篇小说中)及早期的果戈理的方法的结果。小说还展现了人物的无意识心理流程,揭示了人物性格的分裂和怪诞特点,并且使用了违背语法常规的语言,这些都已显示出现代小说的特征。

1910 年别雷生活中的一件大事是他与安娜·屠格涅娃结婚。安娜·屠格涅娃的心灵、气质和外貌直接影响了《银鸽》中卡佳形象的塑造。别雷在安娜身上看到了美与善的结合。他决定改变生活,不仅要在艺术创作中找到自己,而且要在"生活的创作"中。他在安静的环境中构思好三部曲,想向人们表明,该怎样生活,不该怎样生活。婚后,他们一起出国,一起成了施泰纳的学生。

别雷对人智学的迷恋是他寻找生命支点的漫长而令人疲惫的历史中的最重要的时期。施泰纳宣传的个性完善的思想(以及能够揭示自己身上的以一种理想的形式永恒存在的最高本质的思想)吸引了别雷。别雷认为它应该是全世界人们友谊团结的基础。施泰纳还致力于使人相信,人在地球上所度过的从生到死的阶段只是人永恒存在的微不足道的一个片段,而永恒存在只有通过直觉才能达到。只要到达到永恒,人就会在自然历史事件中看到那些被时间所销毁的一切,能从一时的历史深入到永恒,永不为时间所毁。别雷也认为,存在也就是精神,如今消耗在与永恒相对立的日常生活的拥挤中,日常生活与永恒所具有的自然性相对立。关于一切现有事物的双重性的思想至此成为别雷的中心思想。

1911 年秋天,别雷开始写作他一生中的最重要的作品《彼得堡》。小说于 1913 年完成,1913—1914 年由《美人鸟》杂志分三期刊发,1916 年出版单行本,1922 年删略本问世。《彼得堡》的艺术和思想的观念是建立在对世界历史进程的总体理解上的。别雷似乎从施泰纳的思想和托尔斯泰主义的复杂总结中找到了摆脱个人乃至社会绝路的办法。小说末尾,一个仍然活着的或者说仍然有理智的主人公经历了心灵的磨难和考验,在生活中终于寻找到新的道路,相互和解的道路。他依靠的不是日常生活所赋予的一切,而是从心灵的深处培育出来的动力。

就《彼得堡》的写作手法而言,多尔戈波洛夫一度认为,"暂时没有必需的概念和术语"①来分析它。创作的多层次性和多面性使文本显得十分复杂。每个人物、每个物体都具有无限的象征意义。这些意义在相关的层面上相连。故事的地点和主人公都是彼得堡。它直观地体现了世界历史进程中东西方问题的矛盾对立。这个世界历史进程在小说中成为宇宙力量对于地球历史的表面投射。彼得堡就是关涉宇宙力量的"数学的一个点"。

故事的时间是 1905 年 10 月中的 10 天时间。小说围绕着尼古拉的杀父誓言展开。和《交响曲》不同,《彼得堡》沿用了《银鸽》中传统意义上的小说情节。情节和情节中人物、动作、事件依然保留着。围绕主人公所发生的所有事件,似乎都是对 19 世纪俄国小说中的某些情节的讽刺性模拟。阿波罗变成了一个无助的老人。安娜的命运也具有讽刺性。不过情节已经退居小说的次要地位。列娜·西拉尔德认为:"别雷为《彼得堡》设置了语义结构等级,借助于情节层面的破碎性和主题层面的连贯性之间的张力组织起小说的意义场。"②小说还运用了作家在《交响曲》以及在诗歌创作中积累的经验,加上《银鸽》中的诗化叙事体的经验。可以说,别雷创作出一种全新的小说模式——韵律化小说。维·什克洛夫斯基指出,在它之后,作家使用与在它之前使用的完全不同的方式组织材料③。

三部曲的最后一部分原先的题目是《看不见的城堡》。这指的是人心灵中的城市,是别雷按照善的原则——宽恕一切、自我完善的原则构成的人的内心世界。他在 1914 年 6 月从瑞士写信给伊凡诺夫-拉祖姆尼克说:"三个多月敲打树木,从心中抛弃令人厌恶的《鸽子》(即《银鸽》——引者注)和《彼得堡》的最后残余,是为了此后沉浸到三部曲的第三部分。

---

① *Долгополов Л. К.* Андрей Белый и его роман 《Петербург》. Л. , 1988. C. 313.

② *Отв. редактор Келдыш. В. А.* Русская литература рубежа веков Ⅱ. (1890—е—начало 1920—х годов). ИМЛИ РАН. М. , 2001. C. 174.

③ *Шкловский В.* Гамбургский счет. М. , 1990. C. 148.

不然我有罪恶感,写了两部小说使批评界有完全正当的权利责备我是虚无主义,缺乏正确的立场。请相信,我有,只是它总是如此隐秘和——怎么说呢——羞愧,——隐藏在心灵更深的位置。比我在写《鸽子》(即《银鸽》——引者注)和《彼得堡》时挖掘到的更深的地方,现在想公开地说……"①这是一个宏大的理想。别雷要总结多年的探索,要回答如何战胜恶和不顺,应该怎样生活。现在他似乎重又看到了自己所拥有的心灵基础,并确信生活的美好——这些一直珍藏在他的心底。

然而《看不见的城堡》没有写完,就像果戈理《死魂灵》的第二部的构思并未完成一样。别雷改变了自己的计划。后来,他宣布三部曲的第三部分会叫《我的一生》。然而《我的一生》也没有实现,它的第一部分被冠名为《柯季克·列塔耶夫》于1922年问世。有评论家认为《柯季克·列塔耶夫》是别雷继《彼得堡》之后写作的最重要的作品,是"别雷将文学技巧和作曲技巧的完美结合"的结果,是别雷创作的第二高峰。该论者还表示,在《柯季克·列塔耶夫》中别雷达到了他新形式的高峰,这部作品是"诗与小说的混合物,完全独立于那些早先在文学中已经出现过的"②。

多尔戈波洛夫称《柯季克·列塔耶夫》为:"一部公开的人智学著作,对施泰纳学说的天才描绘。"③在小说中,别雷写到了他的童年,他最心爱的女人安娜·屠格涅娃的形象,温暖的海浪。多尔戈波洛夫特别提到:"要知道柯季克,这是他母亲称呼小鲍里斯的爱称。"④在作品中,别雷天才地描绘了这个孩子早期意识的发展,涉及关于人的边缘存在的问题。

---

① *Долгополов Л. К.* Начало знакомств. // *Составители : Лесневский Ст. , Михайлов Ал.* Андрей Белый. Проблемы творчества. М. , 1988. С. 79.
② *Ерофеев Вик.* Споры об Андрее Белом. // *Составители : Лесневский Ст. , Михайлов Ал.* Андрей Белый. Проблемы творчества. М. ,1988. С. 485.
③ *Долгополов Л. К.* Начало знакомств. // *Составители : Лесневский Ст. , Михайлов Ал.* Андрей Белый. Проблемы творчества. М. , 1988. С. 80.
④ *Долгополов Л. К.* Начало знакомств. // *Составители : Лесневский Ст. , Михайлов Ал.* Андрей Белый. Проблемы творчества. М. , 1988. С.87.

作品描述了个人的心灵之路,发展了《彼得堡》中所形成的体系性反映外部世界在人的主观意识中投影的诗学基础。

从思想上看,别雷在 1914 年说的一段话,也许可以帮助我们理解三部曲的主题及其变化:"……《银鸽》——这是没有西方的东方;因此,这里出现了恶魔(长有鹰喙的鸽子)。《彼得堡》——这是在俄国的西方,即阿里曼的幻想,在那里,技术主义——即逻辑之赤裸裸的抽象,创造出了罪恶之神的世界。《我的一生》则是西方的东方或东方的西方,是基督的动因在灵魂中的诞生。"①

从写作形式的变化和发展上看,在《交响曲》中倡导的音乐精神贯穿了别雷后来的每一部小说,但是各部小说所表现出来的音乐节奏却越来越复杂。别雷自己承认,《银鸽》还算可译,而节奏复杂的《彼得堡》、《柯季克·列塔耶夫》就很难译出了②。在《银鸽》中对人物的无意识心理流程的展现,对人物性格分裂和怪诞特点的揭示,以及对惯常语言的背离已经显示出了现代小说的创新色彩,而《彼得堡》所提供的"在地点与时间的象征之中描写残破的想象形式的下意识生活"③,则说明了别雷在题材、结构、语言、叙事技巧等等小说形式范畴方面完成了长篇小说写作规则上的一次革命。

三、 1917 年之后

新的转变发生在 1914 年—1916 年之间。别雷感觉到注定要有震惊世界的大事来临(他的敏锐如同勃洛克一样令人震惊),内心仿佛作好了

---

① [俄]安·别雷著:《银鸽》,李政文、吴晓都、刘文飞译,云南人民出版社 1998 年版,序言,第 9 页。

② *Белый. А. Как мы пишем. // Составители : Лесневский Ст. , Михайлов Ал. Андрей Белый. Проблемы творчества. М. , 1988. С. 22.*

③ *Пискунов В. Громы упадающей эпохи. // Белый Андрей. Петербург. М. , 1994. С. 428.*

准备。他重写自己的诗歌集,创造新的诗歌,抛弃了从前的风格。他削减了《彼得堡》小说的第三部分,似乎是要降低它的社会影响。他重新修订了自己的简历,并号召出版商不要按照最初的样式出版他的东西,他还告诉读者只有他现在笔下所写的东西才有意义。

别雷在十月革命后的创作主要有两个部分,一部分是回忆录以及一些回忆性的著述,如回忆录三部曲《两世纪之交》(1930)、《世纪之初》(1933)、《两次革命之间》(1934);另一部分是实验性的小说《柯季克·列塔耶夫》(1922)以及《怪人笔记》(1922)、《受洗礼的中国人》(1921)、《莫斯科》(1926)和《面具》(1932)等一批象征主义小说。别雷后期创作体裁上的创新主要体现在诗歌上:如《基督复活》(1918)、《第一次相遇》(1921)等。

虽然别雷一生作品甚多,但别雷最看重的是自己的"艺术作品"。他曾坦述自己进行"艺术创作"时的不易:"这种艺术作品我数年才写作一次。……是坐到写字桌前就开始的激动不安,忙忙碌碌,爬遍群山,找寻引发纯粹音乐主题音响的风景,那音响令我的思想甚至肌肉进入运动状态,由此以形象展现思想的速度提高数倍,而肌体开始踏出某种节奏,伴之以为寻找贴切词语的喃喃自语;在此期间无论小说还是诗歌都同样被我吟唱……"①在自己一生创作的三十几部作品之中,别雷自认为只有六七部是真正属于艺术创作的:《戏剧交响曲》、《银鸽》、《彼得堡》、《受洗礼的中国人》、《莫斯科》和《柯季克·列塔耶夫》(小说《面具》和长诗《第一次相遇》也是作家较满意的)。

综上所述,别雷的创作形式和内容俱丰,尤其他的小说艺术以其对传统的继承和创新超越了象征主义流派,影响了 20 世纪俄国小说的发展。别雷因此和"列米佐夫"一起被称为"新俄罗斯小说的奠基人"。纵览别雷的

---

① Белый. А. Как мы пишем. // Составители : Лесневский Ст. , Михайлов Ал. Андрей Белый. Проблемы творчества. М. , 1988. С. 11.

全部创作,不难看出,《彼得堡》不仅是作家长期思想探索的结晶,而且集中体现了他在艺术手法、结构形式和语言风格等方面的探索与创新。正是在此意义上,《彼得堡》超越了别雷的所有其他作品,当之无愧地成为他的代表作。

第二节 《彼得堡》的艺术构思
对传统的继承与超越

《彼得堡》成为别雷的代表作、象征主义小说的巅峰之作绝非偶然。第一,在艺术构思上,这部小说体现出别雷在祖国命运前途、俄罗斯文化发展问题上的思考和创新。俄罗斯在东西方之间的命运归属问题的争论,贯穿了 19 世纪以来的俄国思想史,斯拉夫主义者、西欧派、民粹派、革命民主主义者、马克思主义者彼此之间激烈论战;普希金、屠格涅夫、果戈理、陀思妥耶夫斯基、托尔斯泰、高尔基、弗·索洛维约夫、别尔嘉耶夫等作家、宗教哲学家各抒己见。20 世纪初,俄罗斯将向何方去的问题,又被尖锐地提到人们的面前。别雷也没有回避这一问题,而是将自己的思考融入了《彼得堡》这部小说的构思。利哈乔夫认为:"别雷的《彼得堡》里的彼得堡——不是处于东方和西方之间,它同时既是东方又是西方,也就是说,整个世界。别雷就这样第一次在俄罗斯文学中提出了俄罗斯的问题。"①大而言之,不仅仅是俄罗斯的文化发展走向的问题,而且还有整个世界、整个人类文化的发展将何去何从的问题。所以,《彼得堡》所具有的世界意义和现实意义是不容忽视的。第二,《彼得堡》最重要的艺术贡献在于它体现了对人的观念的更新:人——不仅是时代和环境的代言人,同时也是宇宙层面的一个要素,是统一和谐的自然界中一个部分。小说的整体艺术构思以及它

---

① [俄]安·别雷著:《彼得堡》,靳戈(即钱善行)、杨光译,作家出版社 1998 年版,原编者的话,第 4 页。

所体现的关于人的新观念都显示了别雷对传统的继承和突破。

一、 俄罗斯——东方与西方之间

俄罗斯是一个处于"东方"和"西方"交汇点上的国家,它在地理上横跨欧亚,在文化上也具有浓厚的西方与东方混融的色彩。源于拜占庭的精神和艺术,以及源于蒙古征服者的社会结构和制度,构成了俄罗斯传统文化的两大要素。如果说公元988年罗斯受洗奠定了俄罗斯文化的西方渊源,而13世纪蒙古的征服则开始了罗斯社会的东方化历程;那么自彼得一世改革,罗斯更开始了它全面西化的历程。

俄国与西欧的对比成为19世纪俄罗斯世界观的重要内容。怎样的文化和生命形式才是终极智慧的体现? 人生与人类发展的最深刻的宗教意义究竟何在? 随着西方物质文明和自由思想的输入,俄罗斯国内形成了两种截然对立的对待西方的倾向:崇欧和排外。西欧派强调俄国只有学习、仿效西方,走西方文明发展之路,才是唯一的出路。西欧派的代表人物恰达耶夫在欧洲旅游之后,作《哲学书简》严厉抨击俄国历史和文化。他说:"我们仅仅生活在非常狭隘的现在,没有过去和未来,置身于僵死的停滞。"[①]他认为俄国历史本来没有作为西方社会和国家文化之基础的社会宗教修养传统,俄国的精神和文化生活还相当粗陋。

斯拉夫派则强调俄国历史的独特性。斯拉夫主义的基本思想可以表达为"社会共同体概念"[②],它的理想是以人们对上帝之爱的统一为基础的自由的人民共同体。而在西方的经济、社会和政治生活中占统治地位的,则是人们之间冷漠的契约关系。斯拉夫派认为,在"社会共同体原则"的基础上,俄罗斯完全可以走一条不同于西方发展的道路,但是由于

---

① [俄]恰达耶夫著:《箴言集》,刘文飞译,云南人民出版社1999年版,第8页。
② [俄]弗兰克著:《俄国知识人与精神偶像》,徐凤林译,学林出版社1999年版,第34页。

彼得的改革,破坏了古老俄罗斯生活的自然过程,西方文明的侵入,引起了俄国社会的混乱,因此只有回归俄罗斯民族传统精神才是俄罗斯真正的出路。

恰达耶夫发表的《哲学书简》,标志着俄罗斯现代意识的觉醒,率先提出了本民族的发展道路和取向问题,开启了40年代斯拉夫派与西欧派之间的激烈论战。1838—1848年间的激进分子别林斯基、巴枯宁、屠格涅夫、赫尔岑等坚持西方文明是"不可避免的道路"的观点。屠格涅夫说:"强调俄国精神和独特性的任何企图都是卑鄙和愚蠢的行为。"①别林斯基也认为:"唯开明的专制君主——借强迫手段造成的教育、技术进步与物质文明——能拯救蒙昧、野蛮的俄国。"②当然,后来他们中的某些人的观点也发生了某些变化。恰达耶夫对俄国的失望和后来赫尔岑对西方的失望构成了19世纪俄国社会思想史的两大转折点。

俄国文学以其独特的方式从一开始就参与了这场讨论。经典作家果戈理在晚年接近俄国文化派。一种强烈的宗教意识在他的灵魂中燃烧。果戈理认为,俄罗斯注定是一个担负着特殊使命的伟大国家,是上帝的选民,是带神性的民族。在《死魂灵》(第一部)的结尾处,他写道:"俄罗斯,你不也就在飞驰,像一辆大胆的、谁也赶不上的三驾马车一样? ……旁观者被这上天创造的奇景骇呆了,停下脚步……俄罗斯,你究竟飞到哪里去? 给一个答复吧。没有答复。……大地上所有的一切都在旁边闪过,其他的民族和国家都侧目而视,退避在一边,给她让开道路。"③

在《与友人书简选》中,果戈理批评了斯拉夫派和欧洲派"只是滑稽地模仿他们想成为的东西,——他们所有人谈论着同一件事情的两个不同的方面",但是显然果戈理更认同斯拉夫派,他说:"当然,在斯拉夫派分子和东方派分子这边有更多的真理,因为他们毕竟看到整个正面,所

---

① [英]以赛亚·伯林著:《俄国思想家》,彭淮栋译,译林出版社2003年版,第154页。
② [英]以赛亚·伯林著:《俄国思想家》,彭淮栋译,译林出版社2003年版,第194页。
③ [俄]果戈理著:《死魂灵》,满涛、许庆道译,人民文学出版社1983年版,第312页。

以,他们谈的毕竟是主要的东西,而不是局部的东西。"①

对于斯拉夫派和西方派之争,赫尔岑有段更准确的评价:"我们(西欧派和斯拉夫主义者——引者)有同样的爱,只是方式不一样……我们像伊阿诺斯或双头鹰,朝着不同的方向,但跳动的心脏却是一个。"②1861年农奴制改革之后,俄国实际上已经走上西方发展的道路,国内秩序更加混乱,个人主义、拜金主义盛行,传统道德沦丧。关于民族出路的选择问题,随着革命民主主义、民粹派、土壤派等的出现,可谓更加复杂。

在宗法制持续面临解体、工商业阶层不断壮大、城市文化日益发达的背景下,一度信奉西欧派观点的陀思妥耶夫斯基在流放期间逐渐形成了承接斯拉夫主义的土壤派理论。陀思妥耶夫斯基成为西方文明的最激烈的批判者,他把东正教、人民性、村社传统当做俄罗斯的根基。在纪念普希金铜像揭幕式上的讲话中,陀思妥耶夫斯基借用普希金的作品,抒发了自己对俄国命运与使命的看法。他认为由普希金的天才以及其所表现的俄国民族特征之中,可以见出俄国灵魂、俄国人民之天性最有能力支持并实现人类一体、天下一家的理想。欧洲各族社会根基脆弱,崩溃在即,只有俄国灵魂能以兄弟之情与博爱之心使全人类复合为一③。托尔斯泰关于人性、关于俄国文明与西方文明面临的问题也有自己的认识。他既不是景慕西方的激进知识分子,也不是斯拉夫主义者,他的看法贯穿这些范围。他提出的诸如"勿以暴力抗恶"、"寂静主义"等哲学思想和两派心气相通。

总的说来,在俄国知识分子那里,19 世纪俄国的命运首先是通过与西方的关系来理解的,在大家的意识中没有把东方作为有意义的范畴来看待,这种单方面性到 20 世纪初受到破坏。日俄战争、中国的反帝运动

① [俄]果戈理著:《与友人书简选》,《果戈理全集》(6),任光宣译,安徽文艺出版社 1999 年版,第 69—70 页。
② [俄]赫尔岑著:《往事与随想》(中册),巴金译,人民文学出版社 1993 年版,第 143 页。
③ [英]以赛亚·伯林著:《俄国思想家》,彭淮栋译,译林出版社 2003 年版,第 26 页。

突然将远东国家推上了历史舞台,表明了这些国家已参与到国际事务中。世界历史不仅改变了自己的色彩,还呈现出自己的本质。19 世纪末、20 世纪初,对历史变动的大预感,把俄罗斯作家和思想家关于东西方问题的思考带入了一个新的境地。

弗·索洛维约夫的思想直接影响了 20 世纪初的一批作家和思想家。诗人兼宗教哲学家弗·索洛维约夫包容了"斯拉夫主义和西方主义"的思想,曾经期望将东西方教会联合起来,以东西方文化的积极因素为基础,使"人"的西方和"神"的东方联合起来,建立自由神权政治,他希望俄国能第一个为此奠定基础。在《三种力量》一文中,索洛维约夫指出:俄罗斯及斯拉夫民族的使命使其成为世界历史中两种对抗力量之间的"调和因素"。这两种力量,一是穆斯林的东方,二是西方基督教文明,它们各自运作的结果,都将给人类带来某些有害的影响。只有以俄罗斯为代表的第三种力量,才能"沟通本真的灵魂,通过把人类和永恒的神的本原结合在一起,赋予支离破碎和死气沉沉的人类以生命与完整性"①。

当晚年的索洛维约夫被启示录情绪所控制、预感世界性的灾变即将到来时,他更加相信俄罗斯将在这一巨变中发挥独特的作用。他在去世前不久发表的《三次谈话》中预测:欧洲内部的纠纷和宗教冲突,将导致东方民族的胜利,而在摆脱了东方的控制后,欧洲又出现伪基督和反基督者;只有实现基督教信仰的统一,才能促成反基督者的灭亡和耶稣基督的第二次降临,出现一个新宗教时代②。他再次强调,只有俄罗斯能承担东西方教会和文化的伟大使命。

索洛维约夫激烈批评西方世界的理性主义、对完整生命的个人主义

---

① 转引自汪介之:《弗·索洛维约夫与俄国象征主义》,《外国文学评论》2004 年第 1 期,第 64 页。
② 转引自汪介之:《东西方问题的考量在 20 世纪俄国文学中的延伸与影响》,《外国文学评论》2009 年第 2 期,第 216 页。

的分解和建立在"抽象原则"和冷漠的公务交往基础上的生活制度①。针对弥赛亚意识，索洛维约夫还提出要警惕"泛蒙古主义"。在他写的《反蒙古主义》一诗中，担心黄种人的子孙将把俄国的双头鹰击溃。概言之，索洛维约夫对东方和西方抱有同样的警惕，认为只有俄罗斯能把两种力量综合起来，实现它的救世使命。

在新的时代来临之际，俄罗斯与东西方之间的关系问题，同样引发了许多思想家和文学家的论争。高尔基在 1915 年发表的《两种灵魂》中，集中论述了东方民族和西方民族在文化心理和精神特点上的根本区别，谈到俄罗斯因接受东西方共同影响而形成的民族性格的复杂性。高尔基认为，应当认识并批判本民族精神文化的落后面，强调"唤醒和培养俄罗斯人的生活意志"、强化俄罗斯人的生活"激情"和个性精神②。他将东西方两种文化、两种世界观作了对比，认为东方是神秘主义、迷信、悲观主义和无政府主义的永恒怀抱，也为压抑个性、无所作为和来世思想提供了合适的温床；而西方及其文化则体现出"生命的赋予"乐观主义和积极精神，对于个性和行动的崇拜，对于现世幸福的追求。"欧洲是自己思想的领袖和主人，东方人则是其幻想的奴隶和仆役。"③高尔基认为东方文化对俄罗斯人心理的影响，要比它对西欧人心理的影响深重得多。

宗教哲学家别尔嘉耶夫对俄罗斯民族精神、民族性格特征及其与民族历史、民族命运的关系也极为关注。在《俄罗斯灵魂》、《俄罗斯的命运》、《俄罗斯思想》等论著中，他曾多次谈到俄罗斯民族精神性格的独特性。他认为，俄罗斯是"一个特殊的国家，和世界上任何一个国家都不相同"，它在地埋上处于东西方之间，在精神文化上也兼具东西方的特点；这种特殊性使俄罗斯不可能把自己定格为东方国家并与西方对立，反之

---

① ［俄］弗兰克著：《俄国知识人与精神偶像》，徐凤林译，学林出版社 1999 年版，第 40 页。
② 转引自张杰、汪介之著：《20 世纪俄罗斯文学批评史》，译林出版社 2000 年版，第 135 页。
③ 转引自汪介之：《东西方问题的考量在 20 世纪俄罗斯文学中的延伸与影响》，《外国文学评论》2009 年第 2 期，第 219 页。

亦然;俄罗斯应当成为"东西方两个世界的连接器,而不是分离器"①。别尔嘉耶夫还认为,俄罗斯精神文化具有一种内在的矛盾性,这种矛盾性源于它介于东西方之间的独特的地理位置。

索洛维约夫的思想被年轻一代象征主义者直接承继下来,并由他们加以发展而在20世纪初一度风靡俄罗斯。别雷关于处于两个世界之间的俄国命运问题以及东方还是西方之争的思想,早在《绿草地》(1910)中就形成了。承继着果戈理、陀思妥耶夫斯基和索洛维约夫对西方的评价,别雷认为在西方只有扼杀文化的文明,文明只是进步的外部表现,它与文化相敌对。昔日的欧洲文化现在正变成俄罗斯精神的财富。他在1911年写给玛拉佐娃的信中说:"天啊! 外国人麻木到什么程度:没有一句智慧的话,没有一点真正的热情,钱,钱,钱和冷漠的计算……在西方有的是文明。在我们的概念中西方没有文化,这样处在萌芽状态的文化只在俄罗斯才有……我们的骄傲在于我们不是欧洲,或者说只有我们才是真正的欧洲。"②

但是别雷也意识到当时的俄罗斯,被安置在世界历史的两条路线(西方和东方)上。彼得改革把俄罗斯分成了两半,俄罗斯丧失了自己的民族特点。他写道:"从金属骑士疾驰到涅瓦河岸的那个孕育着后果的时候起,从他把马掷到芬兰灰色的花岗岩上那些日子起——俄罗斯分裂成了两半;分裂成两半的,还有祖国的命运本身;俄罗斯——受苦受难,嚎哭着,直到最后一刻,分裂成两半。"③

别雷认为正是从铜骑士沿着涅瓦河奔跑的那一刻起,俄罗斯处于两种敌对力量(蒙古人和欧洲人)的毁灭之中。虽然彼得和他的改革将俄国带入欧洲生活的统一轨道,但国家的边缘性特点并未改变,反而还变得更明显。资产阶级的"进步"和东方的"秩序"相结合,构成了一件有害于

---

① 转引自张杰、汪介之著:《20世纪俄罗斯文学批评史》,译林出版社2000年版,第111页。

② Долгополов Л. К. Андрей Белый и его роман《Петербург》. Л., сов. писатель. 1988 г. С. 297.

③ [俄]安·别雷著:《彼得堡》,靳戈(即钱善行)、杨光译,作家出版社1998年版,第152页。

俄罗斯民族根源的事情。在别雷看来,俄罗斯不是欧洲对亚洲轶粗的抵制或者是团结的战略基地。它的历史意义是另外的。别雷这样说:"俄罗斯是一片处女地,她既不是东方,也不是西方……她既不应成为东方,也不应成为西方,当东西方在她身上交汇,在她身上、在她独特的命运中有着整个人类命运的象征。……这个民族负有调和东方与西方、为各民族间真正的兄弟情谊创造条件。"①

果戈理在小说《死魂灵》第一部的最后曾发出这样的呼喊:"俄罗斯……三套马车,你将驶向何方?"普希金也曾疑问:"你跃往何方,骄傲的马?"问题始终没有答案。别雷也在呼喊:"你啊,俄罗斯,像一匹马!两个前蹄伸向了空荡荡的一片黑暗之中;而一双后腿——牢牢地长在花岗岩根基上。你想脱离拖住你的巨大石块吗……或许你是想扑向前去……或许,你是害怕跳跃,又停下四蹄,以便扑哧着鼻子把伟大的骑士带到那些靠不住的国家所处的开阔平原的深处?"②随后他勇敢地给出自己的答案。这个答案关涉到全人类未来命运的问题。深受索洛维约夫学说的影响,别雷相信俄罗斯是一个担负特殊使命的国家。它的命运是超越历史的。他预料俄国在内战之中将会出现曙光。别雷誉之为历史上的跳跃,这一跳跃会改变历史图景,改变世界运动的进程,但俄罗斯还有和异族侵略者的战争。"……库利科沃之战,我等待着你!"处于东西方之间的城市彼得堡将会消失。"尼日涅、符拉基米尔、乌格利奇就在那隆起的高处。彼得堡则将一片荒芜。"③

别雷想像果戈理一样,反对西方的影响,为自己的国家找到独特的民族之根。在以果戈理风格写成的《银鸽》中,别雷把西方的毁灭性影响和

---

① 转引自汪介之:《东西方问题的考量在 20 世纪俄罗斯文学中的延伸与影响》,《外国文学评论》2009 年第 2 期,第 216 页。
② [俄]安·别雷著:《彼得堡》,靳戈(即钱善行)、杨光译,作家出版社 1998 年版,第 152—153 页。
③ [俄]安·别雷著:《彼得堡》,靳戈(即钱善行)、杨光译,作家出版社 1998 年版,第 153 页。

东方的破坏性因素的影响作为潜意识中的破坏力,而创造性的因素只能在俄罗斯人民的心灵中寻找。俄罗斯人民的心灵中的隐秘本质则可以溯源到古希腊文化的源头。这是欧洲文化的发源地。"关于俄罗斯是在资产阶级之前时期形成的心灵的配置和文化传统的继承人的思想"[①]贯穿了他的两部小说。这些传统被别雷视为最后的真理。对他来说,首先是其中的心灵本质,能与资产阶级的事务性的文明相对抗。

别雷想象,俄罗斯精神应该是世界精神,既反对西方个人主义,也排斥东方的"清静无为",但他赞同吸收东西方文化的精华,并强调接近人民。由于西方各国的"宗教病患",即精神价值的逐渐失落,文艺复兴以后基督教分化为一些"抽象的原则"——在文化上彼此独立自为的领域,如神秘论与道德学说,哲学与实证科学,伦理学与美学,个人主义也产生并日益发展起来。别雷相信:俄罗斯文化不会出现类似的分化,它在原则上保留着自己综合性、共同性的光华,俄罗斯文学的信条就是宗教的抽象性标志。他说:"我们的共同道路就是尘世与天堂、生活与宗教、天职与创作的统一。"[②]这也是别雷十月革命后与伊凡诺夫-拉祖姆尼克、勃洛克等人一起组织"西徐亚人"(欧亚大陆主义)团体的思想根源。欧亚大陆主义对现代欧洲生活之恨和对不幸祖国之爱以及对祖国前途的信念,变成一种关于欧洲文化的毁灭和新的、俄罗斯的、"欧亚"文化的成长的理论。

别雷将自己关于处在东西方之间的俄罗斯的独特命运问题的上述思考和结论,都融入了《彼得堡》这部小说的构思。

二、 人——宇宙和谐的一部分

人处于俄罗斯世界观的中心。俄国文学的传统饱含着对人、人的命

---

① *Долгополов Л. К. Начало знакомства. // Составители :Лесневский Ст. , Михайлов Ал. Андрей Белый. Проблемы творчества. М. , 1988. С. 68.*

② 转引自张杰、汪介之著:《20 世纪俄罗斯文学批评史》,译林出版社 2000 年版,第 69 页。

运和人生意义的追问,是一种最深刻、对生命最有哲学认识的文学传统。普希金、果戈理、丘特切夫、托尔斯泰、陀思妥耶夫斯基等俄罗斯一流的文学大师在反映社会生活的某一具体问题的同时,都阐明了这一最深刻的、根本的世界观,反映出从"我在"到"我思"的俄罗斯精神。

诗人丘特切夫这样写道:"好似海洋环绕着地面,世上的生命被梦寐围抱。"①在他的笔下,幻想不是人的心灵内部的主观形成物;相反,不眠的意识的全部内容、感性对象的世界现实都只是存在的一个部分,这种存在正如海洋包围的陆地一样,周围环绕着无边无际的神秘存在的幻想世界。丘特切夫的全部抒情诗都贯穿着诗人面对人的心灵的深渊所体验到的形而上的战栗,因为他直接感受到人的心灵的本质与宇宙深渊、与自然力量的混沌无序是完全等同的。一切外部的客观存在只因其与自己精神存在的关系才有意义。果戈理曾说:"我的事情——是心灵和人生的永久事业。"②别雷继承了俄罗斯精神在心灵研究领域的传统,也同样注重由内向外研究心灵的现象。

典型化理论与性格塑造理论在将艺术看成一种认识活动而对之加以体认上无疑是个推进。但是这些植根于 19 世纪的学说,同时也是有片面性的。它不能涵盖艺术把握现实的所有形式。黑塞曾在长篇小说《草原狼》里就对传统的现实主义文学发出责难,他指责在传统的现实主义文学那里,每个人物都是那种"被刻画得轮廓分明而面貌独特的完整体",他将与之相应的美学称为肤浅而廉价的美学。"在现实中",——他写道,——"任何一个'我',即便是最天真幼稚的,那也不是那种整一,而是一个复杂的世界,那是小小的星空,那是由种种形式、等级与状态、遗传与潜能所交织而成的一团混沌……每一个人的身体是完整的,心灵则不然,诗……传

---

① ［俄］丘特切夫著:《丘特切夫诗选》,外国文学出版社 1985 年版,第 15 页。
② ［俄］果戈理著:《与友人书简选》,《果戈理全集》(6),任光宣译,安徽文艺出版社 1999 年版,第 120 页。

统上一向就是……诉诸那些虚假地完整的、虚假地整一的人物"①。别雷的
作品有着完全不同于外在性格的特征。在他的笔下人的世界常常是作为
那种流变不居的、无定形的、同任何确定性都无缘的世界而被认知的。

别雷认为,19世纪俄罗斯作家使人和社会的关系发生了某种转变,
使它们处于一种敌对的关系中。别雷并不相信陀思妥耶夫斯基对人的内
心世界的评价,也不相信陀思妥耶夫斯基所作的那个艺术世界的最伟大
的发现:人心是善恶的斗争场。别雷认为善恶是一些品质,不是人的心
灵。魔鬼,上帝,基督和反基督,这些被陀思妥耶夫斯基宗教化的概念,在
别雷的心灵里已失去它的固定的意义和明显的界限。

别雷的思考更多地反映出20世纪的特征。他适应社会条件和时代
的要求,总结自己对存在问题的思考,形成了自己的关于人的特殊的艺术
结构,其中最主要的是关于人处在"生活和存在"之中的观念。人对于别
雷来说是生活的一切要素的承载者,人是日常生活和存在范畴的表现。
别雷认为人的临界状态不是像陀思妥耶夫斯基认为的那样处在善恶之
间,而是在生活与存在之间。生活和存在代表人生存的两个层面,即经验
的、物质可感的世界和心灵的世界,它们相互对立。他发现了人其实是处
于生活与存在之间、日常经验的现实与来自无边宇宙的"过堂风"之间的
位置,这就能揭示出以往人们所未能揭示的人的特殊品质、天性和从属
性②。别雷就是用这种方法潜入了他的人物的潜意识,这种潜意识是联
系人与永恒存在的中心环节。

在别雷看来,人不是第一次生活在这个世界,他已经在某个时候存在
于世界中了,人的知觉证明了这一点。知觉联系人与永恒。过去的历史、
知觉的经验潜藏在潜意识中。应该努力使这种无意识的知识意识化,为
此,需要进行经常地练习(人为地进入睡梦,使自己处于睡与不睡的中间

---

① [俄]哈利泽夫著:《文学学导论》,周启超等译,北京大学出版社2006年版,第31页。

② Долгополов Л. К. Начало знакомства. // Составители: Лесневский Ст., Михайлов Ал.
Андрей Белый. Проблемы творчества. М., 1988. С. 51.

状态,观察自己的不自觉的行为动作等等)。这样神灵就会充满整个身体,使人和另一个世界相连,而这个世界只有通过超人的知觉才能到达。人的个性的实现,就是由潜意识经意识到超意识的过程。

别雷在潜意识领域的开掘动摇了旧世纪文学赖以生存的基础。首先是心理分析的原则。别雷认为,在托尔斯泰和陀思妥耶夫斯基的创作中所形成的心理分析表现的是在意识领域中占主导的混乱。别雷描绘了人物处于无意识冲动状态时,无意识冲动成为个人行为的强大的刺激因素。同时别雷认为只有象征能使艺术家超越世界的界限,揭开现象之真正本质。所以别雷将心理和象征结合起来,形成了一种新的综合形式。

其次,别雷的探索构成了对于人性理解上向前跨越的一步。他的理解不像勃洛克和托尔斯泰理解得那么平静、完整。他预见到了即将发生的社会变动,他的内心感受着时代的不安。别雷首先意识到时代的危机、艺术的危机、生活的危机、人文主义的贬值,旧的个人与社会关系的衰落,一个新的文化时代的类型即将出现。别雷的同时代人、哲学家斯杰蓬说:"别雷的全部作品……这是在他心里和周围形成的所有那些被毁坏的事物的艺术构建,在别雷的心中,19 世纪的大厦比在任何其他人的心中都更早坍塌,他也比任何其他人都更早在心中勾勒出 20 世纪的轮廓。"①

旧的历史行将结束,新世界的历史即将开始,崩溃的不仅是家庭和家庭关系,而且还有人的个性的瓦解。它成为别雷成熟期许多文章的主题。这个主题在新的 20 世纪反映出它的深刻性。别雷说:"我们忘记了飞:我们沉重地思考,沉重地行走,我们没有功绩,就连我们生命的节奏也渐渐衰弱。我们需要轻松、宗教的质朴和健康;那时我们将找到歌唱自己生活的勇气。我们没有自己统一的歌,这意味着我们没有心灵的和谐,我们根本不再是我们,而是某人的影子。"②他羡慕古代的人在生命的意识中是

---

① *Сост. Пискунов В. М.* Воспоминания об Андрее Белом. М. , 1995. С. 178.
② *Белый А.* Критика. Эстетика. Теория символизма, Т. Ⅱ. М. , 1994. С. 60.

"完整、和谐、调和的;他从来不会被多样化的生活形式弄乱;他本身就是自己的形式……如今生活的完整性在哪里? 它在哪里?"别雷认为生活丧失了完整性,"我们正经受着危机","危机是如此深重,它涉及人的各个方面——他的心理,他的社会地位和心理状态"①。

最后,在人与自然的关系上,别雷认为不是像常人所说,人是自然界的一个部分,相反,世界是人的一部分。人远远大于人本身,人不但仅限于他的外部表现,而且还是另一种大不可量的东西,这就是人的精神世界。人的心灵现象(比如幻想、激情、欲望、痛苦或豁然开朗的体验)也不能归入物质现象之列。相反,心灵现象构成了一个特殊的宇宙,其内涵深不可测,异常丰富。思考或是想象这种精神的实在性,就能找到打开奥秘的大门钥匙。他在《彼得堡》中对人的精神实在性的证实,充分表现了他对人类生存和命运的热切关注和深刻反思。他认为,人只有通过内在的体验,进行生命的精神改造,达到神人相通,才能成为幸福的、完满的人。

别雷还以泛神论精神将自然神化。他认为世界和人类是一个精神有机体,它的源头是上帝。这种世界观被称为泛神论,它非常接近索洛维约夫的"万物统一"学说。索洛维约夫在个人神秘体验的基础上表达了"索菲娅"——神的智慧的思想。人类的历史使命就是在自身中实现神的智慧"索菲娅",并因此和神人基督合为一体。全部人类历史就是这样一个改造世界的"神人过程"。索洛维约夫的这些思想对别雷产生了直接的影响。

别雷在《彼得堡》中发展着自己对人的全部认识,履行着自己的使命。他的全部思索,这些思索的过程、方式与结果,都显示出对于俄罗斯传统的继承和超越。当然,这种继承和超越同样显示在《彼得堡》的艺术形式上,体现在作家表达他的思索时所运用的新颖的艺术手法和独特的语言上。对此,我们将在以下各章展开论述。

---

① *Белый А. Критика. Эстетика. Теория символизма*, Т. II. М., 1994. С. 203.

在本章中,我们描述了别雷历经三个时期(早期、中期和晚期)的创作道路,考察了别雷如何由纯粹的实验室风格转而开创了属于自己的文学传统,并在小说《彼得堡》中将其成功地表现出来,从而显示出这部长篇在作家全部创作中的地位,并探讨了它对俄罗斯传统文学的继承和突破,旨在为下文对《彼得堡》的解读提供一种必要的铺垫。

在《彼得堡》的英译本的介绍中,译者曾指出:"《彼得堡》成功地将观念注入有机体,犹如将血液注入了有机体。"①别雷将自己对艺术、生活乃至人类命运的独特认识通过艺术手段表现出来,使小说不但在思想观念,而且在艺术手法上都表现出自己的独特之处。《彼得堡》不仅超越了别雷的所有其他艺术创作,成为他的代表作,还散发着 20 世纪的时代气息,引领着 20 世纪俄罗斯文学的探索方向。

---

① Andrey Biely, *St. Petersburg*. Translated with an introduction by John Cournos. New York, introduction XVII, 1959.

第二章 走向《彼得堡》的
前阶:《银鸽》

　　长篇小说《银鸽》是与《彼得堡》共称为别雷一生创作的"双璧"的重要作品。这两部作品是未完成的三部曲中的两部,各自具有相对的独立性,然而这两部作品相互联系不仅仅是各自作为"东方—西方"历史悖论的两个方面,它们还是别雷独特的叙事艺术发展过程中的重要步骤。所以,无论在思想还是艺术手法上,《银鸽》都显示出与《彼得堡》密切相关的联系。有学者认为,《银鸽》被认为是按照象征主义理论和美学来看最具有理性的作品(拉夫罗夫语);但也有学者指出,写作《银鸽》时期,作为一个作家和思想家,别雷已经超越了象征主义的诗学和世界观(卡尔森,亚历山大罗夫,巴尔特语)。在本章中我们详细考察《银鸽》中的重要诗学因素。别雷在《银鸽》中发展的诸多重要诗学因素铺就了自己通往艺术高峰《彼得堡》的道路。

第一节 神话诗学因素

　　众所周知,神话在人类文学的发展史上发挥过重要的作用。19—20

世纪之交传统小说的社会性格学的危机和社会、历史的变动注定了神话诗学的发展。在俄国象征主义的哲学和美学中神话研究也居于显著地位。这一流派最重要的理论家维亚切斯拉夫·伊万诺夫曾在一系列著作中探讨了尼采有关狄俄尼索斯庆典的论题，并提出通过神话创作及诉诸神秘剧创作以复兴民族、复兴世界的实施纲要。

走出 1905 年世界观危机之后，别雷将知识分子传统与在艺术文本中实验的兴趣结合起来。所以，在这个阶段里作家的创作脱离了象征主义"泛唯美主义"的界限。在这个时期象征主义诗学表现出的重要特点之一是新神话主义，即理解世界就像接受神话"被创作的传说"。世界的一般图景被认为是某种"包罗万象的文本"，这个文本体现了世界的"宇宙性神话"。《银鸽》表现出这个创作演化阶段的本质特点。

一、 受难的狄俄尼索斯

别雷一生理论追求和文学创作互为指引。他提出的文学的"改造生活"的任务是以其文学创作为基础并用文学创作来实践的。他希图通过自己的文学生活来指引社会生活，以使自己的国家能够像神话中的酒神狄俄尼索斯一样受难后重生。

深受象征主义先哲弗·索洛维约夫提出的世界末日论的影响，别雷在 21 岁时就写下了长诗《报应》，表达了他对自己、对俄罗斯的不可逃脱的劫运的预感。作家关注的重心是祖国人民的命运，所以作为年轻一代的象征主义者，别雷不仅把象征主义作为实现自己的文艺理想的希望，而且把它提到了一个作为世界观的高度。他认为象征主义的基本任务是改造生活，而改造现实的任务应该在建立象征主义的新世界观和新文化过程中得到实现。他耗尽一生想建立一个庞大的象征主义的理论体系，以期能像神话中的俄耳甫斯一样，用自己的绝世琴音去拯救"爱妻"出地狱，而他的"妻子"就是他的祖国。

1903 年别雷就转向了神话创作时期。他写道:"霞光减损,这已经成为现实;霞光在 1902 年末的时候就熄灭了,根本没有了。"①莫丘尔斯基指出:"宗教的狂热渐渐冷却,凝固于神话的结晶体之中。"②他借助于古希腊神话传说创作出一系列神奇的诗歌。1905 年别雷在彼得堡逗留期间,在维·伊万诺夫家的塔楼参加了当时影响很大的星期三文学活动。他感到自己和伊万诺夫靠得更近了。别雷回忆说:"亚伯的死使我成为了一名象征主义者"。③ 他认为,真正的象征主义是和真正的现实主义相吻合的。这与同时代象征主义理论家伊万诺夫提出的"现实主义的象征主义"概念相吻合。伊万诺夫把象征主义解释为"把现象提升到本体,把事物提高到神话,从对象的可见的现实性达到它的内在的、更隐蔽的现实性"。④

无疑,别雷把自己的这种神话创作天才运用到小说创作中:如短篇小说《寻找金羊毛的勇士》、《风神》、《故事№2》等等和他的长篇四部《交响曲》、《东方或西方》三部曲中。从他的创作中我们看到,作家力图通过一种新神话的建构来达到再创现实的目的。他企图运用神话手段架设通往永恒的桥梁,调和"天"与"地"的矛盾,"东"与"西"的冲突,从而找到一条俄罗斯的救赎之路。可以说,神话创作成为别雷进行象征主义探索的一条蹊径。

别雷在 1899 年读了尼采的《悲剧的诞生》。他说:"从 1899 年的秋天起我生活在尼采中,当我躲开教科书和哲学,完全沉湎于他的句子、他的风格、他的文体的时候,他是我的休息,我的亲密时刻。"⑤别雷在精神上是接近尼采的,他把尼采当成新的世纪诞生的先兆,他把尼采看成新的

---

① *Мочульский К. В.* Андрей Белый. Томск, 1997. С. 52.

② *Мочульский К. В.* Андрей Белый. Томск, 1997. С. 54.

③ *Мочульский К. В.* Андрей Белый. Томск, 1997. С. 14.

④ 转引自汪介之著:《远逝的光华:白银时代的俄罗斯文化》,译林出版社 2003 年版,第 282 页。

⑤ *Мочульский К. В.* Андрей Белый. Томск, 1997. С. 21.

宗教——"象征的宗教"的先驱。尼采哲学中受难的狄俄尼索斯形象给别雷创造无所不包的宗教神话提供了可能性。

《银鸽》的主人公达尔亚尔斯基就是这样一个狄俄尼索斯式的人物。达尔亚尔斯基是一个诗人,"他自认为是人民的未来"①,是当时声势很大的俄国知识分子"到民间去"运动的积极参加者。他从莫斯科来到乡下,到他未婚妻的贵族庄园里做客,尝试接近普通民众的生活,以求了解民众,探寻民族出路。在不远的小村庄里他被卷入了一个宗教教派,为了心中的理想和神秘的实现道路他离开了未婚妻,加入"鸽派",最终虽然醒悟,却为"鸽派"教徒杀害。作家通过达尔亚尔斯基的受难牺牲,完成了对狄俄尼索斯的神话叙事。

达尔亚尔斯基有着酒神般的激情、冲动和创造精神,他投身尘世生活,"释放着这头脑点燃的、看不见的光焰";虽深知"这地狱之火就是他的明天"②,却仍执著不悔,"因为只有从灰烬中才能升华出天国的灵魂——火鸟"③,达尔亚尔斯基生活的全部意义和价值就在于为了"创造的冲动"遭受苦难乃至被毁灭。

作品中的两个女性人物也体现出神话中人物的特征。贵族少女卡嘉温柔美丽,"她是这个覆灭的俄罗斯的全部的美,所有的诗意的魅力以及全部的抒情诗般的忧郁的化身"④。她是彼得的女神:"卡嘉!世界上只有一个卡嘉;就是走遍世界也再不会碰到这样的卡嘉;⋯⋯她垂下弯曲的、暗黑的、绸缎一样柔软的眼睫毛,兀自伫立;她深邃的眼光从睫毛下面闪亮;那眼睛不是灰色的,也不是绿色的,一会儿柔媚,一会儿发蓝;她的

---

① [俄]安·别雷著:《银鸽》,李政文、吴晓都、刘文飞译,云南人民出版社 1998 年版,第 107 页。

② [俄]安·别雷著:《银鸽》,李政文、吴晓都、刘文飞译,云南人民出版社 1998 年版,第 131 页。

③ [俄]安·别雷著:《银鸽》,李政文、吴晓都、刘文飞译,云南人民出版社 1998 年版,第 234 页。

④ *Мочульский К. В.* Андрей Белый. Томск, 1997. С. 16.

眼光充满内涵……"①达尔亚尔斯基知道自己离开卡嘉就"会堕落得很下作,因为我欲望的血液是炽热的;可是血液在毒化我"②。

与卡嘉恰成对照的是作品中的另一女性玛特廖娜,她无知愚昧,鸽派教徒,细木工的女人,"她本人就像一只母兽……她的脸庞是那样地白皙,她的眼眶仿佛透着蓝光,蓝得那样可怕,她的红发沾满灰尘,干枯嘴唇血般猩红……女妖靠在他的身上,从她的眼睛里流出蓝色而稠密的泪水,在她的眼睛里翻滚着放荡不羁的海洋。"③她是引诱彼得出卖灵魂的女妖,后来彼得"明白了……那是用变得纤细的身体来娱神的这种妖术阻碍了罗斯"④。卡嘉和玛特廖娜,一个是"天",一个是"地",一个是俄罗斯上层的代表,一个是俄罗斯的底层的象征。一方面"天"显得太遥远,太抽象,显得遥不可及,从它那里不能获得生活的动因和支持;另一方面"地"陷于指责、蔑视和荒谬,不能成为创造生命的摇篮,不能作为恢复力量的源泉。

达尔亚尔斯基努力寻找着调解矛盾的中间道路,终遭失败,受难牺牲。但是对作者来说,最后受难是他再生的前奏。别雷曾指出,狄俄尼索斯的受难牺牲就是他的复生。确实,"他也使彼得可耻的行为和灭亡转变成了生活道路上不可或缺的修行;新的日子将要来临"⑤。同时彼得的死而复生也象征着俄罗斯民族的文化复兴,这是作家反复建构的关于个人再生的神话的支点。

---

① [俄]安·别雷著:《银鸽》,李政文、吴晓都、刘文飞译,云南人民出版社1998年版,第101页。
② [俄]安·别雷著:《银鸽》,李政文、吴晓都、刘文飞译,云南人民出版社1998年版,第130页。
③ [俄]安·别雷著:《银鸽》,李政文、吴晓都、刘文飞译,云南人民出版社1998年版,第267页。
④ [俄]安·别雷著:《银鸽》,李政文、吴晓都、刘文飞译,云南人民出版社1998年版,第268页。
⑤ [俄]安·别雷著:《银鸽》,李政文、吴晓都、刘文飞译,云南人民出版社1998年版,第310页。

概言之,受难的狄俄尼索斯形象是别雷神话诗学中的基础形象,它延伸到别雷之后创作的重要的作品《彼得堡》、《莫斯科》中,成为小说人物结构层次的重要中心。

二、 空间与时间的神话化

洛谢夫认为,神话思维最重要的前提,在于人之未与自然界相分离;正是有赖于此,全面的精灵化和人格化得以萌生。

在《银鸽》中我们发现,神话想象的这种原始力量仍有生机。作者采用了全面拟人化的叙事手法。自然环境不再是静止的,它和人一样有生命,有感情,有思维,有善恶之分。在草原、灌木丛、森林和小河里到处都居住着自然精灵。在树叶的沙沙声、风的瑟瑟声和咆哮声,溪水的私语声,阳光的照射和闪耀,以及无数不可描绘的声音和音调中也都隐藏着生命精灵。它们和人的命运都直接相关。还有一系列的气象代码,如雨、雷、风、尘暴、云雾等,在小说中也发挥着重要的作用,成为小说重要的配角。莫丘尔斯基对别雷创作中的自然神话有很高的评价。他说:“别雷从火、风暴的轰鸣和太阳的光芒中创造出自己的大自然的神话:其中充满着力量和风暴般的运动。”[1]

别雷不仅善于创造自然神话,在整部小说时间和空间建构上也充分表现出神话的思维方式。小说中空间区域的划分,以及空间之内的每一种构造,它们每一个都有自己特殊的实指和意义,都有一种内在的神话生命。古戈列沃夫村和采列别耶沃村、利霍夫城成为光明与黑暗、昼与夜的矛盾对比。古戈列沃夫村是女神式的卡嘉居住的庄园,似乎是天堂,成为光明的象征。利霍夫城是“一座不受上帝保护的城市”[2],那里是撒旦统

① *Мочульский К. В.* Андрей Белый. Томск, 1997. С. 55.
② ［俄］安·别雷著:《银鸽》,李政文、吴晓都、刘文飞译,云南人民出版社 1998 年版,第 58 页。

治的堕落的地狱。而采列别耶沃村,"在城市附近",住着恶棍般的小铺老板、爱撒谎的牧师。他们共同的爱好就是告密,颠倒黑白。还有"没有脸"的瘸腿木匠、鸽派首脑米特里依也是这个村子的居民。他使越来越多的人陷入了他的蜘蛛网,成为"鸽子"。作者借利霍夫城富有的面粉商的女人,费奥克拉·马特维耶夫娜之口描述了这个地方。"一块福地……边界上的每个树桩都像魔鬼。费奥克拉·马特维耶夫娜立刻明白了:如此多的魔鬼在威胁着人类本身"①。这是一个魔鬼作乱的邪恶人间,它必定会遭受毁灭之灾。

这种光明与黑暗的对立也存在于主人公的心灵空间之中,成为主人公行为的直接动因。东方与西方这一对立在别雷的世界模式中具有相当重大的意义:古戈列沃夫村,欧化的贵族庄园、美丽的卡嘉体现了西方文明因素;采列别耶沃村,"鸽派"教徒猖獗活动,显示出"亚洲自发势力的愚顽特征"。去东方"我会堕落得很厉害",还是回到西方,"太阳在西方……"②达尔亚尔斯每一次内心的徘徊、斗争到最后行动,都是在试图解决这个对于俄罗斯来说长期以来一直难解的东西方之谜。最终达尔亚尔斯基从天堂离开,来到邪恶的人间,试图解救众生,最后在地狱罹难。另外像庄园、小木屋、茶馆、澡堂、大树洞等都由于每一特殊的空间规定而获得了神圣的或恶魔的、友善的或仇视的、高尚的或卑劣的"性格"。

小说还将这种神话情感运用到了小说的时间安排上。如同小说中的空间布局一样,时间间隔和界限不只是思想的习惯区分,而是具有各自的固有性质。小说时间被当做一个个别的存在,它时而被当做一个神灵,时而变成一个魔鬼。小说的主要情节发生在圣灵降临节前后。圣灵降临节按圣经记载,是耶稣复活后 50 日差遣圣灵降临。圣灵无所不在,无所不

---

① [俄]安·别雷著:《银鸽》,李政文、吴晓都、刘文飞译,云南人民出版社 1998 年版,第 211 页。

② [俄]安·别雷著:《银鸽》,李政文、吴晓都、刘文飞译,云南人民出版社 1998 年版,第 263 页。

知,自始即存,是永恒的象征。他参与宇宙的创造,能阻止魔鬼,限制犯罪,使人成圣。所以这一天也象征着光明来到人间,众生得救。它成为小说的时间线索,同时也是主人公和"鸽派"教徒力图编织的神话的中心。

圣灵降临节打断了统一的生活流程,为人们的生活引入鲜明的分界线,包括对于达尔亚尔斯基,也是如此。作品中写道:"他一边回忆着与小姐和她祖母共同愉快度过的昨日……今天都无法再激起甜蜜的回忆了。"昨日象征着天堂的生活已经逝去。达尔亚尔斯基曾经心怀愿望和向往落户于古戈列沃夫村,曾经留恋"西方文明",但这一切已经成为过去,他要在今天——圣灵降临节找到新的前进道路。"在圣灵降临节那个金色的早晨,达尔亚尔斯基沿着大路向村子(指采列别耶沃村)走去。"①

在圣灵降临节当日,达尔亚尔斯基与"鸽子"玛特廖娜在树洞幽会,他以为找到了拯救生灵的通路,因为鸽子就是圣灵的象征;而在晚上他又回到古戈列沃夫村,也象征着他最终得救。也是在这一天早晨,细木工米特里依就和使者阿勃拉姆从采列别耶沃村出发,直到天完全黑了才到达利霍夫城的费奥克拉·马特维耶夫娜的家——城里的鸽子窝。他们要在澡堂祈祷,鸽派企望在这一天的祷告能使圣灵降临。教徒们都知道:"鸽子的灵魂将获得一副人的面容,它将由一个女人生出来。"②他们相信在这一天,他们的鸽子王——"圣灵"将要降生,并将率领他们到达天堂。因为只有这个有特殊意义的时间能准确代表着神灵降生,魔鬼终结。另外作品中昼与夜的交替、朝霞与晚霞的出现也不只具有时间意义,或者更确切地说,它们已完全具有象征意义。昼与夜的交替是光明与黑暗的交替,朝霞代表着新生,而晚霞无疑代表着毁灭。

由此可见,别雷在《银鸽》中表现的时间和空间不是具体的时空表

---

① [俄]安·别雷著:《银鸽》,李政文、吴晓都、刘文飞译,云南人民出版社1998年版,第4页。
② [俄]安·别雷著:《银鸽》,李政文、吴晓都、刘文飞译,云南人民出版社1998年版,第75页。

达,只是神话化思维中某种功能的代言,这一点与《彼得堡》、《莫斯科》的时空表达具有共性。

三、 神话意象

不容忽视,神话意象是别雷象征主义创作的有机组成部分,它们缭绕于小说行文之中,意蕴丰富,绵延不绝,形成不断扩大的象征语义圈。它们是作家赖以生动"再创"现实、表达作家创作主题和实现作家理想的根本手段。

《银鸽》中充满了大量的神话意象:如水是丰饶和女性的象征,星星是不幸命运的象征,日出是复生的象征,云遮日为死的征兆,葬礼蜡烛预示着灾难,等等。其中主导意象"深渊"在小说中发挥重大作用,它是心理描写和神话象征手法相结合的"贯穿性主题"。深渊在古希腊罗马神话中指不可逆转的劫运,即加在个人身上的命定的惩罚。在基督教神话中它体现着末日审判和神必罚恶的思想。象征主义先驱索洛维约夫曾预言古老的俄罗斯正跌入深渊,一个新的俄罗斯将要出现。在年轻一代象征主义作家像维亚切斯拉夫·伊万诺夫、勃洛克和别雷的笔端常借这个意象来渲染 20 世纪初俄国的时代氛围,借以揭示旧俄罗斯必将覆灭的命运。

在《银鸽》中多次提到深渊。别雷用达尔亚尔斯基心灵的深渊指示达尔亚尔斯基命运不可逃脱的劫数。"抑或使他心灵的深渊毕露无遗?不错,这些灰色的深渊邪恶的贪婪者"①。而他的诱惑者玛特廖娜的"眼睛这样清澈——清得像深渊"②,意指她代表的罪恶。另外,"采列别耶沃

---

① [俄]安·别雷著:《银鸽》,李政文、吴晓都、刘文飞译,云南人民出版社 1998 年版,第 105 页。

② [俄]安·别雷著:《银鸽》,李政文、吴晓都、刘文飞译,云南人民出版社 1998 年版,第 169 页。

村的钟楼将刺耳的呼喊抛向那充斥着炽热、残酷之光的白昼的蓝色深渊"①；"利霍夫城有如深渊"②；"古老的、弥留之际的俄罗斯……你该知道你的脚下一个深渊正在洞开：小心你会坠入深渊"③。别雷在对主人公的命运，采列别耶沃村、利霍夫城、俄罗斯的命运的预言中广泛运用了深渊意象，反复提示主人公、采列别耶沃村、利霍夫城乃至整个俄罗斯在劫难逃的厄运。

《银鸽》重复运用一些神话意象辅以阐发小说的象征意义，它们也是小说结构的有力支撑。如在小说中反复提示"一个孩子死去"与在神话中常出现的儿童及其献身性的被吞噬这样的故事相合，以显示其在成年仪式中死而复生，也暗示着罗斯的生劫和再生。小说将圣灵降临节幽会设在有500年橡树的树洞，并对其进行反复描写，也有着深刻的神话渊源。传说主神宙斯就同神圣的橡树紧密相关。因为树具有宇宙性，宇宙之树为命运之树，为世界命运之所系。因而宇宙之树在世界末日的描述中居于重要地位。

《银鸽》反复出现了雨燕、银鸽、红公鸡等意象，时刻传递出当时俄罗斯社会动荡不安的信息。黑红白三色渲染出一卷卷恐怖的画面：红色的霞光，红色的旗帜，红色的血，红色的死神，大红公鸡；鸽派教徒身着白色服装祈祷，"穿着一身白衣服的鸽子安奴什卡无声无息地在走廊上飞翔，苍白的、白色的她在飞翔，就像一只贫血的蝙蝠"④，而他们的守夜人火伊万"有着一张豺狼一样的脸……这张豺狼一样的脸的下部是以红得可怕

① ［俄］安·别雷著：《银鸽》，李政文、吴晓都、刘文飞译，云南人民出版社1998年版，第58页。
② ［俄］安·别雷著：《银鸽》，李政文、吴晓都、刘文飞译，云南人民出版社1998年版，第58页。
③ ［俄］安·别雷著：《银鸽》，李政文、吴晓都、刘文飞译，云南人民出版社1998年版，第93页。
④ ［俄］安·别雷著：《银鸽》，李政文、吴晓都、刘文飞译，云南人民出版社1998年版，第62页。

的毛须结束的,而它的上部则是以红得可怕的竖发结束的,他穿着一件白色的衬衫,腋下有一块红色的补丁"①;大色块的猩红和惨白中夹杂着沉重的黑色:传单上黑色的十字,黑色的雨燕,常年窥视村庄的黑黢黢的身影,黑色的深渊等等。

纵观小说《银鸽》,还可发现作家将主要情节内移。小说依靠大量内心独白和意识流手法,交代故事发展的线索,展现主人公的内心矛盾、探索和分裂,引起小说客观时间和心理时间交错,空间场景不断切换。达尔亚尔斯基种种极度个体化的心理同时又具有普遍性、全人类性,为诉诸象征—神话的用语对其进行诠释开拓了道路。另外,小说中人物外号的反讽式运用——甜饼、鸽子、柱子、火伊万、铜匠、木匠、牧师等等,无不体现出作家对现代人性的讽刺。因此,在此意义上,可以说别雷是20世纪文学中神话主义的先驱。

四、 由秩序走向混沌

别雷的新神话诗学扭转了传统的神话诗学中宇宙因素的决定性胜利,使其艺术世界的结构模式和反应内容都表现为由秩序走向混沌。

艾里奥特认为,只有神话方法能够赋予当代历史呈现出的无政府主义和虚无主义的一望无际的全景以形式和意义②。俄国象征主义以自己独特的神话化解构秩序的模式创作出解构的小说体裁。由此诞生了运用大型叙事形式的新原则进行的天才试验,它通过暴露、损害和扭曲起初的传统类型的神话体系来表现出对世界的解构。俄国象征主义者维亚切斯

---

① [俄]安·别雷著:《银鸽》,李政文、吴晓都、刘文飞译,云南人民出版社1998年版,第66页。

② Цит. по: *В. В. Полонский. Мифопоэтика и жанровая эволюция. // Научные ректоры*: *Келдыш В. А.*, *Полонский В. В.* Поэтика русской литературы конца XIX – начала XX века. Динамика жанра. Общие проблемы. Проза. М., 2009. С.162.

拉夫·伊万诺夫确认,对称是神话结构最重要的手段。① 正是对称性(或者有意图地违反)决定了交响乐文本主导主题的结构。它们内部的体裁结构经常由二分的"宇宙"和"混沌"来实现。

在大型叙事形式中对称性逐渐复杂化,转化成人物、形象和主题(或者亲缘性的主题群系列)的对应原则。在象征主义文学中,包括阿波罗、狄俄尼索斯、俄耳甫斯等;文学的神话主题:"小人物"、铜骑士、唐璜、堂吉诃德等,象征主义的基督和反基督,这些都是固定的神话图景和模式。在梅列日科夫斯基、别雷、索洛古勃的小说中,人物按照预设的角色功能,或者成功,或者失败,执行神话功能成为主人公行为的准则。在小说叙事情节弱化的同时,小说的空间扩展。小说空间的建构按照音乐的多声部和对位法相互作用来组织,表现出从日常的到各种象征的神话序列的对立。

宇宙和混沌的对立经常作为小说情节和模式的主要推进因素。主人公常常陷入这种对立之中并试图解决之,由此派生出另一种方案。比如在《银鸽》、《彼得堡》、《莫斯科》中反映出来的欧洲和亚洲的对立。与19世纪的小说相比,这些小说中这种世界观的、社会的或者日常惊险的对立更加清晰地表达出来。

在任何一个原型结构的本质中,具有一个固定(宇宙论)的模式,这个模式中,聚集着"混沌"的潜在危险的遗迹。在"古典的"神话体系中,胜利总是站在宇宙的力量一边。而在20世纪初的俄国神话诗学发展轨迹上则呈现出另外一种发展模式。通常固定的情节暗指了基本矛盾的转变和修正,如果矛盾不能彻底地神话般地解决,那么宇宙力量的权利、它本身的正确性以及它战胜"混沌"的能力就会受到怀疑。

且以《银鸽》为例。在《银鸽》中和古戈列沃夫村这个贵族庄园(庄园象征了彼得之后时代西方文化的逻辑主义)相联系的是世界的宇宙性因素,它无力对抗野蛮的破坏性因素混沌(以鸽子鞭身派潜意识中的东方

---

① Там же. С. 182.

力量为代表),它的牺牲品就是达尔亚尔斯基。作家强调了宇宙的西方和混沌的东方之间的基本冲突以及冲突的延展。这部作品是作家未完成的三部曲的第一部。也许这种问题得以解决的可能性只能出现在别雷写作《银鸽》的过程中。

由此我们看到,出现矛盾和解决矛盾是小说的基础结构。而与解决矛盾相关联的施密特的人智学说则被安排在小说结构的中心。从那个时候起,达尔亚尔斯基的眼睛就具有了能够看到鸽派——亚细亚诱惑的危险性的能力。勃兰斯基指出了别雷的小说和传统的经典小说的不同之处,他认为,在经典小说中主人公是在冲突、对立和考验的交替进程中作出抉择,而在别雷的小说中,神秘主义情节从内在发展的最开始就赋予了象征主义的功用①。其实这体现了象征主义艺术思维和神话思维的相似性。象征主义者笔下的人物成为一种结构,他不仅是某个具体的个人的简介,而是具有某种固定的角色功能,被安排成神话的范式。

比如,在达尔亚尔斯基身上,混合了基督和狄俄尼索斯的功能,即维亚切斯拉夫·伊万诺夫的"古希腊的宗教的受难的神"。难怪作家让主人公扯下枞树树枝,首尾相接,戴在头上当帽子。这个形象就是结合了狄俄尼索斯的柳条和救世主的荆冠。小说多次写到老爷"头戴枞树枝编的荆冠"②。小说的最终达尔亚尔斯基"走开了;他再也没有回来了……"③因为达尔亚尔斯基不是按照自己的意志选择殉难地和牺牲的,他不由自主地成为牺牲品——"混沌"最终胜利。

再以《彼得堡》为例。在这样的小说规则中宇宙因素遭受失败之运,

---

① *Полонский В. В.* Мифопоэтика и жанровая эволюция. // *Нау чные ректоры : Келдыш В. А. , Полонский В. В.* Поэтика русской литературы концаXIX – начала XX века. Динамика жанра. Общие проблемы. Проза. М. , 2009. С. 157.

② [俄]安·别雷著:《银鸽》,李政文、吴晓都、刘文飞译,云南人民出版社1998年版,第166、167页。

③ [俄]安·别雷著:《银鸽》,李政文、吴晓都、刘文飞译,云南人民出版社1998年版,第333页。

而具有残酷性质的混沌力量取得胜利。这种反史诗性的体裁因素在《彼得堡》中完全展示出来。小说的艺术叙事表现出和宇宙——混沌的起始形式的对立有关。和阿波罗相连的宇宙因素是西方几何学的形式;而和狄俄尼索斯相连的混沌因素表现出亚细亚的无序性。岛屿(和城市中主要街道相对立的象征物)上弥漫着雾一样的混沌。"宇宙"被作为起源的"混沌"传染的,中间被"混沌"爆破。带着小帽子的吉尔吉斯人、维护传统几何学的参政员和彼得堡铜骑士极具破坏性的黑色魔力之间的角逐,这是阿波罗和狄俄尼索斯的图景。

宇宙和混沌的原则涉及《彼得堡》文本的每一个层次。几乎小说基本任务都是在双生的基础上设置的,而且是多层次和交叉的。比如尼古拉·阿波罗的革命任务是炸死父亲。同时他的心灵任务是摆脱同貌人杜德金的影响。与此同时人物的深层神话诗学的内涵上升到表层。人物关系设置的模式与原罪以及仪式上的献祭有着发生学上的联系(亚伯和该隐的模式,罗穆尔和列姆的模式等等)。作家的神话诗学趋势使我们明了人物的角色功能划分是按照混沌和宇宙来划分的。不仅身穿红色多米诺的尼古拉·阿勃列霍夫是作为狄俄尼索斯——混沌的化身,同时在人物体系处于秩序和逻辑中心的阿波罗·阿波罗诺维奇是合理意识的化身。

在别雷的小说里,人物的全面混合化不是和宇宙起因联系在一起的,而是和叙事的模式联系起来了。在革命的混沌世界中,主人公的英雄主义的"脱冕"注定是无可避免的。比如阿波罗·阿波罗诺维奇同时也是被妻子抛弃并且遭遇沙丁鱼罐头炸弹的"憨厚老实人"。通过《彼得堡》到《莫斯科》——交织着艺术结构的"脱冕"和"混沌"化,导致了"反史诗"的创立。作家扭转了它们的功能并且强迫神话诗学的机制以一种相反的方式工作。勃兰斯基指出,作家艺术地构建了世界图景的崩溃、混沌和毁灭①。

---

① См.: *Полонский В. В.* Мифопоэтика и жанровая эволюция.// *Научные ректоры*: *Келдыш В. А.*, *Полонский В. В.* Поэтика русской литературы концаXIX - начала XX века. Динамика жанра. Общие проблемы. Проза. М., 2009. С.162.

别雷的三部曲《东方和西方》最后也没能够完成。作为第三部分,作者又写了三部系列小说《我的生活》。从《银鸽》到后来的小说《莫斯科》,作家由对关于世界秩序化的神话情节的总结逐步转向混沌的绝对胜利,出现从结构、人物到语言文本的各个层面的断裂。混沌确立了自己的原则,把艺术世界的"宇宙"的逻辑因素挤压到了艺术世界的外围。结果神话诗学中不变的冲突催生了建立在由"反体裁"到"反史诗"规则之上的文本。

综上所述,世纪之交的大型现代主义叙事没有改变小说的体裁本质,但是回应了新时代的个人"存在"的感觉,并且通过神话这面镜子反映出来。在象征主义者的总结的方法和先锋派的分析的方法之间,神话化对艺术体系和小说体裁的结构影响尤其深远。在别雷的创作中,神话化诗艺不仅负有对叙事之作结构进行处理的功用,而且成为作家诉诸传统神话的种种对应物对现代社会的情景予以隐喻性描述的手段,成功地表现了别雷以及他同时代的象征主义者的启示录情绪、弥赛亚意识以及借助酒神崇拜、共同性原则来拯救世界的实施办法。别雷将自己的美学和哲学探索投射到创作中,并积极运用反讽和意识流、时空变换等手法,创作出现代主义神话化小说。如果说20世纪初,别雷希图创造"神话"架设起鸿沟之上的桥梁,以求接近永恒,那么如今,我们也可以通过这条"神话"小径接触到他神话般的灵魂。

第二节　戏拟诗学因素

众所周知,小说创作中的"戏拟"是"互文性"的一种重要手法。互文性在巴赫金、克里斯蒂娃、热奈特、德里达等诸多文艺理论家那里有许多深刻的阐述。从各路理论家对互文性的分析和阐释来看,互文性自身具有强烈的背反与戏拟特性。基于此,人们往往会把互文性和后现代主义混为一谈。泼费斯特甚至提出:"互文性是后现代的一个重要标志,如今'后现代主义'与'互文性'是一对同义词。"①这使得作为互文性重要手法之一的戏拟更加明显地带有后现代主义色彩,讥讽的语调和游戏的态度旨在颠覆和消解原文本的意义。当然,就戏拟自身发展历史而言,文学和戏拟,高雅的体裁以及对它们的滑稽客串几乎是同步出现的,例如现存的最为著名的对《伊利亚特》的戏拟作品,原本就是为了听众取乐而作的②。所以,戏拟的基本特点是独立与依赖的混合,杂糅着游戏与讥讽,其目的很少是严肃的。

　　然而,处于古典派和先锋派之间的俄国象征主义作家别雷的戏拟不完全是游戏嘲讽的态度。或者更确切地说,别雷的戏拟是出于一种严肃的思考,其目的是建构性的。虽然身为象征主义作家,但是别雷和欧美的象征主义者有着本质的不同。别雷从未局限于在形式主义、唯美主义的河床中游弋,而是始终通过自己的小说探索着俄罗斯人的心灵、俄罗斯民族的命运。别雷试图经由对在以前时代被视为"批判现实主义"经典大师的果戈理的风格进行戏拟,以期完善自己的象征主义手法和风格,从而服务于自己的"象征主义是世界观"的理论体系。别雷艺术的终极目的是用艺术改造俄罗斯人性,使之符合俄罗斯未来发展的要求。由此看来,别雷是以戏拟的方式回归了前辈大师果戈理的俄罗斯命题。

　　别雷的戏拟不仅对于其小说艺术个性化的发展过程极为重要,同时也以一种特殊的方式表现了 20 世纪初俄罗斯文化转型之际文化传承与发展的过程。在自己的艺术世界中,别雷将果戈理视做俄国文化的独特本质加以接受。它引发了别雷的双重态度:别雷于讥讽中夹杂着无比的信任,混杂着热烈和冷漠兼具的接受态势。别雷经由对果戈

----

① 转引自王瑾著:《互文性》,广西师范大学出版社 2005 年版,第 134 页。
② 参见[法]蒂费纳·萨莫瓦约著:《互文性研究》,邵炜译,天津人民出版社 2003 年版,第66—68 页。

理诗学的接受和改造,采用戏拟形式建构出专属自己的文学形象,不仅在自己的时代为小说发展开拓出创新之路,而且以其戏拟叙事的特殊性影响了 20 世纪俄国文学语言的整体语言风格。概言之,别雷个性化的戏拟形式在现代文学的系列文化符号中划出了先前古典文化和后来的先锋派文化之间的界限,显示出最适合时代的或者说超越时代的艺术追求路向。

一、 在《银鸽》中"复现"

1909 年适逢果戈理百年诞辰纪念,同年别雷计划写作一部以《东方或西方》为总题的三部曲,来探讨正处在重重危机之中的俄罗斯在东西方之间的命运归属问题,找寻民族发展的道路。第一部《银鸽》(1910)和第二部《彼得堡》(1916)相继问世。翻开这两部作品,可以明显感受到果戈理叙事风格的影响。别雷是以对果戈理诗学中的语言、叙事方法和形象体系的理性认知为基础开展自己的戏拟叙事的。

诗人叶赛宁十分喜爱别雷的《银鸽》,他对《银鸽》的语言技巧作出很高评价:"怎样的语言啊! 怎样的抒情插笔! 简直可以死去! 这是继果戈理之后的唯一乐事。"①小说《银鸽》的语言表达明显地采用了果戈理的方式。别雷用果戈理的音节方法把一个又一个句子集中在一起,浇铸出了另一个果戈理式的文本。别雷在自己的研究专著《果戈理的技巧》中设专节"果戈理和别雷"对比了自己的创作方法和果戈理的创作方法,以《银鸽》和果戈理第一阶段的作品、《彼得堡》和果戈理的彼得堡系列小说为分析对象,仔细说明了自己从果戈理那里发现并引入自己创作中的方法:句子的分解和重组,动词和修饰语的堆叠;词和音的重复,(词

---

① *Швецова Л. Андрей Белый и Сергей Есенин. // Составители : Лесневский Ст. , Михайлов Ал. Андрей Белый. Проблемы творчества. М. , 1988. С. 418.*

序)倒置、分置和还原,重复句、装腔作势的动作和颜色的交替。①《银鸽》
中纯果戈理式的形容词使用频率极高,还有同样的形容词、动词、名词堆
叠式使用。果戈理式的用词不仅体现在这些实词之间的组合之中,还体
现在具体的连接词中:如 и……и……还有用"уже"、"еще"构成的重
复中。

别雷在《银鸽》中不仅对果戈理的语言进行直接描摹,同时还在叙事
语言组织模式中融入了果戈理的元素。《银鸽》的体裁特点直接出自果
戈理的长篇史诗小说《死魂灵》。别雷领悟了《死魂灵》的本质特点是史
诗和抒情因素的交融。果戈理长篇小说的这一明显特性表现在描写乞乞
科夫回城场景的描写:乞乞科夫研究了一下买来的"死魂灵"的注册簿,
突然开始浮想那些死去的农奴的命运,与此同时,转向明显不属于他本人
的具有道德高度的思索和议论。这个场景曾经遭到别林斯基的责备,他
曾批评果戈理在这里毫无依据地迫使乞乞科夫幻想普通的劳动人民命运
并且赋予乞乞科夫"高尚的纯洁的眼泪",转托他说出本应自己来说的东
西。伟大的批评家从 19 世纪现实主义诗学的角度,客观地评价了各种言
语视点的不妥当的交叉,以否定的态度批评了这个体裁——由叙事长诗
转向抒情插笔,认为这里反映出果戈理意识的矛盾②。

在前人止步的地方,别雷见出了不同。别雷作了一个生动的比喻:
"别林斯基将没有头的身体拿来,发现了其中巨大的意义。"③他概括说:
"《死魂灵》是一部长篇叙事史诗,它扩充了叙事文学的界限。……在果
戈理之前,小说中没有史诗性的长诗,同样,长诗也不具有广泛的包容性,
长诗被果戈理融入了小说,他又将时代的生活注入诗歌。果戈理强调史
诗不同于叙事长诗的形式。果戈理所写的是小说型史诗,因为其中俄罗

① *Жукова Н.* О мастерстве Гоголя, О символизме Белого и о формосодержательном процессе. // *Белый Андрей*, Мастерство Гоголя:Исследование . М. , 1996. C. 6.

② *Белинский В. Г.*, Полн. собр. соч. Т. 4. М. , 1954. C. 427.

③ *Белый Андрей*, Мастерство Гоголя:Исследование . М. , 1996. C. 38.

斯人民的语言给文学增加了生命力;贵族的、庸俗地主的语言和地方方言
一起进入了文学形式之中。……新的语言在我们最优秀的古典小说作家
那里点燃了生活。'小说'的概念得以重生。"①

别雷在《银鸽》中强化了这一结构。《银鸽》里明显表现出三种主要
的叙事形式,即故事讲述者的叙事、人物叙事和作者叙事。这三种叙事形
式之间时常不借助任何提示而自由转换。故事讲述者似乎是个命运老
人,见惯了人间的悲欢,于不经意中指点出人物的命运。他的评价性言语
在小说中是最富于乌托邦的色彩的、理想化的,几乎是俄罗斯民间的勇士
赞歌。故事讲述者的语言是按照民间风格组织起来的,由它传达采列别
耶沃村民的特点、发生在村子里的事件、风景乃至部分叙事。但是这种赞
歌时常消失在作者具有现代特征的表述之中,这是一种富于诗意、精心组
织的言语。比如,小说中在故事讲述人老实的空谈中会突然插入非常讲
究的比喻。

通常,当故事中出现知识分子式主人公(达尔亚尔斯基和施密特)的
时候,故事讲述者就让位于作者。这个时候,作者便从自己的角度表现那
些涉及贵族的古老庄园古格列沃和其中居民的章节。时常,故事讲述者
的叙述和作者的讽刺性叙述交织起来。比如小说描写达尔亚尔斯基的带
着对未来生活的期待和犹疑陷入了自己的沉思之中:

这条出路在他看来就是俄罗斯的出路——就是那个开始对世界
进行伟大改造抑或毁灭世界的俄罗斯,而达尔亚尔斯基……

不过,他达尔亚尔斯基真是见了鬼:他早该滚蛋:我们该有的举
措是:对他的举动不必大惊小怪,弄懂弄通这些举动是不太可能
的——也无所谓:让他见鬼去吧!

激情在涌动:我们还要描写它们——不是描写他:闷雷已经在某

---

① *Белый Андрей*, Мастерство Гоголя:Исследование. М. , 1996. C. 15.

个地方轰鸣,没听到吗?……①

　　达尔亚尔斯基向往"紧紧偎靠着人民的土地",但他"分明感觉到,污秽、柔软的土地正向他靠来"②。达尔亚尔斯基在思绪中踌躇,这段思绪以上文引用部分作为结尾。引文中从主人公的思绪转入叙事者的评论,最后以作者的插笔收尾。短短的几行之中,言语形式的主体跳跃性非常大,虽并未明确交代,但细细读解,可以发现叙事者、主人公思维和作者插笔之间视点交汇变换的界限。

　　这种跳跃式的叙事还表现为:由故事叙事突然地转到作者的讽刺性叙事(如"利霍夫"一节),从民间口语的仿拟一下子转入现代主义富于表现力的节奏性叙事,进入现代叙事风格的言语范围之内,而且两种风格都可以由达尔亚尔斯基的内心独白引发。这种语言组织模式在发展中心人物关系的体系和创建复杂而矛盾的主人公形象之中有着重要的意义。在达尔亚尔斯基的心里纠集的东西方之间的冲突,人民生活的理想化因素的吸引和知识分子的欧化教育在叙事的言语组织上得到平行的反映。随着主人公的意识中这种或者那种因素的轮流替换,小说语言中开始出现书面语和民间口语的交替。

　　别雷刻意安排了整齐的和随意的句式相互交替,以表现达尔亚尔斯基内心的冲突,外化的形式展现了主题的内容。别尔嘉耶夫曾指出过别雷世界观的双重性在于"东方的神秘因素"和"西方模式的无比神秘主义",同时他也指出,"作为艺术家的别雷克服了个人主义和主观主义"③。按照别雷的历史哲学观,东西方之间的冲突在俄国历史上是一个劫运的

① ［俄］安·别雷著:《银鸽》,李政文、吴晓都、刘文飞译,云南人民出版社1998年版,第108页。
② ［俄］安·别雷著:《银鸽》,李政文、吴晓都、刘文飞译,云南人民出版社1998年版,第107页。
③ *Бердяев Н. А. Русский соблазн // Русская мысль. 1910. № 11. Отд. 2. С. 113.*

时刻。这种冲突通过知识分子和人民的关系展现出来。在小说中,作者
没有简单地宣布知识分子和人民的相互关系,而是借助各种艺术手段用
二律背反的结构展现出来。在小说的时空结构上、情节安排上包括人物
的设置上都体现出这种背反关系。但是这种冲突特别明显地反映在叙事
的言语组织上。小说的言语组织特点反映出作家重视的既是作为知识分
子的神话之根——人民所反映出的美学和哲学价值,同样别雷还揭示了
俄国知识分子传统神话中"爱人民"的深刻危机。

整体看来,《银鸽》中别雷复现了果戈理早期诗学中的语言组织经
验。正如有研究者指出,别雷看到《死魂灵》的史诗性长篇小说的本质不
在于用抒情插笔来稀释讽刺小说,而在于异质元素之间动态的相互作
用……①

二、 在《彼得堡》中"衍生"

和《银鸽》相比,《彼得堡》明显从果戈理的早期诗学转向系列《彼得
堡故事集》的诗学。别雷指出,"别雷的《银鸽》是《狄康卡近乡夜话》的
总结,而《彼得堡》则是《外套》、《鼻子》、《肖像》、《狂人日记》的总结"②。

别雷自称:"《彼得堡》中充满了果戈理的方法。"③从《彼得堡故事
集》中提炼出并运用到《彼得堡》中的果戈理方法是《银鸽》中所没有的。
《彼得堡故事集》中的诗学构造原则发挥了重要作用。它们成为《彼得
堡》中别雷叙事手法的酵母。同时,别雷还发掘了自己作品和果戈理创
作的题材的相似性。别雷指出,果戈理的彼得堡故事渗透了《彼得堡》,

① 见:Козьменко М. В., Магомедова Д. М., Стилизация как фактор динамики жанровой системы // Научные ректоры: Келдыш В. А., Полонский В. В., Поэтика русской литературы конца XIX - начала XX века. Динамика жанра. Общие проблемы. Проза. М., 2009. С. 96.

② Белый Андрей, Мастерство Гоголя:Исследование. С. 298.

③ Белый Андрей, Мастерство Гоголя:Исследование. С. 321-325.

这里出现了《涅瓦大街》中幻视印象中的景象,《外套》风格的官员办公室,《鼻子》中的双关语,《狂人日记》中的在荒唐中显示存在,疯狂的恶作剧,以及从《肖像》中传递出来的恐惧①。

但是别雷也坦承,《彼得堡》中果戈理的影响由于受到陀思妥耶夫斯基的作用而变得复杂化,自己的这部小说同时也回应了普希金的《青铜骑士》②。这一点从《彼得堡》诗学中具有鲜明特点的引文中可以看出。在《银鸽》中引文、典故和联想是以果戈理艺术世界作为唯一来源的。在《彼得堡》中"原型文本"的范围不同寻常地扩大了。这些原型文本涉及普希金、果戈理、陀思妥耶夫斯基和柴可夫斯基等人的创作。这些被改写的文本原型是那些对于几代有教养的俄国读者来说,建立过特别重要的思想行为体系或者具有某种独特的文化密码的文本。

别雷采用了俄语读者十分熟悉并且被早已公认为经典作品中的经典形象,将他们带到另外一个时代,使他们成为自己小说的主人公。所以,普希金的《青铜骑士》在他的笔下具有了时代意义。叶甫盖尼在别雷的笔下变成了恐怖分子杜德金。骑在铜马之上的彼得大帝和可怜的叶甫盖尼经过四分之三世纪,他们重新相聚。他们的命运在另一种历史环境中重又交织起来。别雷将他们安排在一个新的时代,再次创造了他们出现的场景。虽然别雷几乎没有给他们留下普希金为他们安排的任何东西,情节也完全重新编排了,但无疑,他们仍是《青铜骑士》和普希金的主人公。别雷从历史的表面相似性发现了其内在的联系,并且依靠普希金诗歌的情节冲突加上自己的改编实现了自己的意图。

这里别雷似乎是继承着普希金,但是实际上已经开启了现代主义小说的大门,当然其中包含数位作家的创作探索。《彼得堡》并非历史小说,小说中的革命只是背景,就像剧院中的舞台背景。家庭剧里的人物和

---

① *Жукова Н.* , О мастерстве Гоголя, О символизме Белого и о формосодержательном процессе. С. 6.

② *Белый Андрей* , Мастерство Гоголя:Исследование. С. 321.

场景几乎一下子就能被认出来。老阿勃列乌霍夫使人想起托尔斯泰笔下的卡列宁(同样的下巴、同样的耳朵),还有契诃夫的"套中人"中的别里科夫(阿勃列乌霍夫的屋子和他的四轮马车就像他的"外套")。另外,不忠的妻子、她和音乐师的浪漫以及突然回归的情节不仅导向《安娜·卡列尼娜》,同样也指向《贵族之家》。小说中对小阿勃列乌霍夫出生情况的描写则源自于《卡拉马佐夫兄弟》,明显带有陀思妥耶夫斯基式的爱与恨、隐秘与荒唐。……①而《彼得堡》中的"奸细和恐怖主题"显然发展了《群魔》的主题②,不同的只是在《群魔》中鼓舞着恐怖分子的普遍否定精神源自西方,而在《彼得堡》中,这群"魔鬼"来自东方。

别雷没有停留在对他人文本的大规模的引用和模仿之上,他的创新之处在于将"他者的话"编入"自己的话",使"他者的话"为自己的叙事服务。斯泰因贝克在研究别雷讽刺性仿拟的复杂性和多样化时指出,别雷讽刺性仿拟达到如下目的:"揭示主人公……自我讽刺……公开和秘密地和某个作家或者自己的认知进行辩论,连接小说的各个部分……"③我们关注的正是最后这一点。别雷在《彼得堡》中将这些原型文本引入新的上下文中,并以讽刺性模拟改变了它们的意义。相互交织的艺术原型的多面性和多声部性,构成了关于彼得堡的艺术神话的多重线索。而将这一切并置在统一的叙事序列里的重要手段之一是作者的讽刺,它在《彼得堡》中对深化了的引文形象作出荒诞的说明,在解构旧文化形象的同时建构出新的文化形象。

皮斯古诺夫提出:

---

① См. *Сухих И. Н.* Прыжок над историей. // *Сухих И. Н.* , Двадцать книг ХХ века Эссе. СПБ. , 2004. С. 46.

② *Ерофеев Вик.*. Споры об Андрее Белом . // *Составители* : *Лесневский Ст.* , *Михайлов Ал.* Андрей Белый. Проблемы творчества. М. , 1988. С. 492.

③ *Ерофеев Вик.* , Споры об Андрее Белом . // *Составители* : *Лесневский Ст.* , *Михайлов Ал.* Андрей Белый. Проблемы творчества. М. , 1988. С. 498.

就与普希金、果戈理、陀思妥耶夫斯基、柴可夫斯基等创作的彼得
堡神话的关系而言,别雷的艺术世界并非它们的简单复制,也不是去
除伪装……别雷的讽刺在更广义的巴赫金笑的因素的探讨之中就像是
推动意义前进的手段,同时具有毁灭和重生的作用。它既广泛体现了以
前的文化形象,同时在新的层次中重生。从"快速流动的时间之流"里消
解了昔日的彼得堡的神话并在艺术文本的重组中协调它们。①

确实,这些引用、联想等逐渐加入了作者的叙事,慢慢地扩展,"他者
的话"在《彼得堡》中重新融解组合为别雷"自己的话",逐渐变成了多义
性的象征符号。关于这些象征符号起源的多样性在众多论者的著作中都
有研究。这些起源首先涉及的是普希金、果戈理、陀思妥耶夫斯基,还有
弗·索罗维约夫、托尔斯泰、梅列日科夫斯基、柴可夫斯基、施泰纳等等,
但是若从主要言语角度考察,可以发现《彼得堡》中言语方面的主要参考
坐标还是果戈理。在《银鸽》言语组织中的经验,深入《彼得堡》的文本肌
理之中。

可见,《银鸽》中重要的戏拟原则作为艺术上的重要基础体系保留了
下来,并且赋予《彼得堡》中的形象体系以丰富的空间意义。在《彼得堡》
中戏拟作为不可分割的叙事原则,和其他的"原型"叙事方法交合在一
起。《银鸽》中掌握他文化并且予以复现的手法被《彼得堡》中的"衍生"
(巴别尔语)的方法所代替。

三、"对话"与"转化"

经由对果戈理诗学的接受与改造的戏拟是别雷突破性继承俄罗斯传

---

① *Пискнунов В.*《Второе пространство》романа А. Белого《Петербург》. //*Составители :
Лесневский Ст. , Михайлов Ал.* Андрей Белый. Проблемы творчества. М. , 1988. С.
200.

统文化环节之中的重要方法,也是别雷创造新时代文化的重要手段。

19世纪俄国古典小说的影响是十分巨大的。作为现实主义经典小说,托尔斯泰和陀思妥耶夫斯基的小说已经作出了最好的总结。他们的小说不仅影响了欧洲文学,同样也影响了19—20世纪之交的俄国文学,以至这一时期的俄国文学出现了一种明显的变化,小说长时间(其实直到1910—1920年期间)失去了引人注目的地位。在此,勃留索夫对别雷的评价值得一提:"……在自己的时代赋了小说以主导性的地位。"①别雷率先从托尔斯泰和陀思妥耶夫斯基的决定性影响中解放出来,他颠覆了对经典的理解,把历史上的经典作为自己文学之路的起点。

与现实主义派别在历史思维原则基础上继承文化传统不同,象征派在重建传统文化基础上提出"新传统主义的"方针——即把传统的现实主义作为具有一定体裁规则和艺术形式的某种综合性文学。原本以"反传统"姿态登上文坛的俄国象征主义者,在发展的过程中逐渐拾回本民族文学传统,重新审视普希金、莱蒙托夫、果戈理、陀思妥耶夫斯基、契诃夫等民族文学大师。勃洛克说:"现在翻开19世纪俄国文学史上的任何一页,果戈理、莱蒙托夫……他们的问题无不煎熬着我们……"②关于俄国历史命运和未来前途的问题将几辈作家凝结在一起。复活这些19世纪文学赖以生存和孕育的主题、形象和问题,在19—20世纪之交成为具有普遍性的现象。正是在这种宗旨下,作为象征主义作家的别雷接受了果戈理的小说诗学。

帕斯捷尔纳克对象征主义艺术之中"复现原有"本质的特点曾予以这样的评价:"这是一种什么艺术呢? 这是斯克里亚宾、勃洛克、柯米萨尔热甫斯卡娅、别雷的年轻艺术——进步的、动人心弦的、新颖独特的艺

① *Брюсов В.* , Среди стихов. Манифесты, статьи, рецензии. 1894—1924. М. , 1990. С. 127.

② *Долгополов Л. К.* , Начало знакомства. // *Составители :Лесневский Ст.* , *Михайлов Ал.* Андрей Белый. Проблемы творчества. М. , 1988. С.61.

术。这艺术是如此出类拔萃,不但引不起予以更换的念头,相反,为了使它更加牢固持久,倒想把它自创立之始重建一番,不过建得更迅猛、更热情、更完美。要重建它,就得一气呵成,没有激情是不可思议的,然后激情闪跳到一旁,新的东西就这样出现了。然而并不像通常想象的那样,出现新的是为了代替旧的。完全相反,它的出现是令人感奋地复现原有之物。这就是当时艺术的本质。"①

19—20世纪之交是别雷的历史文化和美学观点形成的初期,当时果戈理的个性和艺术世界就引起了别雷强烈的兴趣。果戈理创作中"大胆的比喻、夸张、变形、新词语"等等经验契合了极力想创造一种新形式来表达自己的年轻作家的独特内心。1909年恰逢果戈理诞辰百年纪念文学活动,在纪念文章中,别雷写道,"至今为止果戈理还没有被完全认识、理解"②。别雷将果戈理视为俄国最难懂的或者是未被充分理解的作家。所以,果戈理相对于自己的时代是孤独的,而别雷同样孤独,即使身边最亲近的人对他的思想和追求也极端不认同。别雷以一颗受挫的心看到了果戈理全部创作的隐秘原因。

别雷思考了果戈理世界观的独特性以及果戈理和俄罗斯之间存在的奇特联系。在诗集《灰烬》(1909)、《骨灰盒》(1909)中,果戈理与俄罗斯的关系通过别雷对祖国命运思考的棱镜折射出来。而别雷所表达的正在走向死亡的俄罗斯主题,呼应了果戈理文章中的思想。当时别雷正致力于连接巫术、神秘的视力和哲学思维原则,以使象征主义的基础变成一种世界观。围绕象征主义的长久争鸣的结果是别雷的三本论文集《象征主义》(1910)、《绿草地》(1910)、《阿拉伯图案》(1911)。在这三本论文集里别雷总结了艺术创作的象征主义阶段,也拟定了艺术创作发展的新道

---

① [俄]帕斯捷尔纳克著:《安全保护证》,《人与事》,乌兰汗等译,三联书店1991年版,第125页。

② См.: *Жукова Н.*, О мастерстве Гоголя, О символизме Белого и о формосодержательном процессе. С.4.

路。其间,果戈理发挥了重要作用。别雷将果戈理视为象征主义的重要人物,因为别雷认为,果戈理首先在自己的作品中运用了象征主义的许多艺术方法。

在他一生最后一部学术专题著作《果戈理的技巧》中,别雷将自己的全部创作概括为:"别雷小说在声音、形象、色彩和情节方面,总结了果戈理的语言形象工作。在 20 世纪,别雷恢复了果戈理学派。"[1]这本专著写成于 1932 年,出版于 1934 年别雷去世之后,其中不仅涵盖了别雷对果戈理艺术经验的独到见解,同时处处流露出别雷对自己一生创作经验的总结。在研究专著中,别雷强调了果戈理对于俄国文学的意义,他指出,"果戈理不仅是亚洲风格在俄罗斯的突出表现者,在他身上还有荷马、阿拉伯主义、巴洛克和哥特式建筑等风格的折射,因此他影响的不是某个流派,而是每个人。"[2]在谈到 20 世纪文学与 19 世纪经典创作的渊源的时候,别雷借用了一个有关"鼻子"的比喻进行阐释:"果戈理用'鼻子'——像长剑般深深刺过整个 20 世纪的俄罗斯文学。"[3]

在这部专著中,别雷比较了自己和果戈理的艺术观。他认为,果戈理的句子是不对称的巴洛克风格,而他自己阐述的《我的世界观》的本质就是对位法问题。对位法问题可以视做维系别雷所有小说文本"运动"的思想。这种对和谐的渴望可以说从一开始就存在于别雷的世界观中,存在于作家对象征主义的理解中。正是这种对和谐的渴望决定了在作家的代表作《彼得堡》中,从那个能够拯救众人"悲伤的细长的白色多米诺的形象"(如同勃洛克《十二个》中的"头戴白玫瑰花冠的"基督形象一样)开始,直到尾声以"传统的古典配方"告终。然而,这种和谐不是建立在对存在的完整秩序规律信任的基础之上,而是建立在另一种相反因素的

---

① *Белый Андрей*, Мастерство Гоголя:Исследование. С. 327.

② *Белый Андрей*, Мастерство Гоголя:Исследование. С. 317.

③ *Жукова Н.*, О мастерстве Гоголя, О символизме Белого и о формосодержательном процессе. С. 4.

连接上,是建立在变成怪诞乃至冲突的形式表达之上的不对称的基础上
的。别雷希望,艺术能给这个世界带来严格的规律以引导人们摆脱世界
和人心的混乱。可以说,由果戈理诗学引申而来的不对称的巴洛克式的
和谐是别雷小说艺术的基本指导思想。

　　别雷高度评价了果戈理写作中的节奏化形式。他认为,和尼采一样,
果戈理也是全欧文化的伟大修辞大师,果戈理善于在灵魂生活的节奏形
式中表现出文化。他说:"勇敢的节奏的胜利和所有在形象性方面的努
力是果戈理带给世界修辞学界的,就这方面而言,他超出了普希金之
外。"①节奏化形式同样引导了别雷作为一个阐释者的艺术发展之路。如
果说在早期四部《交响曲》中别雷稚嫩地模仿了尼采,那么在别雷的其他
小说如《银鸽》、《彼得堡》、《柯季克·列塔耶夫》、《受洗的中国人》、《莫
斯科》、《面具》等作品中,别雷转向了愈来愈富有成效的节奏化。到 1920
年至 1930 年初,别雷甚至尝试完全用节奏化形式写作批评文章、回忆录
乃至研究专著。茹柯娃在《果戈理的技巧》出版前言中指出,作为阐释者
的别雷的这本研究书籍"将出色的语文学分析和伟大艺术家的优秀散文
凝为一体",书中的"很多段落都是用节奏性散文写成的,有时候用隐秘
的诗行写成。别雷的风格,如他自己的界定——自觉的节奏"②。这本
"节奏性散文"风格的果戈理研究专著可以视为别雷对影响了自己一生
的果戈理诗学的最佳回馈。

　　正如茹柯娃所言,别雷是天才的读者、阐释者和艺术家。在相当程度
上正是由于别雷的传承,果戈理的方法才变成完全意义上的文学的现
实③。确实,在文学的历史传承中作为象征主义作家的别雷巧妙地戏拟

①　*Жукова Н.*, О мастерстве Гоголя, О символизме Белого и о формосодержательном
　　процессе. С. 10.

②　*Жукова Н.*, О мастерстве Гоголя, О символизме Белого и о формосодержательном
　　процессе. С. 10.

③　*Жукова Н.*, О мастерстве Гоголя, О символизме Белого и о формосодержательном
　　процессе. С. 6.

了作为现实主义作家的果戈理的风格,实现了自己个性化的文学形象的构建,在表现他文化与己文化的对话之中,建设了新文化。也正是因由戏拟前辈大师果戈理,作为象征主义者的别雷,突破了西方各国象征主义文学主要在诗歌领域内最有建树的旧有框架,创造了象征主义小说的艺术典范;作为小说家的别雷,实现了俄罗斯小说从传统现实主义向现代主义的历史性转变,带动了俄苏小说在 20 世纪的革命性变革。

艾略特曾表示一位诗人的个性不在于他的创新,也不在于他的模仿,而在于他把先前一切文学囊括在他的作品之中的能力。他说:"我们却常常会看到:(在作品里)不仅最好的部分,就是最个人的部分也是他前辈诗人最有力地表明他们不朽的地方。"①事实表明,别雷文学个性的塑造正是在对前辈作家果戈理艺术世界的接受与改造之中,在历史与现实话语的碰撞之中完成的,显示出别雷文化艺术观中至关重要的在传统中建设新文化的宗旨和策略。只是别雷在与"他文化"对话的同时,采用了比传统叙事更加彻底的方法,以与"他语词"的融合建立了自己独特的风格。

正如真正的艺术作品是排斥形式改换的。果戈理小说《可怕的复仇》中有句广为引用而被人铭记的名言:"Чуден Днепр при тихой погоде."如果在语法规范内作一个最无可指摘的修正:"Днепр при тихой погоде чуден",那么,果戈理笔下的这一风景的魅力会立即消失,取而代之的是平庸无奇。别雷的戏拟同样表现出这一形式魅力。别雷以戏拟而建构的新型叙事形式,挑战了 19 世纪传统的小说语言和叙事方式,动摇了百年来形成的固定的语言规范和文学标准,引领了 20 世纪俄国小说和小说语言的发展。

---

① [英]艾略特著:《艾略特诗文全集》,王恩衷编译,国际文化出版公司 1989 年版,第 2 页。

第三节　思想诗学因素

在 19—20 世纪之交，与别雷的《银鸽》(1910) 和《彼得堡》(1916) 同时代出现在俄国文学史上的作品有梅列日科夫斯基的三部曲《基督和反基督》(1896—1905)，索洛古勃的《小魔鬼》(1902)、三部曲《创造的传说》(1907—1913)，列米佐夫的《池塘》(1905)，高尔基的《母亲》(1906) 等等。这些小说中的主人公都是知识分子，他们具有或者正在形成观照世界并将其转为行动的独特思想，但是这种行动通常具有毁灭性的特点。概观小说的这种内容特征，它与陀思妥耶夫斯基"思想小说"的特点相吻合。

一、 作为内容的"思想"——陀思妥耶夫斯基和时代思想

按照洛特曼的话说，长篇小说是俄国古典文学的主要体裁，它是一个有机统一的现象，根植于普希金和契诃夫之间的创作之中。在俄国历史上文学经典与农奴制时代的贵族相连，也就是和那些古老的有领地的贵族相连。这些贵族大多数时候和自己的农奴一起居住在自己的庄园，并且能够在世界观上将独特的民族文化和西欧教育相结合。

但是自改革时代（从 19 世纪 70 年代起）伊始贵族—农民文化共生现象逐渐被破坏，这也是俄国文学古典时期结束的原因之一。如恩格尔哈特指出，陀思妥耶夫斯基的主人公是脱离了文化传统、脱离了土壤和大地的平民知识分子，是偶合家族的代表①。因为 1860—1870 年间的陀思妥耶夫斯基不可能像托尔斯泰那样只描写俄国唯一的生活形式：贵族的一

---

① 　［俄］巴赫金著：《诗学与访谈》，白春仁等译，河北教育出版社 1998 年版，第 32 页。

农民的。从 19 世纪 70 年代起非贵族出生的知识分子成为俄国文化的主要力量,将贵族排挤到第二位。陀思妥耶夫斯基为新现实所苦恼,他必须改造小说体裁以适合表现来自偶合家庭、新的不稳定生活形式中的新型人物。

偏见、墨守成规、庸俗和视野的局限性构成了 20 世纪二三十年代来自陀思妥耶夫斯基偶合家庭年轻知识分子生活形式的主要特征。到 1890—1900 年间,俄国知识分子中的实证主义、社会主义、发展主义在象征主义者内部泛滥。别雷、勃洛克和勃留索夫和其他人一起反对这些"父辈"而向"祖辈"求援。祖辈之中对他们来说最亲近和最容易理解的,是介于古典和非古典之间的陀思妥耶夫斯基。所以从 1890 年起,整整一群作家:梁赞诺夫、梅列日科夫斯基、沃雷恩斯基等等都在研究陀思妥耶夫斯基的创作。

如果说古典文学是"土壤",那么白银时代的文化在整体上则是由"无土壤派"的孩子们创造的。他们试图在知识分子的"无土壤性"之上拥有存在于贵族—农民文化统一体中的"土壤",当然这个统一体(首先是"贵族之家"的生活)已经历史性地毁灭了。陀思妥耶夫斯基批判性地表现了"无土壤的知识分子"和他们准备投入现实的思想。这既体现出古典性又表现出非古典性,其实陀思妥耶夫斯基的思想同时表现为人民和知识文化阶层的本质一致性。

对于承继了"土壤派"思想的陀思妥耶夫斯基来说,基督教不是"思想",而是千年"传说"的一个基础,就像那些从西方借用来的"无土壤的精神建构"(比如,拉斯科尔尼科夫的"良心的血",阿尔卡基·多尔戈鲁基的"百万",梅西金的"地球上孩子的天堂")。所以白银时代的作家经常想起陀思妥耶夫斯基的主人公。白银时代寻找的这个对立面,不是宗教,而是,宗教哲学,不是神话,而是神话创作,不是生活,而是生活建构。他们转入主观的宗教哲学创作。具有代表性的"白银时代"的启示录意识是指对"历史上的基督教"的重新审视。他们思虑从根本上改变土地和人民的关系,力图为全民族的理想找寻另一种根基。他们认为,陈腐的土地应该在宗教革命的净化的大火中烧毁,人民不再是最高宗教真理的无意识的承载者。

别雷在《创作的悲剧——陀思妥耶夫斯基和托尔斯泰》中确定了陀思妥耶夫斯基作为俄国伟大的艺术家和俄国命运的预言家的意义。如果说别雷的心灵旅伴勃洛克认为陀思妥耶夫斯基的特点是将西方与俄国对立,并将人民作为这种意识的载体,而在知识分子身上表现出纯理性的因素;那么对别雷来说,更有意义的是,陀思妥耶夫斯基表现出一个既完整又矛盾的俄罗斯形象,它遭遇毁灭而又渴望新生。所以别雷认为,陀思妥耶夫斯基创作的主要目的和意义就在于,作家以天才的力量描绘了这种矛盾的因素。

这种认识直接体现在别雷的小说《银鸽》和《彼得堡》的主题之中,小说的思想和形象直接与陀思妥耶夫斯基的艺术世界和他所引领的非理性历史哲学相关。按照别雷的设想,《银鸽》和《彼得堡》是揭示俄国历史命运的“东方和西方”三部曲中的前两个部分,讲述了反对俄罗斯的来自东方(《银鸽》的内容)和来自西方的(《彼得堡》的内容)“世界性的密约”。没有写完的第三部分,《看不见的城堡》应该反映“生活和心灵的健康的、高尚的时刻”,是以俄国民族自我意识真正因素的展示为条件的。所以,前两部小说——首先主要是生活负面的描绘。

二、 作为形式的“思想”

1. 《银鸽》——独白的小说

恩格尔哈特第一次对思想在陀思妥耶夫斯基小说中的地位,作出了正确的判断。思想在这里的确不是描绘的原则(像其他任何小说中那样),不是描绘的主旨,也不是描绘所得的结论(诸如思想性小说、哲理小说那样);思想在这里是描绘的对象。① 在此基础上巴赫金提出,陀思妥耶夫斯基"把思想看做是不同意识不同声音间演出的生动事件……思想意识、一切受到意识光照的人的生活(因而是与思想多少有些关联的生活),本质上都是对话性的……"②所以,在陀思妥耶夫斯基的小说中,我们没有看见凌驾于人物思想之上的作者思想在结构上的超越。陀思妥耶夫斯基的方法只是展示不足,他展示了任一个思想(理论)的侧面,其中包括故事讲述者的观点。

那么别雷的方法呢? 他如何展示人物的思想、作者的思想和故事讲述者的思想呢? 巴尔科夫斯卡娅直接称小说《银鸽》是思想的,虽然她也指出,这远不能挖掘全部的体裁本质,她划分出小说内部三个情节:"关于达尔亚尔斯基,关于俄罗斯,关于作者自己"③。无疑《银鸽》具有"思想"小说最明显的体裁特点,讲述了一个关于主人公——知识分子的思想毁灭的故事。

作为三部曲的第一部《银鸽》的主人公,达尔亚尔斯基是一个俄罗斯知识分子,他不断地对自我的命运、实际上也就是俄罗斯的现代命运进行探寻。他受到了当时俄罗斯一些知识分子发起的"到民间去"运动的影响,准备深入生活,到社会底层去,去体察俄罗斯人民的真实生活,体验和发现俄罗斯的社会本质。他来到未婚妻家、一个欧化的贵族庄园做客,并尝试接近普通民众的生活。

但是他错误地将附近村庄色情教派"鸽派"教徒当成真正的民众力量而去亲近,结果惨遭毒手。小说以达尔亚尔斯基"到民间去"的知识分子理想破灭而告终。《银鸽》表现了"鸽派"教徒的阴暗面目和无穷祸害,显示出亚细亚自发势力的愚顽特征。该作品揭示了知识分子灾难性的错

---

① 〔俄〕巴赫金著:《诗学与访谈》,白春仁等译,河北教育出版社1998年版,第32页。
② 〔俄〕巴赫金著:《诗学与访谈》,白春仁等译,河北教育出版社1998年版,第115页。
③ 见:*Барковская Н. В.* Поэтика символистского романа. Екатеринбург, 1996. С. 206. С. 220. С. 223.

误在于一种错误的认知——误把鸽派教徒混同于真正的俄罗斯人民。我们分别从故事讲述者、作者、人物的角度来考察小说中各种思想表达的途径。

《银鸽》一开头就提出了故事讲述者(他是采列别耶沃村居民、故事的见证人)的观点。故事讲述者的评价性言语在小说中是最富于乌托邦色彩的、理想化的,几乎是俄罗斯民间的勇士赞歌。但是这种赞歌时常消失在作者具有现代特征的表述之中。作者话语的思想范围远远超越了故事讲述者。作者的视点几乎涵盖了小说的所有空间范围。通常,当故事中出现知识分子式主人公(达尔亚尔斯基和施密特)的时候,故事讲述者就让位于作者。这个时候从作者的角度表现那些涉及贵族的古老庄园古格列沃和其中居民的章节。在星相学和人智学家施密特的世界观中鲜明地反映出作者的观点。施密特住在采列别耶沃的一间别墅中,"他有一个非俄罗斯的姓氏,他总是在对哲学书籍的阅读中度过白天和夜晚,他虽然否定上帝,却常去见牧师"①。

小说第五章用了一节详细介绍了施密特的占星术。达尔亚尔斯基身陷鸽派后,施密特曾用占星术提醒达尔亚尔斯基"醒来吧——从你危险的道路上走出去还为时不晚……"②施密特认为,达尔亚尔斯基应该从马特廖娜那里回到卡嘉那里。卡嘉的形象对于作者来说是俄国心灵的化身、俄罗斯宗法因素的化身、"睡美人——俄罗斯"的化身。卡嘉是达尔亚尔斯基的未婚妻,在她身上蕴藏着未来俄罗斯的希望。但这希望是她的秘密,她的不可言说性和她平和的心灵暗示了这一切。

达尔亚尔斯基没有明白这个秘密,没有听见卡嘉的召唤。所以,达尔亚尔斯基拒绝了施密特的建议。达尔亚尔斯基的思绪向读者说明了一切:

---

① [俄]安·别雷著:《银鸽》,李政文、吴晓都、刘文飞译,云南人民出版社1998年版,第5页。
② [俄]安·别雷著:《银鸽》,李政文、吴晓都、刘文飞译,云南人民出版社1998年版,第184页。

于是,彼得被震动了:他回忆起去年,当施密特指示他的命运时,开辟了他秘密知识的光辉道路;他差一点跟他出国——去他们,他兄弟们那里,他在远处影响他的命运;但是达尔亚尔斯基看着窗户,而在窗户里是俄罗斯:白色的、灰色的、红色的木屋,刻在草原上的衬衣和歌曲;而木匠穿一件红衬衣无精打采地走向牧师;那里有温柔的天空,亲切的天空。于是,达尔亚尔斯基又回到了自己的过去;他从窗户转过身来,离开了窗户里召唤他和死亡的俄罗斯,离开他新的表面的命运主宰者——木匠,对施密特说:我不相信命运:在我的生命中生命的创造会战胜一切……①

这里施密特的秘密知识指的是人智学智慧和神启,也是别雷曾寄予希望改造俄罗斯的秘密智慧所在。和梅列日科夫斯基和索洛古勃相同,别雷属于主体宗教哲学创作,就是对神秘的追求。所以,作者的"理想的言语"在《银鸽》中和施密特的人智学的"内心的有说服力的言语"相统一。这个来源于知识分子的优秀部分的世界性的"智慧",按照作者的思想,应该融入真正的俄罗斯的灵魂里,并且能够在经验上复活这种思想。知识分子不应该被表面现象所迷惑,像达尔亚尔斯基一样认为俄罗斯是"东方的黑暗深渊"。

然而,主人公达尔亚尔斯基并未接受真正的智慧指导,错误地把鸽派分子认为是真正具有"俄罗斯人民"因素的部分并加以亲近。在他和马特廖娜的关系中所表现出的卑贱因素带领他最后走向道德的崩溃和死亡。别雷这里表现出的是骚动不安的年轻的俄罗斯需要合理的改革,但却在即将到来的转折之前经受了恐怖。达尔亚尔斯基的经历说明了这一切。达尔亚尔斯基力图探寻拯救之路。但是黑暗教派的灾祸、东方的灾

---

① [俄]安·别雷著:《银鸽》,李政文、吴晓都、刘文飞译,云南人民出版社1998年版,第185页。

祸吞噬了达尔亚尔斯基,使他送了命,只剩下睡美人卡嘉,俄罗斯没有了拯救者。

可以看到,施密特的思想观点(代表了作者的观点)在思想层次上超出了故事情节中人物(达尔亚尔斯基和鸽派信徒)的观点,是一种在小说的时空内人物所无法企及的思想。因此,施密特的观点完全可以称为一种独白性的思想。它被作者表达出来,希望得到回应,但是遗憾的是在小说中它只有表达,不可能有回应。达尔亚尔斯基没有听从施密特的指点,被"东方的深渊"俘虏,施密特老泪纵横:"他——牺牲了!"①

达尔亚尔斯基和鸽派教徒的观点在小说中相互对立。如果作者、故事讲述者和鸽派教徒的思想是一下子交代出来,那么达尔亚尔斯基则是在思想逐渐形成过程中展现的人物,作者详细地叙事了他的世界观发展形成的各个阶段。主人公为了实践自己的思想,抛弃了贵族小姐未婚妻卡嘉,和"鸽派"教徒、村妇马特廖娜相处,而且,不顾自己的意志,成为村庄里"鸽派"头领、木匠库捷雅罗夫操纵的木偶。临死前,主人公战胜自己的心理迷误,想重回到施密特那里,重新回到卡嘉身边。在时间中展开的达尔亚尔斯基思想的失败构成了作品的基本情节。并且,达尔亚尔斯基作为知识分子在"到民间去"过程中表现出的心理迷误和"鸽派教徒"的人神思想之间基本上没有混合性对话,这些"思想"没有碰撞,没有同等的对比,有的只是第二种思想以欺骗的方式利用了第一种思想。

所以在《银鸽》中,"思想"的表达具有独白性质,作者、人物、叙事者的思想之间没有碰撞,它们之间实际上不具有多声部的结构因素。

2. 《彼得堡》——独白与复调之间

从《银鸽》到《彼得堡》,别雷思想小说的特点并未改变,但是,别雷在

---

① [俄]安·别雷著:《银鸽》,李政文、吴晓都、刘文飞译,云南人民出版社 1998 年版,第 184 页。

《彼得堡》中展现彼得堡思想意识影响时所运用的模式与陀思妥耶夫斯基的多声部对话模式相比则发生更大变形。

阿达·斯泰因贝克在《安·别雷小说中的词和音乐》一书中考察了《彼得堡》中的复调问题。她认为，别雷试图运用讽刺性仿拟以达到复调的效果。其效果在相当程度上和巴赫金的复调同源。然而，她发现，与陀思妥耶夫斯基不同，在别雷的辩论性和讽刺性模仿中，她没有找到"对话的地方"，因为，被模仿的声音是被动的，不能对话，只是作者声音的"靶子"。斯泰因贝克说，"和陀思妥耶夫斯基不同，别雷不允许自己的人物敞开心灵，自由地说服对方，他经常加入他们的谈话，从他们的角度说话，把它们的声音淹没在自己的声音中，如同瓦格纳。"①斯泰因贝克继而指出，《彼得堡》中的人物不太善于交际，作者只好经常替他们说话。他们不具有"表达自己情感和思想的自然能力"，变成了没有心灵的使人害怕的机器人②。

与其说《彼得堡》中的人物不善于交谈，不如说他们不具有自由谈话的权利。《彼得堡》中的全部人物只是思想的表征。舍斯托夫在关于维亚切·伊万诺夫的文章中写道：……全部任务在于，用极端的方式使思想从现实之中分离，并激发他们自己独立的生命。③ 别雷也是这样。人类生活的现实在象征主义者的思维中不是第一性的，而是作为符号，隐藏着意义的表象。所以现实的形象变成了"大脑的游戏"，变成了思想的流动。思想完全脱离了人物独立存在。这种现象在《彼得堡》中得到了最经典的表述。

---

① *Ерофеев Вик.* Споры об Андрее Белом. // *Составители :Лесневский Ст.* , *Михайлов Ал.* Андрей Белый. Проблемы творчества. М. , 1988. С. 498－499.

② *Ерофеев Вик.* Споры об Андрее Белом. // *Составители :Лесневский Ст.* , *Михайлов Ал.* Андрей Белый. Проблемы творчества. М. , 1988. С. 498.

③ *Паперный Владимир*, Поэтика русского символизма: персонологиеский аспект. // *Редактор-составитель*: *А. Г. Бойчук.* Андрей Белый. Публикация и исследования. М. , 2002. С.157.

在《彼得堡》的文本中有此交代:"《彼得堡》是作者想象的产物:无用的、无聊的、大脑游戏。"①由此我们明确,作者的游戏产生了幻想中的人物。这些人物并非独立存在的。他们满脑子的无聊思想决定了他们的存在,他们存在的方式就是"大脑游戏"。在小说第一章"古怪的特点"一节中,对人物的这一特点也作出详细说明:

　　注意到这个古怪的,很古怪的,非常古怪的情况,阿波罗·阿波罗诺维奇最好别抛掉自己的任何一点无聊的思想,继续把无聊的思想全装在自己的脑袋里:因为每一个无聊的思想都顽强地发展为时空形象,它在参政员的脑袋之外——继续自己的——现在已经是无人监管的行动。

　　在一定意义上,阿波罗·阿波罗诺维奇像宙斯:从他的脑袋里产生出男神、女神和天才。我们已经看到:一个这样的天才(留一撮小黑胡子的陌生人),在作为一个形象产生的同时,他便融汇在黄兮兮的涅瓦大街的空间了……这个陌生人也有着无聊的思想;而且,那些无聊的思想具有同样的那些特点。

　　它们跑散了和巩固了。

　　陌生人的这些奔跑的思想之一,便是他陌生人确确实实存在着;这个思想从涅瓦大街跑回到了参政员的大脑里,并在那里使意识固定下来,仿佛陌生人在这个脑袋里存在本身——是一种幻想的存在。

　　圆圈就这样封上了。②

可见,人物是思想的载体,而思想是"大脑游戏"的参与者,在总体上"大脑游戏"的规则是由作者设定的。这个规则表现为彼得堡的思想模

① [俄]安·别雷著:《彼得堡》,靳戈(即钱善行)、杨光译,作家出版社1998年版,第84页。
② [俄]安·别雷著:《彼得堡》,靳戈(即钱善行)、杨光译,作家出版社1998年版,第49—50页。

式(关于"彼得堡"体现出的基本思想模式我们会在第五章"叙述结构"一节详细论述)。彼得堡的思想模式从总体上决定了人物的命运,它通过人物的意识和人物相连,但是它已经不是和某个固定的人物紧密相连了。它能够从一个意识转入另一个意识,独立存在。在这个思想的循环中,思想从一个人物转入另一个人物,没有一个思想是真正属于人物。彼得堡思想发展的环形轨迹在叙事层次上由叙事者统领。

《彼得堡》中的叙事者(在第五章"叙事者"小节有对叙事者形象的详细分析,这里不加以展开)绝非一个平面的叙事传声筒。他借用多角度人物视角呈现人物的思想意识活动,并以此建构起一个个叙事的循环,但是叙事的话语权却始终由叙事者掌握。他对小说的各种思想观点忽而讽刺,忽而同情,忽而评论;他深入每个人物的思想,但又决不与任何一种思想融合。他在"大脑游戏"中干预了整个叙事过程,完全不按照"大脑游戏"的顺序记录游戏,而是力图凸显出自己的思维模式——一种受到彼得堡模式影响的思想分化后的游戏模式。

波克丹诺娃指出,如果说"每个主人公和大脑游戏的某个方面相联系(杜德金和革命—恐怖思想相连,参政员和理性思想相连,儿子和弑父思想相连)",那么,叙事者则是在总体上贬损"大脑游戏"——"围绕着以俄国历史'彼得时期'为标志的思想而构建的无出路的圆圈"。[①] 确实,叙事者作为1905年秋天彼得堡系列事件的见证人,与人物共处于彼得堡的时空体内。在所有的场景中,他一直处在"彼得时期"的时间圆圈之内,处在铜骑士的统治之下。换言之,叙事者控制了他的人物和人物思想,建构了"环形模式"游戏加以表述,而他自身的表现方式同时也受到"彼得堡"思想模式的影响。所以说,叙事者的思想和形象也是彼得堡的总体时空的一部分,和人物的思想一样同样符合彼得堡思想性"大脑游戏"的

---

① См.: *Богданова О. А.*, Идеологический роман. // *Научные редакторы: Келдыш В. А., Полонский В. В.*, Поэтика русской литературы конца XIX – начала XX века. Динамика жанра. Общие проблемы. Проза, М., 2009, С. 305.

原则。

　　与叙事者和人物不同,小说中的作者超出了彼得堡时空体之外。只
有他在言语层面上不受叙事者的制约。作者的话常常表现为诗意的拔
高,或者激情的告白。如果说叙事者的言语是幽默的、双声的;那么作者
的言语则是坚定的、独白的。《彼得堡》中作者的言语追求的是出离彼得
堡思想领域的效果。波克丹诺娃认为,《彼得堡》中的作者"超越了彼得
堡时间和空间的范围",体现出另一种不为"彼得堡时期"所知的"思想类
型"①。也许这可以看做《彼得堡》中的作者针对叙事者的游戏叙事模式
和游戏思想的一种反拨,是为了在叙事层面上与由叙事者形象表现出的
纯理性的思想——"大脑游戏"原则产生形式上的对照。

　　概言之,《彼得堡》中思想表现的多元化方式决定了这部小说从结构
上既不能纳入传统意义上的"多声部类型",也不能纳入传统意义上的
"独白类型"。

　　在本节中,我们重点分析了别雷小说《银鸽》和《彼得堡》作为思想小
说所采用的重要叙事模式。我们看到,虽然别雷的小说可以用"思想小
说"来概括,但是它们体现出和陀思妥耶夫斯基的"思想小说"完全不同
的表现模式,具有"独白"和"复调"之间的特征,或者可以借用斯泰因贝
克的话来说,别雷的复调效果归结为"形式多样"的象征主义。

第四节　节奏诗学因素

　　在 20 世纪俄国文学史上,节奏小说的发展常常和别雷的名字连在一

---

① 　See.：*Богданова О. А.*，*Идеологический роман.* // *Научные редакторы*：*Келдыш В. А.*，
Полонский В. В.，Поэтика русской литературы конца XIX － начала XX века. Динамика
жанра. Общие проблемы. Проза, М.，2009, С. 306.

起。别雷创造了由基础的节奏决定事件的重复性,提出了叙事的环形时间;由此,直线性被场景的多声部性替代,造成了叙事水平线转变为垂直线;这样,推动内部情节的不是场景和描写的语段转换,而是体现在和弦、协韵、主题变奏和主题、隐喻、象征等等的对位上。可以说,别雷推进了作为现代诗学因素之一的节奏在小说写作中的应用和发展。

俄国文学中的节奏化小说从 18 世纪末(穆拉耶夫、卡拉姆津)为众所知。小说交替运用重音和非重音音节等等节律化手段使之十分贴近诗歌,并且诗歌中的重要因素被引入小说使得小说充满了戏剧化的效果和语言的古语化效果。在 19 世纪也经常会碰到类似的情况,但是通常节奏化形式不会占据整部大型作品或者小说的重要部分。这种节奏化形式要么是简短的抒情片段,要么是戏剧场景,要么是非大型叙事诗。托尔斯泰曾试图用三音节的节奏写出没有完成的关于彼得大帝的小说中的一个场景——索菲娅公主和瓦西里·高里金的谈话。

在 19 世纪,果戈理的小说是个例外。别雷指出,果戈理初期的小说充满了声韵的回响,小说的节奏像马蹄铁的碰撞。……后来,旋律变成多声部协调的和声。① 别雷特别提到《可怕的复仇》是"歌曲式的中篇小说","不完全是文学……是上世纪批评家普遍忽视的体裁,而且,果戈理没有在任何一篇作品中表现出这样的音乐原则"②。别雷在仔细分析文本后指出"在《可怕的复仇》中形象闪着光,形象反映在词汇中,就像水中月亮的闪光,在音符中闪光,在节奏中流动,在这里视觉的效果变成了声音的共鸣;《可怕的复仇》是一首歌……不是形象、不是性格和人物的心灵感受,而是小说声音的鲜明节奏使人感动"③。

但是这种小说在相当长的时间内并未被认可。维诺格拉多夫曾把《可怕的复仇》中华丽的辞藻视为败笔,但别雷认为"《可怕的复仇》中的

① *Белый Андрей*, Мастерство Гоголя:Исследование, М., 1996г, С.22.
② *Белый Андрей*, Мастерство Гоголя:Исследование, М., 1996г, С.22.
③ *Белый Андрей*, Мастерство Гоголя:Исследование, М., 1996г, С.86.

华丽辞藻不是打破结构，而是某种从词的音乐性中流淌出来的某种东西，完全是加，而是不减，《可怕的复仇》是歌曲小说必须具备的条件，这正是它的优点"[1]。别雷非常看重果戈理的创作经验。别雷强调："果戈理将诗歌所具有的节奏注入了小说写作"。[2] 他指出："果戈理的同时代人惊奇于他创作的生动内容，但指出其笔法的缺点，认为（果戈理）多少有点儿不会用俄语写作"。别雷高度评价了果戈理写作中的节奏化形式，他说："勇敢的节奏的胜利和所有在形象性方面的努力是果戈理带给世界修辞学界的，就这方面而言，他超出了普希金之外。"[3]

和 19 世纪相比，节奏化小说在 20 世纪大量流行，当然这绝对不仅仅是因为别雷。高尔基的《鹰之歌》和《海燕之歌》，首次发表于 1895 年和 1901 年，对当时的文学形式产生了重要影响。虽然对这两个短篇是否属于节奏化小说有所争议，但是确实在 20 年代初产生很大影响。1900 年别雷写了三个短篇小说《幻影》（《Видение》）、《强力信号》（《Ревун》）、《草稿》（《Этюд》），在这三篇小说的部分句子中可以看到变化的三音节节奏，它们和另外四篇"非节奏化的小说片段"，一同收录在 1904 年出版的集子《碧空之金》之中。

在四部《交响曲》中，别雷找寻着新的表达形式，依次试验各种方案。他遵循了尼采的《查拉图斯特拉如是说》的写作方法，用主导主题的句子充斥自己的文本，努力创造出节奏小说。

第一部《交响曲》重建了幻想的中世纪，里面包括了各种复杂的节奏形式。其他的《交响曲》里充满了现代性。"幻想"变成了一种疯狂主题。但是第一部和最后一部交响曲的外部形式十分相像。别雷逐渐趋向于运

---

① *Белый Андрей*，Мастерство Гоголя：Исследование，М.，1996г，С. 87.

② *Белый Андрей*，Мастерство Гоголя：Исследование，М.，1996г，С. 15.

③ *Жукова Н.*，О мастерстве Гоголя，О символизме Белого и о формосодержательном процессе. С. 10.

用三音节的节奏化,对于别雷来说,这变成了万能的言语形式①。

在别雷的其他小说中,比如:《银鸽》(1910)、《彼得堡》(1916)、《柯季克·列塔耶夫》(1922)、《受洗的中国人》(1921)、《莫斯科》(1926)、《面具》(1932)之中,可以看到,别雷转向越来越富有成效的节奏化,转向偏重二音节的间隔②。就像别雷对果戈理创作经验的总结一样:"《可怕的复仇》的每一页都可以重组成短的诗行,注重停顿和节奏的跳动;节奏的跳动创立了形象就像是银色月亮的舞蹈。音的流动击碎了形象,它们身上涂满了华丽的辞藻在跳动;它们还没有成形,就被搬到了《钦差大臣》和《死魂灵》的桌子上。"③这种总结也可以换用到对别雷小说节奏化的创作过程之中。经由早期四部《交响曲》发展而来的节奏性试验的经验在别雷成熟期的作品中大规模运用。文本节奏性因素表现得愈来愈强烈。

若将《银鸽》和《彼得堡》这两部重要作品进行对比,还可以进一步发现别雷诗学中节奏化因素具体风格特征的变化。别雷曾指出在果戈理诗学中处于两个阶段之间的重要转折:

在第一阶段用快速转折的场景为情节的基本曲调;在曲调之上,就像木排在流动着的河流之上;在第二阶段,旋律去了哪里?音节形式像发芽的绿藻,在看不见的沼泽里扩张,被耗尽了。在第一阶段,节奏比风格更强有力;在第二阶段,风格比节奏更强有力。在第一阶段,节奏是风格的推动器,第二阶段,音节是风格的推动器。在第二

---

① См.: *Кормилов С. И.*, Жанровые тенденции в метризованной прозе. // *Научные редакторы Келдыш В. А.*, *Полонский В. В.*, Поэтика русской литературы конца XIX - начала XX века. Динамика жанра. Общие проблемы. Проза, М., 2009, C.603.

② См.: *Кормилов С. И.*, Жанровые тенденции в метризованной прозе. // *Научные редакторы Келдыш В. А.*, *Полонский В. В.*, Поэтика русской литературы конца XIX - начала XX века. Динамика жанра. Общие проблемы. Проза, М., 2009, C.603

③ *Белый Андрей*, Мастерство Гоголя:Исследование, М., 1996г, C.88.

阶段,音乐就像小贝壳,凝固在音节中,这样乐曲瓦解成音节的造型;手势变成手势的原子形式;而且言语的连续性没有了,只有被插入的闲话跳插进来打断的主导主题群。总而言之:姿势、言语、旋律分裂了,与乐曲结构对立的是机械的原子结构。①

这种矛盾对立也体现在别雷的两部作品中:在《银鸽》风格构建中占主导的是乐曲性。在《彼得堡》中,密集的节奏形式破坏了"言语的连续性"。这使《彼得堡》具有了小说诗歌化的特点。《彼得堡》中除了讽刺和读者的游戏,形象、主题、引用和语调都是通过叙事者的叙事强调出来的。

在《银鸽》中别雷没有大面积使用节奏化形式。他在一页的几行,而不是每一行进行节奏化。有时候连续几页出现节奏化。第一个节奏化的段落出现在第一章《采列别耶沃的居民》的第四小节:

Ничего себе, гостеприимный, придешь к нему, бабу свою (жену схоронил Митрий) пошлет на колодезь : воды в самовар принести, сейчас это лавку очистит от стружек и начнет всякие тары-бары про мебельное свое дело. . . ②

过了几页,节奏被强化了,很多的倒装句促进了句子不同一般的节奏性的感觉。科尔米洛夫作了个有意思的实验,如果机械性将小说平分成两个部分,那么随着行为紧张性的增加,小说结尾节奏化因素被强化。他指出,在 1988 年出版的《小说选集》中,在《银鸽》前一半中节奏化因素占25 页,在后一半中占 38 页。③ 与行为的紧张性相连的不是某个场景而是在小说的整个文本中④。节奏化句式最后一次出现在达尔亚尔斯基被带

① *Белый Андрей*, Мастерство Гоголя:Исследование , М. , 1996г,С. 21.

② *Белый А.* Избранная проза. М. , 1988. С.37.

③ См. : *Кормилов С. И.* Жанровые тенденции в метризованной прозе.// *Научные редакторы Келдыш В. А. , ПолонскийВ. В. ,* Поэтика русской литературы конца XIX - начала XX века. Динамика жанра. Общие проблемы. Проза, М. , 2009, С. 604.

④ См. :*Белый А.* Избранная проза. М. , 1988. С.275.

到小屋里过夜,在那里达尔亚尔斯基遇害。

和《银鸽》相比,《彼得堡》中节奏化形式显著加强。它几乎遍及小说的每一页(关于这一点我们会在第五章详细论述)。节奏既体现在别雷的小说构建中,也表现在事件叙事的突兀转折中。1915—1916 年别雷创作了《柯季克·列塔耶夫》。这部关于自己婴儿时期和婴儿般感受的作品,曾受到托洛茨基的严肃批评和叶赛宁的高度赞扬。其中别雷巧妙地创建了一个节奏性的结构。在十月革命前后,别雷试图使自己非艺术文章同样节奏化。比如在《革命与文化》中,节奏化形式发挥了重要作用。

1920 年至 1930 年初,别雷进行了大量的试验,尝试完全用节奏化形式写作小说、回忆录乃至研究专著。1932 年别雷写成最后一本专著《果戈理的技巧》,"将出色的语文学分析和伟大艺术家的优秀小说凝为一体"①。这本书既是对果戈理技巧的分析和总结,也是别雷献给影响自己一生创作的果戈理方法的最佳回馈,专著之中的很多段落都是用节奏化形式写成,有时甚至运用了别雷独特的"隐秘的诗行"。

概言之,别雷继承了先辈那里的经验,在力求语调完整的节奏中,打破诗歌和小说的界限,进行了现代理论家所称"俄国小说的改革"。

本章分析了在别雷作品中居于重要地位的《银鸽》在小说结构和体裁方面的突出特征。神话、思想、戏拟以及节奏等形式因素是别雷小说诗学因素中的重要艺术技巧,对 20 世纪俄国小说的转型和发展起了重要的作用。这些艺术技巧在别雷的首批小说《交响曲》、诗文集《碧空之金》中就已小绽锋芒,在《银鸽》中得到长足发展。之后这些艺术形式不断拓展、日臻完善,建造出别雷小说艺术的丰碑《彼得堡》。

---

① *Жукова Н.*, О мастерстве Гоголя, О символизме Белого и о формосодержательном процессе. // *Белый Андрей*, Мастерство Гоголя:Исследование, М., 1996. С.3.

第三章　《彼得堡》：意识之域

　　别尔嘉耶夫曾专门撰写长篇论文《长篇小说之星》评价别雷的《彼得堡》，认为别雷"以新的方式使文学回归俄罗斯文学的伟大主题。他的创作与俄罗斯的命运、俄罗斯心灵的命运息息相关"①。别尔嘉耶夫道出了俄国象征主义者的一个显著的民族特色。的确，别雷将象征主义理解为一种世界观，并借以探索国家、民族的发展道路。

　　然而这种信心是来之不易的。它源于别雷为绵延了两个世纪的彼得堡神话寻找到了一种现代的形式。别雷用心灵的空间替代历史和地理的空间。心灵成为别雷的领地。在《彼得堡》中，作家的意识分裂为诸多意识，众意识独立发展又相互碰撞、对话，模拟并演绎了主体意识，而众意识的外化形式则表现为小说的人物、时间、地点、场景和事件。它们带着各自所承载的全部历史文化信息成为小说中的象征存在。各象征存在形成了作品深层主题的结构之网，一切外部的客观存在都因和意识在一起才有了意义。因此，可以把《彼得堡》这部作品称为"意识之域"。

---

① *Бердяев Н.* Астральный роман: размышление по поводу романа А. Белого 《Петербург》. // *Бердяев. Н.* О русских классиках. М., 1993. С. 319.

第一节　时空——意识的背景

《彼得堡》这部小说中的时空,从浅表层次来看,只是描写了 1905 年 9 月 30 日到 10 月 9 日期间的俄罗斯首都——彼得堡;然而,这一有限的时空却连接着俄国的历史和未来,彼得堡文化、俄罗斯文化乃至世界文化的走向问题。更为重要的是,这一时空在小说中成为作家展现自我意识的一个基础背景。

勃洛克在小说《天灾人祸之时》(《Безвременье》,1905)中,曾生动地描述过 20 世纪初的俄国:社会萧条、文化停滞、天灾人祸。当时俄国正处于一系列政治、社会、经济和思想的危机之中,而人祸犹如催化剂加重了各种危机[1]。

19 世纪末俄国历史就呈现出个人恐怖的特征。20 世纪初又掀起了新的恐怖行动的浪潮。"社会革命党战斗组织"成员暗杀活动不断。1904 年爆出的"阿泽夫事件"轰动一时:沙皇政府内务大臣、宪兵头目普列维被保密局密探阿泽夫暗杀,后查明阿泽夫兼为社会革命党领导人,是一个双面奸细。1905 年革命被政府镇压。1907 年恐怖主义者杀死了 2 543 名革命者。政府在同一年处死 782 名革命者。[2] 1911 年 9 月 1 日内务部总理、部长会议主席斯托雷平也被暗杀。

恐怖和奸细行为成为那个时代的历史特征。一系列社会政治事件促进了别雷的思考,促使他反思俄国 200 年来的历史进程。自彼得大帝定都彼得堡后,国家就进入了历史上的"彼得堡时期"。这个时期以彼得轰轰烈烈的改革——一面加强中央集权,一面建立"通往欧洲的窗口"、定

---

[1] 　См.：Блок А. А. Полное собрание сочинений и писем. Проза (1903—1907) Т. 7. М.，2003. С. 21 – 31.

[2] 　参见［俄］洛茨基著:《俄国哲学史》,贾泽林等译,浙江人民出版社 1999 年版,第 220 页。

都彼得堡为起点，却以 1905 年革命、迁都莫斯科为终点。俄国历史发展上的"彼得之圈"结束了，它以强权开始，以暴力结束，国家重又陷入混乱和危机之中。

"彼得之圈"究竟给俄国的历史和未来带来了什么？别雷在《彼得堡》中将俄国历史进程压缩在 10 天内予以表现。故事时间是 1905 年秋天，从 9 月 30 日到 10 月 9 日，然而这只是故事形式上的时间。实际上，别雷描绘和关注的范围不仅是 1905 年的俄国革命本身，还有近二百年来的俄国历史。在这个时间段里作家透视了俄国的历史和未来。别雷认为，彼得大帝无度加强中央集权，危害了俄国作为一个独立自主的民族国家的发展。彼得全力追求"进步"的改革实际上只是致力于生活表面形式的重建，它破坏了与传统的联系，而稳固的"秩序"是靠传统的力量来支撑的。因此国家渐渐失去平衡，陷入混乱。彼得的活动影响了社会政治和心理道德两个层面。它使俄罗斯的一切，从个人的日常生活、心理到国家政体特点都产生了致命的分裂性。别雷认为这是最大的奸细行为，它谋杀了国家的未来。

作家选取了 1905 年革命前的这段时间为媒介，表现出俄国历史进程中的国家生活、个人生活的混乱和分裂状态，探求国家、民族未来发展之路。无度的集权最终演变为极端的混乱，使这个时间不仅具有反讽意义，同时也拥有一种象征意义。它不仅是"彼得之圈"历史的终结点，也是一段新历史的起点。小说中的时间传达出的是别雷对历史、对现实的这样一种感受，为整部小说奠定了一个基调。

小说中的地点是彼得堡。这座彼得之城对俄国的知识分子来说已经不是一个纯粹的地理概念，它是俄国历史生活层面的直观标志。彼得堡，这座在涅瓦河畔的沼泽地上建起的都城，是彼得一世欧化政策的纪念碑。立于涅瓦河畔彼得大帝的纪念像"青铜骑士"成为国家意志、人民命运的象征。普希金在《青铜骑士》中这样吟咏过彼得大帝和彼得之城：

他在碧浪无际的河岸上，

心中满怀着伟大的思想，

向着远方瞩望。

……

这里的大自然让我们决定，

把通向西欧的窗户打通；

……

百年过去了，年轻的城市，

它是北国的精华和奇迹，

从黑暗的森林、从沼泽地，

华丽地、傲然地高高耸起；

……①

彼得堡成为凝聚了俄国知识分子精神追求的一种象征。这起源于普希金的彼得堡神话，经由果戈理和陀思妥耶夫斯基的继承和发展，由别雷为它画上了句号。如果说普希金对这座彼得之城的态度是摇摆不定的，那么别雷则是否定的。这个"瞭望欧洲的窗口……北国的花园和奇迹"使得"……俄罗斯被分成了两半"②。彼得堡作为一个"瞭望欧洲的窗口"，首先应是一个面向俄罗斯的窗口，是国家社会生活的中心，对国家历史的发展起着举足轻重的作用。同时彼得堡不仅是社会政治层面上俄罗斯的化身，更在意识形态上影响了两百年来俄罗斯民族心灵发展的历史。

小说在开场白中点出了彼得堡对于整个俄罗斯的意义：

① ［俄］普希金著：《普希金长诗选》，余振译，外国文学出版社 1984 年版，第349—350 页。

② ［俄］安·别雷著：《彼得堡》，靳戈（即钱善行）、杨光译，作家出版社 1998 年版，第153 页。

我们的俄罗斯帝国是什么意思？

我们的俄罗斯帝国是个地理上的统一体，它意味着一颗众所周知的行星的一部分。俄罗斯帝国首先包括：首先——大俄罗斯、小俄罗斯、白俄罗斯、赤色俄罗斯；其次——格鲁吉亚、波兰、喀山和阿斯特拉罕；第三，它包括……但是还有——其他的等等，等等，等等。

我们的俄罗斯帝国由众多的城市组成：首都的，省的，县的及非县府所在的集镇；还有：一个首都城市和一个俄罗斯的城市之母。

首都城市——莫斯科；而俄罗斯的城市之母是基辅。彼得堡，或圣彼得堡，或彼得尔（它——也是）确实属于俄罗斯帝国。而帝都，君士坦丁格勒（或者照通常的说法君士坦丁堡）属于它，是根据继承法。[①]

作者把读者的目光从全景引向细节（从总的——俄罗斯帝国——转向部分的——彼得堡），以求从局部来理解整体的命运。在这幅画上可以划分出相互关联的两个方面：西方—东方和俄罗斯的命运。首都城市莫斯科象征着俄罗斯民族生活的本色、纯洁性、共同性。城市之母基辅则是斯拉夫人团结一致的象征。而彼得堡，这个俄罗斯的欧洲城市成为生活的外来因素、非民族因素的象征。所以在开场白中作者还指出"可要是彼得堡不是首都，那——也就没有彼得堡"[②]。紧接着在第一章中，作者又借助参政员的思绪向读者交代了两百年前城市产生的背景。他的着眼点在于彼得堡从此成为东方和西方"两个敌对世界的交接点"[③]。所以，彼得堡对于整个俄罗斯的生活来说，具有不祥的意义。

作家借旧俄帝都彼得堡——一个建立在血泊和沼泽之上的城市必遭覆灭之灾的传说来对应1905年革命风暴后曾经拥有辉煌的彼得堡文化

① ［俄］安·别雷著：《彼得堡》，靳戈（即钱善行）、杨光译，作家出版社1998年版，第7—8页。
② ［俄］安·别雷著：《彼得堡》，靳戈（即钱善行）、杨光译，作家出版社1998年版，第8页。
③ ［俄］安·别雷著：《彼得堡》，靳戈（即钱善行）、杨光译，作家出版社1998年版，第26页。

已经名存实亡的现实。彼得大帝选择的欧化道路造成了俄罗斯无可避免的悲剧。1905 年革命是历史对俄罗斯的报应,是西方唯理主义、实证主义的文化和东方愚昧、破坏性本能之间的冲突。别雷在小说中展现了一个处于世界历史进程中的"东方"和"西方"、欧洲和亚洲两股主要势力交叉点上的国家,表明由于这种特殊的位置,俄罗斯在自己历史命运的形态上呈现出双方的特点。

俄国别雷研究专家多尔戈波洛夫指出:"从普希金的《青铜骑士》到别雷的《彼得堡》,彼得和彼得堡的题目从俄国历史命运主题演变到更广阔的东西方问题。通过彼得堡这个具有种种特性的问题,推演出不仅是地理上的、社会上的,同时也是道德心理上的东西方因素。"①可见别雷的彼得堡是东方和西方问题、亚洲和欧洲问题的承载者,它传递着作家对文化发展、国家乃至世界未来的认识。

宏观的时空背景表现了作家的整体意识,是整部小说的基础。作家认为"彼得之圈"将俄国引向历史的死胡同。俄国在引入西方文明进程中破坏了俄国人质朴的天性。欧洲的文明戕害了俄国的文化。别雷希望能在俄罗斯人和人民生活中找寻到调和之物,调和历史矛盾。小说展现的是作家的一段心灵之路,包含了作家对国家乃至人类历史和未来的思考。

第二节　人物——意识的演绎者

和以往一般小说不同的是,《彼得堡》中的人物不仅是作家描写的对象,更是作家意识的演绎者。也就是说,由作家意识衍生出了小说的人物以及人物的意识,各人物的意识共同演绎了作家的意识。因此小说中的

---

① *Долгополов Л. К. Андрей Белый и его роман 《Петербург》. Л., 1988. С. 281.*

人物,首先都是意识的载体,由作家意识幻化而来的人物意识依赖人物得以存在,而这些人物或多或少都带着作者的主观倾向。在作品第一章的结尾作者交代:

> 在这一章里,我们看到了参政员阿勃列乌霍夫;通过参政员的房子,通过头脑里同样装着自己无聊的思想的参政员的儿子,我们还看到参政员的无聊的思想;最后,我们还看到了无聊的影子——陌生人。

> 这个影子是通过参政员阿勃列乌霍夫的意识偶然产生的,它在那里的存在是瞬息即逝、不牢靠的;但是,阿波罗·阿波罗诺维奇的意识是影子的意识,因为连他——也只有短暂的存在,是作者想象的产物:无用的、无聊的大脑游戏。①

作家首先设计的中心人物是参政员阿波罗。他已不是希腊神话中的太阳神,他只是一个有着"极难看外貌"的"干瘦"的矮老头。他是俄国国家性的代表,从外貌和心灵上直接与彼得相连。他参与对国家实行冷酷统治。"他喜欢冷酷,是冷酷使他平步青云。"他统治的城市里,"一条又滑又湿的大街交叉着,交叉处成九十度直角;交叉点上,站着警察……(到处都有警察维护)"②。他热衷于欧洲表面的几何形状态,狂热地希望看见空间都紧缩成某种几何图形。他"希望地球的每个表面都被灰暗的房子立方体死死压盖着,就像许多条蛇盘缠着;他希望被无数大街挤得紧紧的整个大地在遥遥无边的线形奔驰中因为垂直定理的作用而中断,成为一张由互相交织的直线构成的无边大网;希望这一条条纵横交叉的大街构成的大网会扩展成世界规模,那上面是无数个正方形和立方体;每个

---

① ［俄］安·别雷著:《彼得堡》,靳戈(即钱善行)、杨光译,作家出版社1998年版,第84页。
② ［俄］安·别雷著:《彼得堡》,靳戈(即钱善行)、杨光译,作家出版社1998年版,第118页。

正方形一个人,以便……以便……"①欧洲的自由思想、人文精神、民主传统都不为阿波罗所接纳,他追求的是文明的表面进步的形式:极力促使俄国进口美国的打捆机。阿波罗拥有的是西方文明的另一面:冷漠、精于计算、心灵僵滞。在他统治的国家中,混乱、放纵、革命成为主宰。他本人的生活也是一团糟:妻子私奔、儿子背弃、好友被杀。总之,他有如"北风之神",只会给人间带来灾难。

由阿波罗的意识衍化出三种主要人物:儿子尼古拉、奸细利潘琴科和莫尔科温、恐怖分子杜德金。尼古拉是一个受过新康德主义熏陶的青年,他憎恨作为国家机器象征的父亲,他曾向革命党许诺要杀死父亲。但他又是儿子,血缘和亲情不容他弑父。他的表现象征着青年俄罗斯在探寻未来的出路时,应当如何对待彼得缔造的历史环圈。当尼古拉快要忘记自己的诺言时,被要求践诺,这也就意味着他将被卷进奸细之网,而最终他摆脱了彼得之圈,走向朝圣之路,也象征着罗斯走向新生。

恐怖分子杜德金是国家恐怖衍生出来的个人恐怖的代表。他尊铜骑士为师,宣称自己斗争的目的是为了破坏文化;而一旦文化遭到破坏,他也就失去了与传统的联系,变得没有根基,而没有了根基,也就没有了前途。因此他思维混乱,犹如恶魔缠身。当他了解到利潘琴科的出卖行为后,彻底丧失了理智。他明白他什么也不是,只是奸细行为的附属品,实施奸细行为的一个帮凶。他买了剪刀,暗杀了利潘琴科,而自己也发了疯。关于他的最后一幕是发疯的杜德金模仿铜骑士的塑像,把被杀的利潘琴科当马骑。这是对奸细行为的辛辣嘲讽和彻底否定。

利潘琴科是一个奸细。他是革命党的重要人物,参加制定纲领,领导革命党人的活动,接受法国人资助的活动经费,利用革命过着舒适的生活。同时他又充当当局密探,告密,拿赏金。他导演了一场谋杀阴谋,如

---

① [俄]安·别雷著:《彼得堡》,靳戈(即钱善行)、杨光译,作家出版社1998年版,第26页。

果谋杀成功，他可以从革命党一方捞取资本；如果不成功，他可以嫁祸于同是革命党人的杜德金或者凶手尼古拉，因为他始终是幕后指挥。利潘琴科不仅是奸细行为的化身，同时也象征着当时俄国社会的混乱状况：革命党还是密探，伟大的改革者还是毁灭性力量的化身，东方还是西方，一切都交织起来，纠结在一起。

我们看到，由作者的想象诞生出参政员，再由参政员的意识产生了新的人物。新的人物分别代表着混乱中的俄国的三种力量，但他们却共同演绎了对老阿波罗的恐怖活动。利哈乔夫认为"（别雷的《彼得堡》）仿佛是对《铜骑士》的主题思想的继续和发展"[1]。作者借阿波罗和其他人物的象征意义，嘲讽了帝国末日的官僚高压统治下社会的混乱局面，既讽刺了国家恐怖主义，又讽刺了个人恐怖主义。

暴力统治产生恐怖，恐怖产生告密。阿波罗是彼得堡权力机关的代表人物。他的高压政策不仅没有使国家平静，反而使革命活动高涨，代表人物就是恐怖主义者杜德金。权力机关设置了保密局，密探不仅是阿波罗认为的"坦率的仆人"，而且出色地落实着他的恐怖政策。正是保密局的密探（利潘琴科和莫尔科温）设置了新的恐怖游戏来对抗一个老恐怖（参政员）和一个认为世界是"由火和剑组成"的小恐怖（参政员的儿子尼古拉）。在这场游戏中，以冷酷压制一切异端的参政员必须采取恐怖政策对付的居然是自己的儿子，儿子革命活动的对象则是父亲。最终双面奸细利潘琴科被恐怖分子杜德金所杀，杜德金也发了疯，更是对恐怖的反讽和彻底否定。人物、情节共同构成了对暴力、恐怖的反讽，既是对阿波罗的反讽，更是对以阿波罗为代表的彼得堡的黑暗势力的反讽。最后炸弹在阿波罗的书房爆炸，象征着那个诞生恐怖的中心被炸毁。利哈乔夫评价道："别雷与国家恐怖主义和个人恐怖主义都划清了界限，同时从两

---

[1] ［俄］安·别雷著：《彼得堡》，靳戈（即钱善行）、杨光译，作家出版社1998年版，原编者的话，第3页。

者身上撕去了任何浪漫主义情调。"①

可见,《彼得堡》中的每个人物,都只是各自所代表的意识的化身;人物与人物之间的关系,只是演绎了不同意识之间的冲突。这些人物都是作家意识的演绎者,他们共同表现了作家的主观意识。

第三节　意识及其象征物:人物关系的参照

人物的意识不仅演绎了作家的意识,同时人物的意识也是了解人物之间的真正关系的最佳参照。《彼得堡》情节简略,人物言语空洞,人物关系的外部描述十分单薄。表面上父子关系、朋友关系和夫妻关系非常冷淡,互相之间有如陌生人。例如父亲阿波罗和儿子尼古拉虽同住在一栋房子里,但在日常生活中他们之间只有十分简单的对话,一些客气的问候,父子关系十分冷漠。然而何以理解他们之间真正的深层次的联系呢?别雷将坚实、丰厚的心理内容视做冰山之底。他越过对人物的外在的性格、行为、环境的描绘,反传统地直接将读者带入人物的一系列的心理活动中去了。因为他相信,人与人之间的真正关系不在于彼此之间说了些什么,而在于彼此间不能言说的部分。

如阿波罗和尼古拉的父子关系在各自心灵发展的轨迹中得到确认的同时,他们之间的那种爱与恨,亲近与厌恶,依恋与疏远都在各自意识的发展中得到了最好的表现。相互换位的意识在发展,从他们意识的逻辑发展中,我们可以看到他们父性子承的关系。又如莫尔科温跟踪尼古拉到小酒馆,自述:"把我们联系在一起的关系……这是一种血缘关系……我啊,尼古拉·阿波罗诺维奇,知道吗,是您兄弟……"②读者也许会迷惑

① [俄]安·别雷著:《彼得堡》,靳戈(即钱善行)、杨光译,作家出版社1998年版,原编者的话,第3页。

② [俄]安·别雷著:《彼得堡》,靳戈(即钱善行)、杨光译,作家出版社1998年版,第329页。

于这句话。但只要深入到阿波罗的意识深处,结合莫尔科温的所思所想,读者就会认同这句话。莫尔科温是奸细行为的化身,他承袭的正是来自阿波罗所代表的彼得所实施的历史性的奸细行为。

尼古拉和杜德金的关系也是这样。从他们的谈话来看,不管谈什么,他们相互之间,都难以理解,然而他们在意识之中却又如此相像,杜德金就像是尼古拉分裂意识的化身,是尼古拉的同貌人。他和尼古拉一样,也承受着末日审判。比如,在"可怕的审判"一节中,尼古拉在迷迷糊糊的梦呓中相信"他只是炸弹,在这里他要爆炸……是零"①。联系前面小说中杜德金的表白自己"只是个破坏者,是零",我们可以看清他们的共同之处。另外,在杜德金和利潘琴科、利潘琴科和尼古拉之间,他们表面上难以捉摸,但通过每个人的"第二空间"②,即他的意识空间,我们可以发现人物之间真正的联系。

把所有的人物联系在一起的是彼得堡这个具有人格化力量的象征物,也即历史人物彼得大帝的意识的象征物。有论者认为彼得堡是小说真正的主人公③。确实,彼得堡从彼得大帝改革、强行迁都起就开始了自己的生命历程。它作为彼得实施的奸细行为的化身,是一个历史悲剧的承载者。

彼得大帝的纪念像——铜骑士历经岁月磨砺,依旧矗立在参政院广场,它代表着彼得堡的精神。1905 年 10 月铜骑士出现在彼得堡的街头,跟踪着小说中的人物,甚至潜入人物的幻觉,左右人物的思考。铜骑士代表着彼得堡所拥有的黑暗力量,渗入了每个人的心中实施了奸细行为,破坏了人的心灵,使人失去了个性,失去了完整性,发生了意识的分裂。人性的不完整不仅造成人的异化,还造成人与人关系、人与社会关系的异

---

① ［俄］安·别雷著:《彼得堡》,靳戈(即钱善行)、杨光译,作家出版社 1998 年版,第 239 页。
② См.: *Пискунов В.* 《Второе пространство》 романа А. Белого 《Петербург》. // *Составители:Лесневский Ст., Михайлов Ал.* Андрей Белый. Проблемы творчества. М., 1988. С. 193－214.
③ См.: *Отв. редактор Келдыш. В. А.* Русская литература рубежа веков Ⅱ.（1890—е—начало 1920—х годов）. М.,2001. С.167.

化,引发一系列毁灭文化、背弃伦理的社会现象。

彼得堡就这样以自己强大的精神力量控制着彼得堡的居民(甚至以发布通令的形式控制着其他城市),把他们共同纳入彼得制造的历史环圈中。彼得堡从它诞生之初,就具有了分裂性的特征。到了帝国末日,彼得堡更被证明不仅不是引领整个俄罗斯完成自己神圣历史使命的领头人,而且是葬送整个俄罗斯前途和未来的罪魁祸首,它使整个国家在彼得环圈上"白白地跑了一百年"。彼得堡在帝国开端和帝国末日之间画上了等号,把历史变成了无意义的重复,使国家重又陷入混乱、落后的状态。别雷在他的小说中,通过彼得堡这一人格化了的象征物及其对人物意识的制约作用,传达出对于"彼得之圈"的历史判定。

第四节 场景和事件——意识的内景画

《彼得堡》中的场景和事件,也成为作家意识或者人物意识的内景画,而且似乎具有印象主义的特点。

城市的布局符合别雷的要求,别雷所关心的并不是具体地点和路线。别雷也曾详细考察《死魂灵》中的路线:"乞乞科夫到玛尼诺夫那儿行驶了约30俄里,在他那里坐了一整天,说服了玛尼诺夫后,赶去科罗勃其卡……是在距离城市60俄里的地方,那么乞乞科夫跑了多少俄里?不少于75俄里;他在玛尼诺夫那里待了一天,无论对于情节还是对于马来说都是不可能的。第二天乞乞科夫到了在不远处的诺兹德列夫那里。第三天和诺兹德列夫度过了一个火热的上午,在路上耽误了一会儿,他来得及在梭巴盖维奇那儿吃午饭,顺便去泼留希金那儿,在黄昏时分到了城里,城市离泼留希金很远。"①显然《死魂灵》中路线和地点部分虚构。

---

① *Белый Андрей*, Мастерство Гоголя:Исследование . М. , 1996. C.97.

　　同样,别雷的彼得堡也只是个适合的空间名称。在小说中,彼得堡被人格化了,它既是彼得大帝的意识的象征,又成为作家意识中的那些悲剧性内容的化身。作家的新彼得堡神话里充满了这种悲剧气氛。别雷选择磷光闪闪的月色为背景,用绿和灰为主色调渲染出彼得堡的特点。绿色的闪着磷光的城市犹如没有生命的地狱。在这个哈得斯的王国中人有如影子,没有容貌,没有个性,只有鼻子、帽子。城市的街道都是直线型的,"涅瓦大街是直线的……其他的俄国城市是一堆木头房子。"直线型外观既象征着心灵的停滞,也指向城市必遭灭亡的悲剧性命运。所以,"彼得堡——是一个……所以又属于阴间的国家。"①

　　既然别雷的彼得堡已经不再只是具体的城市,所以其中的街道、广场、运河、小巷等在别雷看来也有了另外的含义。它们不仅是人物行动和生活的地点,更是具有深刻意义的象征存在。多尔戈波洛夫曾像别雷一样详细地考察过《彼得堡》中出现的彼得堡市的一些具体的地点和路线之后,认为它们与现实并不完全相符,但它反映了别雷创作的主要倾向②。例如在小说最初的几页中作者就将彼得堡分为两个区域,一个是中央区域,一个是岛屿区域,中央区域以涅瓦大街和参政院广场为代表,也是主要人物阿波罗的主要活动舞台,因为这里能够表现出他的本质。

　　岛屿地区,以瓦西里岛为代表。恐怖分子杜德金的主要空间舞台就是象征混乱的瓦西里岛。这两个地区相互对立,因为它们各自代表了生活的两部分,一个是中心,一个是边缘,一个要求统治和秩序,一个要求反叛和混乱;但它们既相互分离,又紧密相连,共属一个整体。小说中的人物也时常跨越自己的属地进入另一个空间。还有作者十分热衷描写的铜骑士广场、政府机构、参政员的家、杜德金的房子等等,都不只是简单的外部环境的描写,它们和人物的活动紧密相连,以自己的全部象征意义共同参

---

① ［俄］安·别雷著:《彼得堡》,靳戈(即钱善行)、杨光译,作家出版社 1998 年版,第 475 页。

② *Долгополов Л. К.* Андрей Белый и его роман《Петербург》. Л. , 1988. С.318－321.

与小说主题的创造。

小说中事件的发展也与人物意识的发展密切相关。小说的主要故事情节十分简单，即爱情失败的尼古拉收到革命党送交的内装定时炸弹的小包裹，准备实践曾经宣扬的弑父诺言，杀死参政员阿波罗，最后炸弹爆炸，但没有伤到人。小说的大部分事件发生在 24 小时之内。在介绍到关键事件、情节发展时作者只有寥寥数笔，但对于在主人公的意识中由外在事件引发的一连串以心灵为基地发生的事件，作者却不惜笔墨。

别雷曾指出果戈理情节的特点："它不容于通常给它划出的界限之内，它在'自己之外'发展；它杳蔷、简单、粗糙。""仔细研究果戈理的情节后获得这样的印象：就像坐在水之镜之前，看到，水中倒映出天，岸十分清楚；一切都是夸张的、不真实的；在云的地方看到：云，阻断了一小群鱼（鱼在天上？）；大自然的素描看起来像幻觉，或者相反，幻觉的情节相反出现在日常生活之中……哪里还有树林、云彩和天空？……发生了什么？一条鱼浮出水面，拍拍尾巴，那情节是什么？微微泛起的余波。"①《彼得堡》的情节同样可以这样来看待。

在现实中尼古拉虽多次扬言弑父，并启动炸弹的定时装置，但他没有亲手杀害自己的父亲。然而在他的意识中弑父场面却多次出现，并且他也多次接受灵魂的审判。他像受难的酒神苦苦寻求着心灵的出路，在意识中不断地反省。在经历了对沙丁鱼罐头的感受后，尼古拉开始（按杜德金的判断）使用另一种非康德主义的语言，"您现在说话不像个康德的信徒……我还没有听到过您用这种语言……"②尼古拉的心"原先它是毫无意义地在跳动；现在它的跳动有了意义；在他身上跳动的，还有感情；这种感情意外地在颤抖；现在的这种震荡——它在震荡，把自己的心灵翻个底朝天"③。儿子视为怪人的父亲——吞食自己孩子的父亲，在尼古拉眼

① *Белый Андрей*, Мастерство Гоголя：Исследование . М．，1996．C．54.
② ［俄］安·别雷著：《彼得堡》，靳戈（即钱善行）、杨光译，作家出版社 1998 年版，第 413 页。
③ ［俄］安·别雷著：《彼得堡》，靳戈（即钱善行）、杨光译，作家出版社 1998 年版，第 506 页。

里成了需要呵护和维护的孩子。小阿勃列乌霍夫对老参政员的关系在下意识地改变。他看见"68 岁的老人的孩子般天真的目光"①。所以,在现实中他才没有选择走上弑父之路。

参议员从他儿子的叛逆行为侵扰他意识的那个时刻(即假面舞会一场)起便失去了权利。楚卡托夫晚会之后,父亲得知密探跟踪的是儿子,而儿子的爆炸对象是自己,还有这些风波已经影响到了自己的职位,这一连串的变动在小说中被作家数笔带过。但在父亲的意识中,这一切无异于发生了一场地震,最后震中崩溃,坚冰消融;和儿子一样,父亲也在意识发展中找到了出路,最后在现实中父子相容。

外在事件和内心剧烈的意识活动犹如小说发展的显线索和隐线索,它们相互支撑,相互影响,共同引导小说的发展。小说共分八章,外部情节发展到第五章的最后一节"可怕的审判"时候,我们通过尼古拉的意识已经知道,小说的中心事件——弑父事件已经结束,尼古拉彻底放弃了自己在现实生活中的计划。但是,小说的中心描写对象——尼古拉在意识中的自我完善并未结束。心灵在意识的发展轨迹中不断完整,不断壮大,直至完全拥有对抗分裂心灵的彼得之圈的力量。最后一章结束之时,就是主人公的心灵走出彼得缔造的历史环圈(它也是主人公的心灵魔圈)之日。整部小说的彼得堡系列事件也以尼古拉彻底离开彼得堡、再也没有回来而告终。外在事件的结束为主人公的心灵成长作了最好的注释。

综上所述,在《彼得堡》中,别雷创造了一个"意识之域"。从《彼得堡》开始,别雷实现了被描绘的事件、物质世界和人物在主观意识中的体系性的投影。他创造出一个纯粹意识的世界,存在的世界,力求让自己的美学追求与哲学理想在其中和谐地共生共长。别雷通过一系列具有典型意义的"时间、地点、人物、环境、事件"在自己意识上的投影,反思了俄国

---

① [俄]安·别雷著:《彼得堡》,靳戈(即钱善行)、杨光译,作家出版社 1998 年版,第 652 页。

历史和文化的发展轨迹。别雷认为"奸细行为"渗入了人的心灵意识，造成人性异化，成为俄国发展道路上的绊脚石。受到人智学的影响，别雷认为有意识地锻炼、观察和总结，完善心灵，即建立起心灵的方舟会使人达到永恒。他提出，只有打开人的有益的"第二空间"来反对"奸细行为"，才能到达心灵的彻底解放，发展真正完善的个性，而这也是解决历史上俄罗斯和东西方之间冲突问题的最佳途径。

第四章 《彼得堡》：象征的王国

多尔戈波洛夫说："象征主义带给世界的是现实中不可企及的,正因为如此,别雷所发展的象征主义理论以及它与现实主义之间相互抵触的原则关系,构成了俄国美学思想史上重要的一部分。"①阿克梅派的诗人曼德尔施塔姆对象征主义曾经有过一段精彩的评述:"开始写下所有的字词、所有的意象,指定它们专供礼拜仪式之用。结果,出现一种极端可怕的情况:……不能住,不能站,也不能坐,也不能在桌子上吃饭——因为这不只是桌子,也不能点火,因为这会意味着,过一会儿会有不高兴的事发生。人不再是自己家里的主人,他必须要么住在教堂里,要么住在德鲁伊特们的神圣的丛林中。人的目光无处停歇,也无处找寻安宁。所有的器皿都起来造反。扫帚乞求安息日,水壶不愿煮水了,而要寻求自己的绝对意义(似乎'煮'不是绝对意义)。"②

可见,象征主义者把人类生活的现实看成符号,是隐藏着意义的表象。他们把现实的形象变成了"大脑的游戏",并以此来找寻思想的真

---

① *Долгополов Л. К. Начало знакомства. // Составители :Лесневский Ст. , Михайлов Ал.* Андрей Белый. Проблемы творчества. М. , 1988. С. 30.

② *Мандельштам.* Стихотворения проза . М. , 1987. С.435.

谛。在别雷看来,"艺术的根就是在与周围的黑暗斗争中形成的个性的创造力量。"①别雷认为,象征主义能"重铸性灵"、"改造社会",象征主义是"思想的武器",是"世界观"。他概括道:"象征主义是实现人类理想的真正唯一的手段"②。别雷把象征主义的艺术象征称为一种能够穿透生活的表层到达"本我"的象征。所以别雷的象征主义并不是一种创作方法,它是通过艺术象征召唤人们去思索存在的奥秘,寻觅人生的信仰。他说:"艺术在此被确认为解放人类而斗争的手段。"③

别雷特别提出"象征主义"的生成机制:"象征主义是在象征化之中生成的。象征化是在一系列象征形象中实现的。象征不是概念,犹如象征主义不是概念。象征不是方法,犹如象征主义并不是方法。"④对别雷来说,象征形象兼具典型和象征的特点,也就是永恒人类的、复杂多义的、只有在该现象、形象发展的过程中才能揭开的特点。别雷写道:"强调形象中的思想意味着将形象变成象征,并且由此看来,整个世界都是(按照波德莱尔的表述)充满象征的森林。"⑤所以别雷作品中的时间、地点、人物、事件、环境、场景等一切描写对象,都不仅具有表面上的意义,更是在扩大的层面上的象征意义的承载者。这一切在《彼得堡》中得到了最充分的体现,整部《彼得堡》因此成了一个"象征的王国"。

第一节　人物面具化

在别雷笔下,19 世纪文学概念中的人行为的完整性,早已不再存在

---

① *Белый А.* Критика. Эстетика. Теория символизма, Т. Ⅱ. М. , 1994. С. 45.

② *Белый А.* Критика. Эстетика. Теория символизма, Т. Ⅱ. М. , 1994. С. 103.

③ *Белый А.* Критика. Эстетика. Теория символизма, Т. Ⅱ. М. , 1994. С. 34.

④ *Белый А.* Критика. Эстетика . Теория символизма Т. Ⅰ. М. , 1994. С. 139.

⑤ *Белый А.* Символизм как миропонимания. М. , 1994. С. 126.

了。个人消失了，它成了面具、符号、象征。皮斯古诺夫评价道："别雷的小说形象地体现了人的自然本性异化的规律，在此意义上《彼得堡》先于卡夫卡和乔伊斯的作品。"①

在转入具体分析之前，我们先来看看《彼得堡》的中心章节第四章中的一节对"假面舞会"的出色描写：

> 突然，铃声响了；满屋子都是假面具；一队带风帽的黑色女用斗篷鱼贯而入；带风帽的黑色女用斗篷很快绕着红色的伙伴围成一圈，在红色伙伴的周围跳起舞来；它们的锦缎下摆一开一合地飘扬；风帽的顶端飞起来又极其可笑地落下来；每一位的胸部都是两根交叉的骨头顶着一个头颅；一个个头颅也按拍子有节奏地蹦跳着。②

这里详细描写了假面舞会上在各种各样的人物集合中，表现出的某种规律和一致性。所以有学者认为，《彼得堡》的全部内容在某种层面上是面具的游戏③。人物面具化是小说人物的本质特点。《彼得堡》在其文本中直接点明了小说建构的这一特点：

> 大脑的游戏——只是个假面具；在这个假面具的掩饰下，我们不知道的一些力量进入到大脑里：就算阿波罗·阿波罗诺维奇是由我们的大脑编织出来的，他还是能用另一种即在夜间进行进攻的惊人的存在吓唬人。④

---

① Пискунов В. 《Второе пространство》 романа А. Белого 《Петербург》. // Составители : Лесневский Ст. , Михайлов Ал. Андрей Белый. Проблемы творчества. М. , 1988. C. 212.

② [俄]安·别雷著：《彼得堡》，靳戈（即钱善行）、杨光译，作家出版社 1998 年版，第 250 页。

③ Паперный Владимир. Поэтика Русского символизма：персонологический аспект. // Ред. А. Г. Бойчук. Андрей Белый. Публикации. Исследований. М. , 2002. C.166.

④ [俄]安·别雷著：《彼得堡》，靳戈（即钱善行）、杨光译，作家出版社 1998 年版，第 84 页。

作家想象自己的人物作为某种演员,经常变换面具,在这些面具的集合中隐藏着作家的哲学和美学认知。

在《彼得堡》中,作家相当准确地勾勒出一种情境的真实轮廓,这种情境即俄国历史彼得之圈的危机,它成为小说描写的客体。对于作者而言,这一危机体现在铜骑士和彼得堡的形象中,相当于勃洛克所说的"人道主义的覆灭"。在《人道主义的覆灭》中,勃洛克宣告,"19世纪美学的、政治的、人文的人已经崩溃,现代人无尽的鬼脸、面具不停地出现,这表明人成为演员,新的人的天性不可避免将要出现。"①

《彼得堡》中情况正是如此,人物成了面具和符号,成为某种象征。他们不具有人类的实体,也不是人类简单可笑的模仿,他们都是抽象的"几何图形"。作家将主人公参政员命名为阿波罗。阿波罗原是希腊神话中的日神,而在小说中他不过是一个衰弱的老人,国家理性的僵化、衰落的象征。神话中与日神精神对抗的酒神,在小说中被设置成了反对父亲的儿子尼古拉。他充满探索的欲望,不安的冲动,虽饱受心灵的煎熬、折磨,却始终执著探索心灵之路。尼古拉是酒神的象征,他试图用生命的全部热情和冲动去战胜代表僵化规则和秩序的日神。杜德金的名字来源于"дудка"②(哨子),这象征他没有自己的思想,只是某种思想的传声筒。所以在小说中他是作为尼古拉的同貌人出现的。他也是热烈的精神探索者。他强调生命的力量,但是他更重要的角色却是革命的执行者,铜骑士的学生,所以他的全部探索等于"零"。

既然人物成为某种思想的载体,他们的外貌、服饰、爱好等,也都是这种思想的外在装饰或具体说明。彼得堡的居民都有着特殊的外貌。阿波罗个子矮小、干瘦,有着灰色吸墨器般的脸,嵌在深绿色凹眶里的石头般

---

① *Паперный Владимир. Поэтика Русского символизма*: персонологический аспект.// *Ред. А. Г. Бойчук. Андрей Белый. Публикации. Исследований.* М., 2002. С.167.

② *Отв. редактор. В. А. Келдыш.* Русская литература рубежа веков Ⅱ (1890—е—начало 1920—х годов). М., 2001. С.168.

的眼睛看上去是蓝色的，而且很大。他最重要的外貌特征在于他那两只完全绿色的大耳朵，"能听到来自街上的，和各地的消息（靠电话和电报帮忙）"①。他非常喜欢直线。"惟有对国家平面几何学的爱，才使他担任多方面的重要职务"②。他每天都"坐进乌鸦翅膀般黑色的四轮轿式马车里，穿着乌鸦翅膀般黑色的大衣，戴着一顶高筒大礼帽——也是乌鸦翅膀般的颜色，两匹黑鬃马拉着可怜的冥王普鲁同……"③他"一个投箭手，——他白白发出锯齿形的阿波罗之箭……"④

所有对于阿波罗的特征描写都充满了对阿波罗的讽刺：时代变了，维护旧权威的护法神只是一个渺小、丑陋得像魔鬼一样的参政员。他每天都在机构努力工作，像西叙福斯一样徒劳地推动着帝国生锈的轮子，始终无法挽回帝国衰落的命运，也无法挽救自己的命运。他和他所代表的国家政权、僵化的思维模式以及崇尚西方文明的思想等等一切，都会像他所爱好的直线线条一样无可选择地走向终点。作家用黑和绿这两种彼得堡的特征颜色来渲染阿波罗的外貌，使他不仅成为彼得堡黑暗力量（"被蒙古的黑斑覆盖"⑤）的象征，也暗示他和彼得堡一样不可避免地走向最终灭亡的命运。

再请看对儿子尼古拉的外部描写：

> 卧室……上面铺着一条红色的丝绸被……
> 工作间的用具，表面一律墨绿色……自从母亲随演员出走后，尼古拉·阿波罗诺维奇便穿一件布哈拉长衫出现在冷漠的家里的地板上……

---

① ［俄］安·别雷著：《彼得堡》，靳戈（即钱善行）、杨光译，作家出版社1998年版，第32页。
② ［俄］安·别雷著：《彼得堡》，靳戈（即钱善行）、杨光译，作家出版社1998年版，第27页。
③ ［俄］安·别雷著：《彼得堡》，靳戈（即钱善行）、杨光译，作家出版社1998年版，第542页。
④ ［俄］安·别雷著：《彼得堡》，靳戈（即钱善行）、杨光译，作家出版社1998年版，第541页。
⑤ ［俄］安·别雷著：《彼得堡》，靳戈（即钱善行）、杨光译，作家出版社1998年版，第154页。

……同时尼古拉·阿波罗诺维奇开始从一早便穿一件长衫；脚上是一双带毛边的鞑靼便鞋；头上戴着一顶瓜皮小帽。

一个出色的青年，变成了一个东方人。

……

在我们面前的尼古拉·阿波罗诺维奇，戴着一顶鞑靼人的瓜皮小帽；但是一脱掉它，它——就会是一头淡亚麻色头发，这样，他那刻板、固执、冷漠到近乎严峻的外表就会显得温和些；很难见到成年人长这种颜色的头发的；一些农家小孩——特别是在白俄罗斯，常常能碰见长这种成年人少有的头发。①

在小说中对尼古拉的许多外部描写，都像这样充满了对立的特征。外在特征的不和谐暗示着他思想的分裂，心灵的不完整："他一方面像个上帝，另一方面像只蛤蟆。"②尼古拉在小说中代表着俄罗斯的新生力量。在旧俄力量（父亲）的影响下以及在与旧俄力量的斗争中，他的思想分裂了：是以暴制暴，还是……他一直在积蓄心灵的全部力量，对抗分裂，走向完整。直到小说最后一章，"梦呓般的感觉消失了；胃里也不难受了；很快脱下常礼服；……膝盖全肿了；两只脚已经伸进洁白的被窝里，但是——一只手托着脑袋沉思起来：洁白的被单上清清楚楚可以看出一张苍白得像圣像画上的脸。"③心灵趋于完整，他的外部描写也变得完整起来。

小说中尼古拉的女友索菲娅"毛发非常多"，"嘴边露出了蓬松的毫毛，等她上了年纪就会成为真正可怕的小胡子"④。她有时就直接被称为

① ［俄］安·别雷著：《彼得堡》，靳戈（即钱善行）、杨光译，作家出版社1998年版，第63—66页。
② ［俄］安·别雷著：《彼得堡》，靳戈（即钱善行）、杨光译，作家出版社1998年版，第100页。
③ ［俄］安·别雷著：《彼得堡》，靳戈（即钱善行）、杨光译，作家出版社1998年版，第666页。
④ ［俄］安·别雷著：《彼得堡》，靳戈（即钱善行）、杨光译，作家出版社1998年版，第89页。

"大胡子女人"①。她的爱好也是复杂的：她既喜欢在寓所挂满日本的风景画，也喜欢法国流行的蓬帕杜尔夫人式的服装。她的家是号称革命的人与保守的人聚集的地方。所以从她的一些外部特征看，她既非完全的东方人，又非纯粹的西方人；既非男人，也非女人；既非革命党，又非保守派；整个就是一个人格分裂的代名词，在东方和西方力量的争斗中丧失了自我。她的这种特征表明了《彼得堡》中所有人的一个共同的也是最重要的特点。

从《彼得堡》的诸多形象可以看出，一方面，蒙古人的影响是根深蒂固的。老参政员的祖先就是吉尔吉斯——卡依萨茨汗国人，具有蒙古血统。这个家族的特点就是一双大耳朵，这一特点体现在这个家族的姓氏（Аблеухов）中，并且流传下来。耳朵成为延续蒙古暴力统治的象征。蒙古人的血统流经他们的血脉。索菲娅是个"黄脸蛋的小布娃娃"②，尼古拉留着"淡黄色的指甲"③，特别是利潘琴科，"一簇毛，又高又大，黄皮肤，橙花丝绸领带，深黄格子，西装，同色皮鞋"④，简直就是来自东方的魔鬼。"蒙古人的黑斑"笼罩着他们。尼古拉戴着"黑色的假面具"，索菲娅身穿"黑色多米诺斗篷"⑤，"黑丝绸连衣裙"⑥，杜德金着"黑大衣，小黑胡子"，就连两位密探也成了"两个黑黝黝的影子"。

另一方面，他们经过全盘西化的改造，接受了西方的文明。比如阿波罗坚决主张进口美国的打捆机；尼古拉爱读康德，热心于研究社会现象的方法；利潘琴科从巴黎订购奢侈品。东西两种分裂性的力量交织在人物的心中，表现在人物的外貌上，不仅是索菲娅女不女、男不男，还有尼古拉

---

① ［俄］安·别雷著：《彼得堡》，靳戈（即钱善行）、杨光译，作家出版社1998年版，第103页。
② ［俄］安·别雷著：《彼得堡》，靳戈（即钱善行）、杨光译，作家出版社1998年版，第102页。
③ ［俄］安·别雷著：《彼得堡》，靳戈（即钱善行）、杨光译，作家出版社1998年版，第122页。
④ ［俄］安·别雷著：《彼得堡》，靳戈（即钱善行）、杨光译，作家出版社1998年版，第97页。
⑤ ［俄］安·别雷著：《彼得堡》，靳戈（即钱善行）、杨光译，作家出版社1998年版，第106页。
⑥ ［俄］安·别雷著：《彼得堡》，靳戈（即钱善行）、杨光译，作家出版社1998年版，第90页。

"滑腻的肌肤,还以为是个女人"①。杜德金则是这样被介绍给读者的:"我的这位陌生人的皮肤真细嫩,要不是留着一撮小黑胡子,你们大概会把他看成是位乔装的小姐。"②就连机构门口的女像柱也像是"长着大胡子"③,不男不女。

人物的外貌错位,象征着在东西方力量的争斗中俄罗斯人的心灵错位。1915年别尔嘉耶夫发表《俄罗斯灵魂》一文,文中别尔嘉耶夫描述了俄罗斯民族的种种内在矛盾,认为这些矛盾根源于民族性格中女性因素和男性因素的二律背反,而俄罗斯人的天性则是"女性化"的。别尔嘉耶夫认为第一次世界大战是斯拉夫人种和日耳曼人种("男性化"种族)之间预谋已久的、世界性斗争的爆发,断言日耳曼风尚已渗入俄罗斯深层,控制了它的肉体和精神。他认为俄罗斯的病根在于男性因素与女性因素在其中的错位的相互关系。别尔嘉耶夫说,俄罗斯"按照上帝的设想是伟大的完整的东方—西方,而就其实际情况和表现出来的地位而言,是不成功的和被混合在一起的东方—西方"④。

心灵的错位必然导致人格的分裂。杜德金有好几个称谓:"我的陌生人"、"那个人"、"波格列尔斯基",有时候连他自己也不知道自己究竟该是哪个角色。作为牺牲在西伯利亚的十二月党人的继承人,别雷的新叶甫盖尼(杜德金)继续着他们的使命。他的孤立和病(酗酒、抽烟、失眠、幻觉、恐惧)造成了他的分裂,使他一方面是"铁石心肠的影子……亚历山大·伊万诺维奇的个性,变成了自己影子的附属品。一个捉摸不定的影子——大家都知道;而我——亚历山大·伊万诺维奇谁都一点也不知道"。"亚历山大·伊万诺维奇·杜德金非常富于感情;那捉摸不定的

① [俄]安·别雷著:《彼得堡》,靳戈(即钱善行)、杨光译,作家出版社1998年版,第43页。
② [俄]安·别雷著:《彼得堡》,靳戈(即钱善行)、杨光译,作家出版社1998年版,第29页。
③ [俄]安·别雷著:《彼得堡》,靳戈(即钱善行)、杨光译,作家出版社1998年版,第35页。
④ [俄]尼古拉·别尔嘉耶夫著:《精神与实在》,张百春译,中国城市出版社2002年版,第112页。

人却既冷漠又残酷。亚历山大·伊万诺维奇·杜德金生来非常开朗，爱好交际，不反对过富足满意的生活；一个捉摸不定的人却应当清心寡欲，默默无闻"①。"捉摸不定"的人认为"基督教已经过时了：恶魔主义中有对偶像的粗暴崇拜，也就是健康的野蛮"，他"只好发展那种关于必须毁灭文化的荒诞之极的理论"②，因为过时的人道主义阶段已被历史宣告结束。

杜德金渴望把自己的生命奉献给"理想"、"原则"，为抽象的信仰作无谓的牺牲。这种信仰使他孤立、冷酷。然而这种信仰是虚幻的：杜德金只和利潘琴科单线联系，当他发现自己被那个表面纯洁的人（会记得给邻居家的孩子买玩具）所骗，他彻底崩溃了。因为现实中的人都是有血有肉的而且躁动不安的人，既有善的激情，也有恶的欲望，且充满各种冲动和意见（如尼古拉就是由于一时爱情失败的冲动许下了弑父的诺言），因此谁也不能拥有这样一种严格的、坚定的、纯洁无瑕的最高理性，这种理性按照康德的理论和流行的道德学说，应当自由自愿地把道德律置于我们之上③。作家无情地嘲弄了那个"捉摸不定"的人和他的绝对理性。

可是，作家珍视的是在这样一个信仰坚定的革命恐怖者的身上，也有良心存在。良心是对改正不可改正的东西和抹去过去罪孽的绝望的渴望。当尼古拉向杜德金质疑包裹里的东西和纸条时，他答应阿勃列乌霍夫查明真相，"他于是在调查；当然是在那个人的帮助下。一些情况命运交关的交织，简直使阿勃列乌霍夫处于某种毫无意义的胡说八道中；他将把这种胡说八道告诉那个人，他相信那个人一定会把一切立即查得个一清二楚。"④他要找到利潘琴科证明自己的清白和纯洁。

① ［俄］安·别雷著：《彼得堡》，靳戈（即钱善行）、杨光译，作家出版社1998年版，第139页。
② ［俄］安·别雷著：《彼得堡》，靳戈（即钱善行）、杨光译，作家出版社1998年版，第469页。
③ ［俄］弗兰克著：《俄国知识人与精神偶像》，徐凤林译，学林出版社1999年版，第113页。
④ ［俄］安·别雷著：《彼得堡》，靳戈（即钱善行）、杨光译，作家出版社1998年版，第442页。

然而,当他发现利潘琴科的秘密时,"用一个额头撞许多额头……干吸血的勾当……腐化……然后——送死……"他绝望了:"内在的虚弱和犀牛般的顽强精神的结合——难道这种结合通过亚历山大·伊万诺维奇而成了喀迈拉,而且喀迈拉还在长大——在夜间长大,它在一块暗黄色的糊墙纸上发出一个真的蒙古人似的冷笑。"①杜德金决心改变这一切,于是杀了利潘琴科,显示出对绝对理性的彻底否定。

关于杜德金的最后一幕,是他的形体凝固在利潘琴科尸体上的荒诞姿势上。作家后来在回忆录中多次回过头来探讨这个形象。这一姿势象征着杜德金最终摆脱了彼得的控制,虽然取得胜利的代价太大了。他和小阿勃列乌霍夫一样,也承受着末日审判。但他的意识完全分裂。因此无可返回,也无处可回。因为彼得锻造的历史环圈已经结束。别雷用杜德金的荒诞姿势戏仿了铜骑士纪念碑中的铜骑士。他思考了帝国两百年历史,确立了过去和现在的继承性的联系。他将杜德金的疯姿势和铜骑士等同起来,这是对半个世纪霸主形象的讽刺②。同时作家还借杜德金凝固成无生命的雕塑式姿势,宣告了彼得堡历史的彻底结束。

尼古拉原来也是"新康德主义的信仰者"③,但却由于爱情失败,一时冲动向革命党许下弑父的诺言。但当这一刻真正来临的时候,他身上的非理性的东西发挥了作用。他苦苦地寻求心灵的突破口,找寻能够真正照亮灵魂生活的光,就像尼采追寻内在高尚的、精神自由的个性的贵族主义理想。最后政治革命转化为文化追寻,尼古拉去了埃及,寻找人类文化的源头,从徒劳无益的、反文化的虚无主义走向创造文化的宗教人道主义。小说尾声中,尼古拉由原来的近视眼而最后失明,象征他找到了心灵的力量,看见了内心的真理。

---

① [俄]安·别雷著:《彼得堡》,靳戈(即钱善行)、杨光译,作家出版社1998年版,第440页。

② *Долгополов Л. К.* Андрей Белый и его роман 《Петербург》. Л. , 1988. С. 275.

③ [俄]安·别雷著:《彼得堡》,靳戈(即钱善行)、杨光译,作家出版社1998年版,第113页。

人格分裂还反映在小说人物的双重身份上。比如利潘琴科既是政府官员，又是恐怖分子，而且他们（杜德金、利潘琴科、莫尔科温）都使用假身份证，每个人都有几个名字。人格分裂导致小说人物行为的异常：他们常常是偷偷摸摸地窥视，害怕被别人发现。人物的异常爱好反映出人物的孤独和恐惧。尼古拉热衷于捉耗子，他爱欣赏自己的灰色囚徒。杜德金则害怕耗子，因为长时间孤独地生活，他变得像耗子一样，孤独而胆小，害怕被捕。利潘琴科则喜欢观察蟑螂。他们有着共同的生理表现：好哆嗦，打寒战。他们有如惊弓之鸟，满心恐惧，只要稍有异常，他们（比如卓娅、利潘琴科和尼古拉）都很容易满头大汗。

心灵错位还体现为彻底的孤独。无论是尼古拉还是阿波罗、亚历山大还是索菲娅和利胡金，都喜欢关在家里自己的小房间里，并用钥匙把门锁上。他们习惯以自我为中心，狭隘封闭。他们不能与人沟通，同时也不需要与人交流。他们在封闭中发展着自私残忍。另一方面，用钥匙把自己反锁在小房间里，也表明人物的恐惧、害怕。家不是家，没有信任、感情和爱。人物处于无止境的孤独和怀疑之中。他们不能坦白，也害怕表白，哪怕是对自己的伴侣（例如阿波罗对安娜、利潘琴科对卓娅、利胡金对索菲娅）也是一样。后来利潘琴科在被自己锁起来的卧室里遇害，则暗示了狭隘、孤独是没有出路的。

心灵错位最终导致人性异化。作家将异化的人用某种动物来作比。例如"不错啊，他像只耗子"①；"阿波罗像一只灰鼠"②；"他就像翱翔在全俄罗斯上空的'蝙蝠'，一边飞腾，一边——痛苦、威严、冷酷地在威胁，在尖声叫嚷……"③等等。灰鼠和耗子是作家最喜欢用的比喻，它们形象地反映出现代社会中人的生存状态。作家还用生病来暗示人的异化。比如：密探患了鼻炎，利胡金得了喉炎，杜德金发烧、生病、失眠，参政员患了

① ［俄］安·别雷著：《彼得堡》，靳戈（即钱善行）、杨光译，作家出版社1998年版，第560页。
② ［俄］安·别雷著：《彼得堡》，靳戈（即钱善行）、杨光译，作家出版社1998年版，第559页。
③ ［俄］安·别雷著：《彼得堡》，靳戈（即钱善行）、杨光译，作家出版社1998年版，第45页。

痔疮等等。另外他们在现实生活中思维混乱,词不达意,像是同时患上了失语症。无聊的大脑游戏在他们的生活中占有重要地位。他们时常陷入幻想或梦境之中。

人物之梦也被作家赋予了特殊的意义以揭露社会之弊。杜德金在夜晚分别做的三个梦中,都听到了"一个荒诞和完全没有意义的词"——"恩弗朗西什",为了"这个词"他与某种未知的力量苦苦搏斗。当他觉察到这意味着某种疾病正向他袭来时,他评价道:"你以为只有我一个人在忍受这个吗? 你,尼古拉·阿波罗诺维奇,也在生病。几乎每个人都有病……近来我到处都遇到这种大脑的失调,这种捉摸不定的病因。"[1]杜德金认识到自己的"病"就是时代的"病",社会的"病"。每个人都遇到了病,社会普遍患病的原因,就是信仰的缺失。

旧的时代过去,新的时代来临,旧有的价值观念被推翻,而新的价值体系尚未树立,人类仿佛失去了一条预定的可以找到自己生命的目的和意义的道路。"文化"和"文明"之间、精神创造和生活外在条件之间的对立,使人们发现在经济、技术和政治活动的强化发展的统治下,精神的积极性被削弱了,物质财富和外在利益的统治造成人的内在空虚和贫乏,在生命的外在方式的严格理性化和智力发展的高水平上,生命的真正意义丧失了。

在俄国,一种否定社会一切精神价值的虚无主义曾一度横行于社会。它从否定宗教、否定一切精神文化、否定一切人权到否定个人自由,甚至基本的自由。它只贯穿着一种精神——激进主义的全盘否定精神。弗兰克认为,俄国的虚无主义决不单是宗教怀疑或宗教冷漠意义上的不信仰,它可以说对不信仰的信仰,是否定的宗教。如果从另一方面看,与其说它是对精神价值的理论否定,不如说是在实践上消灭这些价值……它造成了疯狂的破坏。另一方面,……它强调生命的力量(虽然被用做坏的目

---

① [俄]安·别雷著:《彼得堡》,靳戈(即钱善行)、杨光译,作家出版社1998年版,第139页。

的)要重于死寂不动。俄国虚无主义中包含着热烈的精神探索——寻求绝对者，虽然在这里绝对者等于零①。

《彼得堡》里所有人物都感觉到了他们所经历的时代危机,并表现出与这种感受相关的行为。所以我们看到了在《彼得堡》中具有高雅的理性民族在精神上的野蛮(尼古拉),在人道主义原则统治下的残酷无情(杜德金),在外在纯洁和体面下的灵魂的肮脏和丑陋(利潘琴科),在外部强大后的内在软弱(阿波罗)。在各种面具之下,人们呼唤回归心灵。亚历山大·伊万诺维奇·杜德金请求摘去"面具",公开地面对混乱。杜德金的对抗者阿波罗也意识到在扭曲的时代出现了问题,为了控制混乱,要做一些必要的事情。

在这个模糊的、分裂的、矛盾的、虚幻的表象之下,人是否可以找到更根本、更简单的生命及其永恒的精神需要与要求的概念? 在别雷看来,人只能在自己精神的深处为自己找到绝对的支点,在精神的天空中寻找指路明星。别雷在给 M. K. 玛拉佐娃的信中说:"等我们解决的问题很多,但还是我们,不是别人去解决。"②别雷提出的解决方式是一种"自省"的实验,"我们应当建造自己心灵的方舟——在心中培养英雄;培养的方法——个性对无个性的暴动。"③

摆脱代码,摆脱冷漠和孤独,人物心灵的深处沸腾和奔涌着的岩浆,就会以其全部的非理性本质完成这种突破。尼古拉在经历了对沙丁鱼罐头的感受后,"他的心以前是没有思想地跳,现在他有思想了,感情在心中激荡。"那些围绕着尼古拉的心灵鸣叫的鹤,象征着回归。安娜回归她曾经抛弃的家,老阿勃列乌霍夫回到故里庄园,尼古拉也终于回到了田

---

① ［俄]弗兰克著:《俄国知识人与精神偶像》,徐风林译,学林出版社 1999 年版,第 31 页。

② *Долгополов Л. К.* Андрей Белый и его роман 《Петербург》. Л., 1988. С. 297.

③ *Пискунов В.* 《Второе пространство》 романа А. Белого 《Петербург》. // *Составители*: *Лесневский Ст.*, *Михайлов Ал.* Андрей Белый. Проблемы творчества. М., 1988. С. 213.

野、草地、牧场和森林,从彼得堡回归了。

　　总之,别雷敏锐地洞察到了世纪之初人们心灵之中的不完整性,力图在人的心灵中以"个性对无个性的暴动"实现人从个性的不完整发展成完整的、合理的个性。他通过艺术的手段,给自己的思想安上面具,使人物成为自己思想的载体。小说中的彼得堡人不仅是悲剧力量的牺牲品,也是新个性发展的试验品,他们象征性体现了作家别雷关于"人"的观念与思索。

第二节　事物人格化

　　《彼得堡》中的人物都失去了人性,成了面具和某种象征符号;与此相反,事物却被作家运用了拟人化的手法加以人格化。它们在作者的艺术思维的作用下,彼此之间形成了一种有机的联系,并共同建构起一个如梦如幻的象征王国,显示着属于自己的绝对意义。如前所述在"东方与西方"三部曲的第一部《银鸽》中,别雷就展示了一种生机勃发的神话想象的原始力量。到创作《彼得堡》时,作家更借助神话思维方式建构着自己的象征王国。

　　别雷的彼得堡是虚幻的。这首先体现在它是建立在沼泽之上的,没有坚实的根基。作家借彼得堡建立于沼泽之上的传说对应帝国必遭覆灭的命运。其次,它体现在环境和景色描写上。比如桥、雾、烟、岛屿、灌木丛、落日、流水等,几乎在每一章都要进行反复地描写。但它们已经和19世纪小说中的环境描写相去甚远,它们都带有作者所赋予的功能,具有特殊的象征意义,因而彼得堡似真亦幻,好像在梦中,能看见,却又看不真切。所以作者指出:"我们的首都是属于梦中的国家。"彼得堡的空间是虚幻的,空洞的。无论马路上有多少"帽子、耳朵、胡子和鼻子","沿着街的两边都有严格编号的房子",作者依然强调城市的空旷。"黄汾汾的云雾,暗沉沉的河水,绿莹莹的云朵"①,在令人不安的月光的照射下,城市表现出自己的虚幻性。城市里"恐慌——红色,波浪……烈火旗帜……都凝固了"②,就连风起云涌的革命景象也具有了漫画的特点。作家借彼得堡环境描写的虚幻性暗示了彼得堡所具有的彼得堡文化(即在彼得大帝强行迁都后实施的一系列影响国家、民族发展的措施下发展起来的具有分裂性特征的文化)是没有根基的,也是没有前途的。

除了虚化环境特征,小说中环境描写也不乏写实之处,但实写并非实指,它也是要以自己的象征意义参与主题的。比如,小说多次描写参政员家中陈设"在柱子那边洁白的尼俄柏正举起自己的石膏眼睛仰望苍天"③。作者在此借尼俄柏的塑像暗示人物悲观的心理,表明处于彼得堡文化困扰中的心灵的无望。又如:"墙上还是那些武器组成的装饰图形在闪闪发亮:……这里挂着一顶立陶宛铜帽,那里——则是一把十字军东征时期完全生锈了的骑士剑。"④墙上的挂饰在文中多次出现,让人无法忽视它的含义。首先,它表明了这一家人所遵循的一个重要原则:以暴制暴。尼古拉决心用"火与剑"来解决纠纷,安娜以私奔报复丈夫,参政员以绝对统治镇压一切。其次,它表明他们受到一种来自东方和西方的敌对力量中的有害因素的影响,导致心灵的损害。读者通过人物的象征意义还能更进一步认识到,这些装饰品表明了彼得堡文化的特点:处于东西方敌对力量交锋之中。

就在这些虚虚实实、真真假假的环境描写中,环境的内涵丰富了:它们不仅是背景,更以深刻的象征意义揭示着人物的秘密、世界的命运,和人物一起表现着小说的主题。类似的例子还有很多,如滨河街的黄色房

① [俄]安·别雷著:《彼得堡》,靳戈(即钱善行)、杨光译,作家出版社1998年版,第583页。
② [俄]安·别雷著:《彼得堡》,靳戈(即钱善行)、杨光译,作家出版社1998年版,第523页。
③ [俄]安·别雷著:《彼得堡》,靳戈(即钱善行)、杨光译,作家出版社1998年版,第107页,第231页。
④ [俄]安·别雷著:《彼得堡》,靳戈(即钱善行)、杨光译,作家出版社1998年版,第78页,第231页。

子、顶层阁子间、别墅、轿式马车,等等。所有这些在现实主义作家笔下只发挥背景作用的环境,在别雷这里与人物一起分享着创造意义的能力。

彼得堡是虚幻的,它是彼得奸细行为的化身。这种奸细行为具有魔幻般的威力。它散发着寒气,弥漫到彼得堡内外的一切空间。那些空洞的空间(即阿波罗所害怕并准备随时不惜一切代价加以校正的)是空旷的,也是寒冷的。森林野兽,小鸟,路上的行人,都被机构中孕育的极地风冻僵,农村被冻僵,城市也被冻僵。参政员的家也是冰冷的,仿佛结了冰似的:白漆的家具,像是雪;墙不是墙,是雪,墙上冰冷的玻璃发出冷冷的光。

彻骨的寒冷能侵入人物的心中。还在童年时候,当尼古拉还是柯连卡时,他就孩子般地"在冰上转圈","他不是这样被鼓舞,不是按照最好的方式,冰冷的";成年后,他继续留在寒冷中,"他心灵的热情便渐渐变成一块像南极似的望不到边的冰"①。"冰"的范畴是别雷创作中喜欢用的,在他的小说和诗歌中常会出现"冰冷的手指"、"冰冻的手臂"、"心中的冰"。环境的感觉和人物的感觉相映相和,共同言说着现代人特殊的存在方式,即别尔嘉耶夫所说的"冷漠";索洛古勃经常抱怨的"坟墓的冰冷";吉皮乌斯则把"心"比做"沸腾的寒冷",把"生活"比做"雪花的旋转"。"冰"和"寒冷"如同中世纪大师笔下的"地狱之火",在20世纪新艺术(包括文学)中占据了特殊的地位。

在幻觉般存在的彼得堡中,除了生活着有名有姓的人物外,还有铜骑士、荷兰水手、基督等等,都出现在彼得堡的大街上,他们拥有支配自然、左右人物的能力。铜骑士与荷兰水手都暗指彼得。巨人彼得是这座彼得之城的真正统治者。他拥有法术和魔力,能向自然念咒语,"一团团的云朵又疯狂地飞奔起来;飞奔起来的,还有拖着妖魔般尾巴的烟雾;其中远

---

① [俄]安·别雷著:《彼得堡》,靳戈(即钱善行)、杨光译,作家出版社1998年版,第533—534页。

处正隐约闪现出一个燃烧的磷光的斑点……"①"天空中掠过一个既模糊又疯狂的发磷光的斑点；闪闪磷光到了涅瓦河远处，变得朦胧不清了；于是，那无声奔流的平面便绿莹莹一闪一闪地……"②

彼得的纪念像铜骑士像幽灵般游荡于彼得堡的大街小巷，出入酒馆，跟踪着人们。它能影响人们的思想，决定人们的命运。每当人物处于矛盾、混沌时，只要路过铜骑士广场，他们就会对命运恍然大悟。比如："从铜骑士上落下一个恰似烟黑的轻盈的半影……亚历山大·伊万诺维奇刹那间清楚地看到了人们的命运：可以看见将来会怎么样……原来命运变得明朗了。"③尼古拉·阿勃列乌霍夫也遇到了铜骑士。"刹那间，阿勃列乌霍夫全明白了：他的命运已经清清楚楚：对，——他应该去做；而且，对，——注定要去做。尼古拉·阿波罗诺维奇哈哈大笑着从铜骑士旁边跑开了：'对，对，对……''知道，知道……'"④铜骑士甚至专程夜访杜德金的顶层阁子间，亲自将铜注入杜德金体内，使杜德金彻底成为他的意志的传声筒。

魔鬼恩弗朗西什（或什希朗弗涅先生）也时常出没于杜德金的阁子间里。他自称是个来自东方的魔鬼，其祖国在德黑兰，但他又是个世界主义者，去过伦敦、巴黎并准备俄罗斯化。他跟随"摧毁文明和兽化的理论"⑤，像病菌一样腐蚀人的灵魂。他负责颁发影子身份证，只要某人具有乖戾的行为，他便将其纳入自己的势力范围，随时造访。铜骑士和魔鬼都是影响彼得堡的黑暗力量的代表。别雷将它们形象化、人格化，展现它们对人心灵的威胁。同时出现在彼得堡街头的基督，象征基督二次降生，预示着将会出现的拯救。铜骑士和基督同时出现还象征人的心灵具有双

① ［俄］安·别雷著：《彼得堡》，靳戈（即钱善行）、杨光译，作家出版社1998年版，第154页。
② ［俄］安·别雷著：《彼得堡》，靳戈（即钱善行）、杨光译，作家出版社1998年版，第339页。
③ ［俄］安·别雷著：《彼得堡》，靳戈（即钱善行）、杨光译，作家出版社1998年版，第154页。
④ ［俄］安·别雷著：《彼得堡》，靳戈（即钱善行）、杨光译，作家出版社1998年版，第340页。
⑤ ［俄］安·别雷著：《彼得堡》，靳戈（即钱善行）、杨光译，作家出版社1998年版，第475页。

重性。

大量的神话意象也参与到彼得堡的一切存在中,共同编织着关于彼得堡的最后一部神话。在小说第七章"不可思议的思想"一节中,象征性的灌木丛具有主导动机的意义,它不断地重复出现。这个象征包括了圣经的典故(圣经中提到一棵烧不坏的灌木,永远存在、消灭不了的灌木),象征了世界上的危险和威胁性的因素。在小说中它具有神奇的力量,预示了人物的灾难和死亡①。

楼梯的象征是如此重要,别雷给它单独一节。从第六章的开头杜德金进入梦呓状态起,与楼梯相连的就不仅是荒唐和移动,也是杜德金心灵历程的展现。楼梯的主题与世界之树的古代象征符号有关②。在一些古代的神话里,它能与上层、中层和下层三个世界相连,这棵世界之树被认为是从一个世界到另一个世界的道路。它的根在下层世界中,顶在上层世界,树身放在中层世界。小说中魔鬼就是顺着暗梯上来的③。铜骑士也是顺着这道楼梯上来的④。

意象"深渊"是象征主义诗人们钟爱的形象。在法国象征主义开山之作——波德莱尔的《恶之花》中"深渊"反复出现,它象征了肮脏的城市和黑暗的地狱。比如:

> 随便睡吧,抽烟吧;发愁吧,别做声,
> 去厌倦无聊的深渊里深深地潜藏;⑤

---

① 参见[俄]安·别雷著:《彼得堡》,靳戈(即钱善行)、杨光译,作家出版社1998年版,第380、612、618、624页。

② *Ред. А. Г. Бойчук. Андрей Белый. Публикации. Исследований.* М., 2002. С. 223.

③ 参见[俄]安·别雷著:《彼得堡》,靳戈(即钱善行)、杨光译,作家出版社1998年版,第388、467、484页。

④ 参见[俄]安·别雷著:《彼得堡》,靳戈(即钱善行)、杨光译,作家出版社1998年版,第491页。

⑤ [法]波德莱尔著:《恶之花》,钱春绮译,人民文学出版社1991年版,第85页。

从深渊直到九重天，除了我本人，

谁也不理会你的、被诅咒的女人……①

　　别雷曾在自己的批评文章中介绍："在彼得堡，象征主义者习惯行走于深渊之上，深渊是使彼得堡的文学家感到舒适的必要条件。那里人们迷上了深渊，在深渊之上做客，在深渊上安排职业，在深渊上架起茶炊！啊，这个可爱的深渊！"②在《银鸽》中作家就多次提到深渊。别雷用主人公达尔亚尔斯基心灵的深渊指示其命运不可逃脱的劫数。别雷在对主人公的命运，对采列别耶沃村、利霍夫城和俄罗斯的命运的预言中广泛运用了深渊意象，反复提示主人公、采列别耶沃村、利霍夫城乃至整个俄罗斯在劫难逃的厄运。"深渊"这个心理描写和神话象征手法相结合的"贯穿性主题"从《银鸽》中保留下来了，在《彼得堡》中发挥着重大作用。在《彼得堡》中，作家也反复借"深渊"、"深渊的感觉"和"无底深渊"来象征一种极端的处境，它既存在于人类的生存中，存在于整个国家人民的命运中，也同样存在于单个人的生命之中。

　　太阳是《彼得堡》中主要的理想象征。太阳的象征在斯科里亚宾的《神的长诗》、维亚切·伊万诺夫的《太阳——心》和索洛古勃、巴尔蒙特的抒情诗中多次以"凶恶的太阳"形象出现。然而此时，在运用这一象征性形象的时候，别雷仿佛突然回到自己的年轻时代。那时他创作的《碧空之金》诗歌集的中心形象——太阳，就是生命和更新的象征。他曾写道：

　　心儿已被那太阳点燃。

　　太阳是对永恒的追求。

① ［法］波德莱尔著：《恶之花》，钱春绮译，人民文学出版社1991年版，第91页。
② *Сост. Вступ. Н. А. Богомолова.* Критика русского символизма：в 2 т. Т. II. М.，2002. С. 150.

　　太阳是通向金碧辉煌

　　永恒的轩窗。①

　　从《碧空之金》到《彼得堡》，别雷的思想与创作已经发生了巨大的变化。但太阳的形象被保留下来了。他预言："在那一天最后的太阳照耀我的故乡的土地"②。太阳是基督的同义词。这个预言为小说结束时的场景增添了一些田园色调。主人公在历经心灵的磨难和考验后，重新寻找到一条相互和解的道路。

　　《彼得堡》正是这样通过将作品中的事物和景象全面的人格化、神话化，将每一物、每一事、每一意象都调动起来，全面建构起一座"象征的森林"。

　　本章从人物面具化和事物人格化两方面分析了别雷在《彼得堡》中建立的艺术象征系统。别雷认为生命不是通过科学认识而是通过创造活动来揭示的，而"创造活动"只有在思想形式的象征中才能表现出来。在《阿拉伯图案》中别雷就建立了自己关于"生活的创造"和"个性的创造"的理论；这种创造的最终目的，就是在自身发育成未来人或"新人"的形象。别雷将自己的哲学思考融入了《彼得堡》的形象创造。作者借多样化的形象阐发了自己为现代文明中生命和道德失去根基而产生的深深担忧，批判了时代危机表现出来的反文化倾向，力图证明一种能赋予人生、历史和世界以内在基础和意义的精神实在。这种精神实在不是虚幻的。别雷相信，它就存在于人的自身。

　　作家从对反文化倾向的批判上升到呼吁创造真正的文化。他分析了生命是各种成分的斗争，分析了什么是好的，什么是坏的，什么是有价值

① 周启超主编：《俄罗斯"白银时代"精品文集·诗歌卷》，中国文联出版公司1998年版，第175页。
② ［俄］安·别雷著：《彼得堡》，靳戈（即钱善行）、杨光译，作家出版社1998年版，第153页。

的,什么是无价值的。在他看来,找到真正的生命的目的和意义并学会怎样实践它们,就是参加了真正文化的创造。别雷确信:"文化的最终目标是改造人类。在这一最终目标上具有艺术终极目的的文化与道德吻合"。文化使"理论问题变成实际问题";文化把"人类进步的成果视为财富";文化使"生活成为创作能从中汲取价值的材料"①。这一思想在整部《彼得堡》中,是经由作家所营造的"象征的王国"而表现出来的。

---

① *Отв. редактор Келдыш В. А.* Русская литература. Рубежа веков II. М. , 2001. С.188.

第五章　《彼得堡》的形式创新

多尔戈波洛夫认为,象征主义者对俄国文学的最大贡献是其对艺术的不断追求[1]。确实,文学除了创新之外,没有别的原则。19世纪俄国古典小说的影响是十分巨大的。托尔斯泰和陀思妥耶夫斯基的小说不仅影响了欧洲文学,同样也影响了世纪之交的俄国文学。然而作为经典小说,托尔斯泰和陀思妥耶夫斯基的小说已经作出了最好的总结。由此导致世纪之交的文学出现了一种巨大的反拨,小说长时间(其实直到1910—1920年间)退出了引人注目的地位。抒情诗的创作替代了叙事诗,甚至超越了小说的成就。巴尔蒙特、勃留索夫、别雷、勃洛克都出版了自己的抒情诗集。

小说必须找到一种新的发展之路。当在艺术家的意识里历史和元历史的经典理解发生决定性的改变,并且元历史成为丈量的起点,艺术的形式就发生了重大的变化。最终,在19世纪占主导地位的经典的形象模式被荒诞的角色模式所替代。荒诞的形式占据了主导地位,不仅在物体的范围之内,而且破坏了各种意识之间的界限。在别雷的小说里集中了由叙事者的概括性视点到叙事者和各种不同人物相结合的视点。他的《交

---

[1]　*Долгополов Л. К. Андрей Белый и его роман《Петербург》. Л., 1988. С.8.*

142

响曲》完全颠覆了传统意义上的小说形式。在《银鸽》和《彼得堡》中,别雷表面上保留了小说的传统形式,实则为它们填入了以前俄国文学所没有的东西。这些新小说的作者从托尔斯泰和陀思妥耶夫斯基的决定性影响中解放出来。所以,勃留索夫对别雷的评价值得再提:"别雷的交响曲建立了自己前所未有的形式。达到真正长诗的音乐组合,它们保留了全部的自由、宽广和无所拘束,在自己的时代赋予了小说以主导性的地位。"①

在此章中我们关注的是小说的叙事结构、叙事者、语言方面的特点和维系整个文本"运动"的思想。它们是作家艺术思维条件。只有分析作品的整体结构,才可以看到其中凸显出作家用一定的方式试图协调他视阈中存在的混乱。这种和谐的渴望可以说从一开始就存在于别雷的世界观中,存在于作家对象征主义的理解中。然而,这种和谐不是建立在对存在的完整规律秩序信任的基础之上,而是建立在另一种相反因素的连接上,是建立在变成怪诞乃至冲突的形式表达之上的。所以说,别雷的小说在许多方面是为 20 世纪文化中不对称的巴洛克风格奠定了基础。

利哈乔夫曾这样评价《彼得堡》:"别雷这部作品不寻常的形式表现了什么呢? 我想这一形式里主要的——是不断的探索,不满足于 19 世纪俄罗斯文学中已经泛滥的'平铺直叙'。他一直强调形式的'表现手法'和语言的'表现手法',便是由此而来的。"②美国学者安许茨说:"彼得堡将要沉没,如同大西洲,《彼得堡》显露出来,如同永恒的诗歌世界。"③《彼得堡》的主题之一就是小说艺术本身。在小说内部,各种事实一旦进入读者的头脑后便失去了它们相对的紊乱性,如同作者在小说第一章结尾用的标题"你决不会忘掉他!"因此别雷可以使人们注意他的全部写作

① *Брюсов В.* Среди стихов. Манифесты, статьи, рецензии. 1894—1924. М., 1990. С. 127.
② [俄]安·别雷著:《彼得堡》,靳戈、杨光译,作家出版社 1998 年版,第 4 页。
③ John Garrard. ed. *The Russian novel from Pushkin to Pasternak.* New Haven, 1983, p. 145.

手法。作家运用种种手法,引起了小说叙事的多重突破,完成了长篇小说写作范式上的一次革命;同时,他通过迫使读者超越小说的内容而进入它的形式,使文本具有一种占支配地位的象征性质。

第一节　叙事结构

洛特曼说过,文学研究者如若脱离作品的结构来理解作品的思想,就如同是一个把作为结构灵魂的生命和具体的生理结构分离开来的唯心主义科学家。① 《彼得堡》因其创作的多层次性和多面性使得文本显得十分复杂,以至于俄国别雷研究专家多尔戈波洛夫一度认为,"暂时没有必需的概念和术语"② 来分析它。本节参照巴尔特的叙事分层模式、格雷马斯的深层语法等理论,分析小说的基本意指方式、记号框架、深层结构、主题群等,从整体上展示《彼得堡》文本叙事结构的多元、动态、开放的性质。

一、 基本意指方式

巴尔特指出:"名字是某种已被写出、已被阅读、已被完成的事物的精确的、无可怀疑的痕迹,它们如科学事实一样坚实。……发现名字,即是发现已经构成了代码的东西,它确保了文本和构成叙事语言结构的一切其他叙事之间的沟通。"③ 小说《彼得堡》的题名含义极为丰厚,它是小说叙事的起点和着眼点。

我们由《彼得堡》开场白中的标记切入小说的叙事系统。《彼得堡》

---

① 参见张杰、康澄著:《结构文艺符号学》,外语教学与研究出版社2004年版,第58页。

② Долгополов Л. К. Андрей Белый и его роман《Петербург》. Л. , 1988. С. 313.

③ [法]罗兰·巴尔特著:《符号学历险》,李幼蒸译,中国人民大学出版社2008年版,第118页。

的开场如此独特,为了联系具体文本进行分析,请允许我们再次引用:

> 我们的俄罗斯帝国是什么意思?
>
> ……俄罗斯帝国首先包括:首先——大俄罗斯、小俄罗斯、白俄罗斯、赤色俄罗斯;其次——格鲁吉亚、波兰、喀山和阿斯特拉罕;第三,它包括……但是还有——其他的等等,等等,等等。
>
> 我们的俄罗斯帝国由众多的城市组成:首都的,省的,县的及非县府所在的集镇;还有:一个首都城市和一个俄罗斯的城市之母。
>
> 首都城市——莫斯科;而俄罗斯的城市之母是基辅。彼得堡,或圣彼得堡,或彼得尔(它——也是)确实属于俄罗斯帝国。[1]

整个开场白由系列地学代码展开:俄罗斯帝国(大俄罗斯、小俄罗斯、白俄罗斯等等)、城市(莫斯科、基辅、彼得堡),之后过渡到小说的核心代码"彼得堡":"关于彼得堡,我们将作比较详细的叙事"[2]。开场白的最后部分以"彼得堡:形似一个套一个的两个圆圈中心的小黑点;它从这个没有度量的精确小点有力地宣告自己的存在……"[3]而告终。

这些系列地学代码并非纯粹的地理概念。它同时表现为一种文化代码。我们在前文中曾经指出,首都城市莫斯科象征着俄罗斯民族生活的本色、纯洁性、共同性。城市之母基辅则是斯拉夫人团结一致的象征。而彼得堡,这个俄罗斯的欧洲城市成为生活的外来因素、非民族因素的象征。从以上系列地学代码所包含的文化意义及其在叙事中表现出来的功能性进行分析,这些地学代码中存在着意指性的对立:俄罗斯——非俄罗斯,莫斯科(基辅)——彼得堡,俄罗斯——彼得堡。

彼得堡作为昔日帝都影响了百年来俄罗斯的发展,而今已成为俄罗

---

① [俄]安·别雷著:《彼得堡》,靳戈(即钱善行)、杨光译,作家出版社1998年版,第7页。
② [俄]安·别雷著:《彼得堡》,靳戈(即钱善行)、杨光译,作家出版社1998年版,第8页。
③ [俄]安·别雷著:《彼得堡》,靳戈(即钱善行)、杨光译,作家出版社1998年版,第9页。

斯继续发展的障碍。随后"彼得堡"代码在第一章中再次出现,由参政员的思绪向读者交代了两百年前彼得堡产生的背景。他再次强调"彼得堡"从此成为东方和西方"两个敌对世界的交接点"①。在第二章中作者大胆抛出对俄罗斯未来的预见:"尼日涅、符拉基米尔、乌格利奇就在那隆起的高处。彼得堡则将一片荒芜。"②别雷在小说第六章为"彼得堡"专门设立了一个小节③,详细介绍了彼得堡的危害:

> 对对对……对俄罗斯帝国来说,彼得堡——是一个很鲜明的点……您拿地图看……然而我们这座京城又装饰有相当丰富的纪念碑,所以又属于阴间世界的国家……④

彼得堡还设立了自己的规则。如果有人要想加入彼得堡,只有一个办法:必须申请影子身份证:

> 这里需要身份证……不过,您在我们那里已经登记了:您只消完成最后一份公约就可取得身份证;这个身份证——已经给您写上了;您只要用某种乖戾的行为给自己签个字,比如……是啊,那样的行为对您是合适的:由您自己完成;在我们这里,这类签字最吃香……⑤

可见别雷把对历史、现实等多方面观察和思考综合为一个核心符号——"彼得堡",利用它与其他各种事物、现象之间的客观联系,来表达自己的复杂思想。别雷的"彼得堡"不仅是具体的城市,还是世界发展的

---

① [俄]安·别雷著:《彼得堡》,靳戈(即钱善行)、杨光译,作家出版社1998年版,第26页。
② [俄]安·别雷著:《彼得堡》,靳戈(即钱善行)、杨光译,作家出版社1998年版,第152页。
③ 参见[俄]安·别雷著:《彼得堡》,靳戈(即钱善行)、杨光译,作家出版社1998年版,第472—481页。
④ [俄]安·别雷著:《彼得堡》,靳戈(即钱善行)、杨光译,作家出版社1998年版,第475页。
⑤ [俄]安·别雷著:《彼得堡》,靳戈(即钱善行)、杨光译,作家出版社1998年版,第479页。

非逻辑的化身,因而在此意义上它必将覆灭。对作家来说,"彼得堡"的重要性和特点体现为受到东西方文化碰撞的"彼得堡思想"模式。作家以此作为小说的基本编码模式。

"彼得堡"神话起源于普希金,经由果戈理和陀思妥耶夫斯基的继承和发展,由别雷为它画上了句号。如果说普希金对这座彼得之城的态度是摇摆的,那么别雷则是否定的。别雷反思俄国 200 年来的历史进程。自彼得大帝定都彼得堡后,国家就进入了历史上的"彼得堡时期"。这个时期以彼得轰轰烈烈的改革,一面加强中央集权,一面建立"瞭望欧洲的窗口……北国的花园和奇迹"①,定都彼得堡为起点,却以 1905 年革命、迁都莫斯科为终点。正如洛特曼所指出的在观念层上彼得堡成为"一种无时间性的存在"②,它以强权开始,以暴力结束,国家重又陷入混乱和危机之中。彼得不仅被认做改革者,他的轰轰烈烈的活动不仅使俄国经历了俄国历史的两个时期(彼得之前和彼得时期),还反映了世界历史进程的两个趋势,两种生活方式——欧洲的和亚洲的,西方的和东方的。这是别雷对"彼得堡"模式的历史判定。

因此,若是俄罗斯一直以处于东西方文化的夹击之中"彼得堡"模式为发展方向必将没有出路。唯有去除彼得之"堡垒",俄罗斯才能拥有新的和谐。小说第八章(也是最后一章)的最后一句话值得注意:"尼古拉·阿波罗诺维奇则到父亲去世也没有回到俄国。"③尼古拉最终离开彼得堡标志着"彼得堡"模式的完结。在小说尾声中,作为代码的"彼得堡"再也没有出现,而代之以"埃及"、"乡村"。对比小说开场白对"彼得堡"的详细描述到尾声中"彼得堡"彻底消失,小说指明了"彼得堡"的基本发展模式及其发展方向。

《彼得堡》中的"彼得堡"是俄罗斯历史乃至世界历史不和谐发展的

---

① ［俄］普希金著:《普希金长诗选》,余振译,外国文学出版社 1984 年版,第 349—350 页。
② 李幼蒸著:《理论符号学导论》,中国人民大学出版社 2007 年版,第 655 页。
③ ［俄］安·别雷著:《彼得堡》,靳戈(即钱善行)、杨光译,作家出版社 1998 年版,第 672 页。

一个化身,彼得堡的命运、俄罗斯的命运乃至整个世界的发展前景在这里具有了共性。它也体现了 20 世纪初人类文明出现的普遍危机和绝路。别雷将"彼得堡"这个能指的意义无限深化和扩大了。它代表了人心的分裂、人世的混乱、人类的命运等等。巴尔特在《关于符号的想象》中指出,象征意识涉及对深度的想象。这种意识把世界体验成一种表面形式与多形式的、庞大的、强有力的深渊之间的关系,而形象则带有一种非常强大的动力。① "彼得堡"便是这样一个具有深度象征意识的符号化表征,也构成了文本结构符号化的基础。

二、 记号框架

"彼得堡"的文化代码所蕴涵的模式图有如"阿里阿德涅之线",它既能引导我们进入关于"彼得堡"模式的信息系统,又能帮助我们分解其中交错复杂的叙事谜团。

《彼得堡》的故事层面情节线索纷繁杂乱,在故事讲述者的大量倒叙和插叙中呈现出无序性与可逆性,读者可以从每一页的任何一个叙事点加入阅读,这种情节布局方式给予了读者最大的阅读自由,同时也最大限度地挑战着读者阅读的能力。

格雷马斯和拉瓦里耶为代表的理论家为叙事作品总结出一个简单明了的情节模式。②

以此五元模式对《彼得堡》情节层面的结构进行分析,可以将小说情节结构还原为五个步骤:家庭风波(爱情风波)——尼古拉的弑父诺言——尼古拉被要求践诺——尼古拉放弃诺言——一家人团聚。

小说的开头是初始状态,作者提供故事发生的时间、地点、相关人物

---

① 参见[法]罗兰·巴尔特著:《文艺批评文集》,怀宇译,中国人民大学出版社 2010 年版,第 251 页。
② 转引自张新木著:《法国小说符号学分析》,外语教学与研究出版社 2010 年版,第 177 页。

信息以及人物的最初状态。1905 年 9 月底到 10 月初的俄国都城彼得堡。参政员阿波罗·阿勃列乌霍夫是"一个重要机构"的首脑,他冷酷地管理着一切,在他眼里"秩序"重于一切。他的妻子安娜·彼得罗夫娜因为他的冷漠无情和意大利歌手私奔到西班牙。他的儿子尼古拉是个大学生,受到东方神秘主义的吸引,抛弃了学校的功课。作为新康德主义信仰者的尼古拉总喜欢谈论革命、进化,并且在一些场合抨击身为国家参政员的父亲的许多做法。儿子的长衫、小帽和具有东方风格的房间使参政员十分不安。

随后,初始状态发生转变。爱情风波是根导火索。尼古拉爱上了朋友、军官利胡金的妻子索菲娅。但是索菲娅并不理睬他。尼古拉为了证明自己的勇敢,在冲动之下向革命党许下消灭父亲——参政员的诺言。一天,尼古拉在家中收到他的同学杜德金送来的一个谜一般的包裹。杜德金虽然是大学生,但是他从不上课,他是某个准备阴谋刺杀参政员的革命团体的成员。尼古拉慌里慌张地收下了包裹,但是并不知道包裹里放着一个定时炸弹。他的心思全在即将举行的假面舞会上。

接着假面舞会起了催化作用。假面舞会上,革命党转交了一张要求他实践诺言的纸条,催促他行动。这一切行动都是由一个双面奸细利潘琴科策划的,他的目的是制造混乱,投机革命。尼古拉从纸条中得知包裹里装的是炸弹,并且借助它可以杀死自己的亲生父亲参政员,他感到十分恐惧,他徘徊在家门口,希望一切只是个误会。

然而,回家后尼古拉发现了包裹里果真有炸弹,一枚带有时钟机械装置的小型自制炸弹放在沙丁鱼罐头里。尼古拉受到某种不明冲动的驱使,拧动了炸弹的定时装置,但随后他由于极度疲惫趴在桌子上迷迷糊糊开始打盹,做了一个梦。在这个至关重要的梦中,尼古拉找到了和父亲之间关系的出路。因为平衡力量的出现,他改变了主意。

最终,他想把装有炸弹的罐头盒扔到涅瓦河里,不料找遍自己的房间也无法找到罐头盒,原来它已被父亲无意中拿到自己的书房。这时候,出走的母亲回到家中,一家人团聚。晚餐后,沙丁鱼罐头盒不慎自己爆炸,所幸并未伤到人。从此阿波罗退休,与安娜一起隐居乡间,尼古拉则离开了俄罗斯。

然而这种情节模式并非一个简单的故事,它由众多的微型故事组成。按照系列微型故事的发展可以再进行梳理,可以发现其中的两条叙事主线索,一条是围绕尼古拉行动的明线。另一条是围绕恐怖活动的暗线。在这两条明暗相间的线索上继续整理,可以发现,在尼古拉身上又交织着两条线索,一条是弑父线,一条是爱情线。同样,暗线中又分出两条线索:革命党人行动线和奸细活动线。若是再细化,同样还可以继续分化出潜藏在这四条线索中的若干线索。每一条线索都连接着一个微型故事,每个故事也都可以按照格雷马斯的情节模式拟出一个模型。

从格雷马斯情节模式的各个模型中我们找到各模型共有的一个标志性记号:一盒装有炸药的沙丁鱼罐头。儿子尼古拉要用炸弹弑父,革命党要用炸弹暗杀参政员,奸细要利用炸弹来投机革命。爆炸还是不炸?是尼古拉面临的哈姆雷特式的"生存还是死亡"的自我拷问。炸弹首次出现在小说第一章第七小节中革命者杜德金的"脏兮兮的方巾包着的包裹"里面,直至最后一章最后一节"炸弹自己……爆炸了……在阿波罗·阿波罗诺维奇……的书房里"。关于"炸弹"的故事占据了小说的正文共八章。所以,整部小说各个情节面可以概括成:初始状态(炸弹出现)→最终状态(炸弹爆炸)。在这个简单的模式中被略去部分是:扰乱力量→动力→平衡力量,其中扰乱力量是各条线索中出现转变的关键,也是我们进行分析的关键点。

借用托多洛夫的逻辑层次和人物关系概念对小说进行补充分析。在

《彼得堡》各条情节线索中的各个节点散布着各种各样的小说人物。作为小说中基础人物阿波罗,生成三种人:儿子尼古拉,恐怖分子亚历山大(阿波罗幻想中产生的人物)和密探(自称是尼古拉的同父异母兄弟)。我们分别以三种人为中心,来考察小说中的人物关系。首先,以尼古拉为中心,在他身上纠结着四条关系线:家庭关系线——父亲和母亲;朋友关系线——索菲娅和利胡金;同学关系线——革命者亚历山大;社会活动线——密探利潘琴科和莫尔科温。其次,以革命者亚历山大为中心,可以看到他和尼古拉是同学关系,和密探是上下级关系,和失业者、看院子的人是邻居关系。再次,以利潘琴科为中心,则可得知他是参政员的手下,尼古拉弑父阴谋的策划者,尼古拉暗恋的朋友的妻子索菲娅的座上客,另一个密探莫尔科温的同谋,还是混入革命内部、与革命恐怖主义者亚历山大单线联系的大人物,并且和支持革命的法国人往来,又是具有东方人外貌的卓娅的丈夫。

小说复杂的人物关系分布在数个层面上,如主动的与被动的,现实的与虚幻的,表面的与背后的。但是从其中每个人物的关系线所展现出的逻辑联系分析,其中表现出来的主要是对抗与合作、杀害和被杀的关系。由此可见,"彼得堡"作为重要的扰乱力量扰乱了人心,在"彼得堡"的运行模式之下——"要么杀人,要么被杀"。在此模式下,"炸弹"是实施恐怖和革命的手段、自杀和杀人的武器、情节模式的主要道具。"炸弹出现"→"炸弹爆炸"的情节模式实则为"彼得堡"模式的代名词,它出现之际俄国便陷入绝境,因此最终只能以"爆破"为结局解除危机。

由此,"彼得堡"模式是《彼得堡》语义建构中的重要中心,由此衍生出的"炸弹"模式构成了小说基本的表意框架。巴尔特认为,"聚合意识是对一种形式的想象。它看到能指好像从侧面与某些潜在的能指联系起来,而这个能指既靠近这些能指,又区别于它们。聚合意识不再从符号的深度上看待符号,而是从符号的透视法中去看待符号。于是,与这种幻觉相联系的动力便是一种呼唤的动力:符号是一种无限的、有序的储存库之外被引用的,而这种呼唤便是意指的最高行为。"①别雷动用了这样的想象,将所有外在叙事序列视做"彼得堡"符号储存库中的储备符号,共同建构了"彼得堡"这个超时空聚合体模式;同时也构建出一种新型"可读性"文本,表现出小说的开放式特征。

三、 深层结构

那么俄罗斯将如何面对以彼得堡为代表的反对力量呢? 走出"彼得堡"模式的平衡力量又在哪里? 在混乱的外在情节层面之下,作家设计了一种严整的逻辑模式。这场"俄罗斯所面临的三重奏",构成了小说的深层叙事结构。

格雷马斯将文本结构分为深层结构、表层结构和外显结构。他提出符号矩阵概念②对小说的深层结构进行分析。

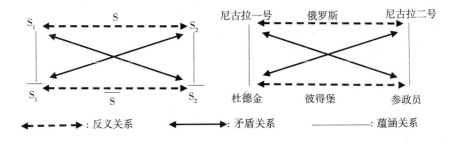

根据格雷马斯的符号矩阵我们拟出《彼得堡》的结构语法关系图,它体现了小说深层意指的结构组织形式。"三重奏"中的父辈——参政员,是"彼得堡"模式的绝对维护者,彼得堡中毁灭性黑暗力量的代表。"三重奏"中的子辈以尼古拉和杜德金为代表。在尼古拉的心中,蕴藏着青

---

① [法]罗兰·巴尔特著:《文艺批评文集》,怀宇译,中国人民大学出版社 2010 年版,第 252 页。

② [法]格雷马斯著:《论意义:符号学论文集》(上),吴泓渺、冯学俊译,百花文艺出版社 2005 年版,第 141 页。

年俄罗斯的力量,同时又有着父辈遗传的毁灭性黑暗力量。杜德金是尼古拉身上隐藏着的暴徒,革命恐怖主义的代表。"彼得堡"所象征的分裂力量渗入了他们的心灵,力图控制他们,分裂他们的思想和意识。

在语义层串联着两个相反的义素,即以尼古拉一号的思想和尼古拉二号的思想为代表。这两个义素的对立项分别是参政员的思想和杜德金的思想。尼古拉一号的思想、尼古拉二号的思想与杜德金、参政员的思想既有矛盾同时又存在蕴涵关系。在此矩阵中,俄罗斯的出路和发展前途与彼得堡和以彼得堡为代表的思维方式互成对立面。小说共分八章。每一章都反映出此图示中的各个符号结构的语法状态,要么"分离",要么"合并"。

第一章即以"讲一位可敬的人,他的智力游戏及存在的飘忽无定性"为题,大篇幅描绘了阿波罗的脑袋所迸发的智力"反对着整个俄国",他的思想就是"痛苦、威严、冷酷地压制一切"。而杜德金"这个陌生人也有无聊的思想……和同样的特点"①。第一章共 20 节,从第 1 节到 15 节交替描绘着参政员的思想和杜德金的思想,一个是中心,一个是边缘;一个是直线,一个是曲线;一个"想着暴力压制恐怖",一个想着"以恐怖反抗压制"。作品从这样的思想交锋中引出尼古拉的思想意识,显示出他意识中的两难境地(第 17 节"潮湿的秋天")。

> 这个在芬兰湾沼泽地上形成的城市将向你表明自己疯狂的栖身之地是一个红色的斑点;你会惊恐地说:"那不是地狱里火焰山的所在地吗?"你会边说边艰难地往前走;你将会努力绕过那地狱。
> 但如果你,一个丧失理智的人,敢于迎着地狱朝前走,远处那使你恐惧的鲜血般的亮光就会慢慢融化在一片不完全纯净的白分分的明亮之中,四周围都是熊熊燃烧的房屋,——只不过:你终将倒在无

---

① [俄]安·别雷著:《彼得堡》,靳戈(即钱善行)、杨光译,作家出版社 1998 年版,第 50 页。

数的火花中。

什么地狱也就不存在了。①

因为彼得堡所代表的黑暗势力在追逐着他的思想,让他无法躲避。

彼得堡,彼得堡!

在漫雾的包围中,你还在追踪我那无聊的大脑游戏:你——冷酷无情的折磨者;你——不安静的幽灵;你往往使我想到年岁……

……

我记得一个关键时刻:九月的一个夜晚,我跨过你那潮湿的栏杆:刹那间——连我的身体仿佛也飞进了漫雾里。

啊,长满杆状菌的发绿的河水!

再过一瞬间,您会把我也变成我自己的影子的……②

尼古拉意识到他要到地狱里去,他要像炸弹一样爆炸,毁灭那地狱。

此章以阿波罗的思想意识为中心点,引出杜德金的意识和尼古拉的意识。他们的思想意识都不断受到彼得堡的黑暗势力的影响和侵蚀。

第二章以杜德金的意识为描述的中心点。他受彼得堡的象征——铜骑士的追逐,似乎进入一种幻觉:

……

从金属骑士疾驰到涅瓦河岸的那个孕育着后果的时候起,从他把马掷到芬兰灰色的花岗岩上那些日子起,——俄罗斯分裂成了两半;分裂成两半的,还有祖国的命运本身;俄罗斯——受苦受难,嚎哭

---

① [俄]安·别雷著:《彼得堡》,靳戈(即钱善行)、杨光译,作家出版社1998年版,第72页。
② [俄]安·别雷著:《彼得堡》,靳戈(即钱善行)、杨光译,作家出版社1998年版,第82—83页。

着,直到最后一刻,分裂成两半。

……

天空中出现了一个绿松石色的决口,一个燃烧着的磷斑正穿过云层,迎它飞去,突然停在了遍体光明耀眼的月亮上……也许,这是那戴着有耳套荷兰皮帽的灰蓝鼻子水手长正燃着的烟斗,从铜骑士上落下一个恰似烟黑的轻盈的半影。

亚历山大·伊万诺维奇霎时间清楚地看到了人们的命运:可以看见将会怎么样,可以认识到什么事永远不会发生:于是,全都清楚了;原来,命运变得明朗了;但是他害怕看到自己的命运;面对命运,他感到震惊、激动,经受着苦闷和寂寞。①

杜德金的幻觉指明了彼得堡(铜骑士主宰的城堡)是造成俄罗斯历史劫运的根本,而他们,则是历史劫运的牺牲品。以彼得堡为象征的分裂力量造成了人心灵的异化,思维的非正常化。阿波罗感觉到"俄罗斯——是狼群在上面跑来跑去数百年的冰天雪地……"②他要继续自己的任务,用自己冷酷的统治,不仅是将彼得堡而且是整个俄罗斯都要变成冰天雪地。尼古拉"认为决定世界的是火与剑"③。

第三章着重描写了意识中的父子对决,展现了尼古拉思想和参政员思想的对立意义。此章以尼古拉意识分裂(第1节)为叙事起点。尼古拉一夜没睡,完成了对自己的恐怖行为。他的意识分裂为尼古拉一号和尼古拉二号。"尼古拉·阿波罗诺维奇一号战胜了尼古拉·阿波罗诺维奇二号……冷酷战胜了亲情"④,他决定弑父。本章的叙事的终点止于参

---

① [俄]安·别雷著:《彼得堡》,靳戈(即钱善行)、杨光译,作家出版社1998年版,第152—154页。
② [俄]安·别雷著:《彼得堡》,靳戈(即钱善行)、杨光译,作家出版社1998年版,第119页。
③ [俄]安·别雷著:《彼得堡》,靳戈(即钱善行)、杨光译,作家出版社1998年版,第113页。
④ [俄]安·别雷著:《彼得堡》,靳戈(即钱善行)、杨光译,作家出版社1998年版,第167页。

政员出现幻觉。他想象儿子是很坏的蒙古人,感觉出想象的危机已经逼近(最后一节)。

第四章继续交代父子间意识的交锋。尼古拉一号决定弑父,使尼古拉二号意识到自己处境的全部可怕。而阿波罗自从儿子的行为闯入了他的意识之后,他的心灵就感受到真正的恐慌,感到自己的生命已经被击成碎片。

第五章是全书的中心篇章。尼古拉趴在炸弹上,听着定时器"滴答、滴答"的声音,陷入混沌状态,进入了一个梦。梦中,尼古拉一号和尼古拉二号决战。尼古拉二号对自己的灵魂进行了拷问。他"特别敬仰佛,认为佛教无论在心理学和伦理方面都超过其他的宗教;在心理学方面——它教导人们连动物都要加以爱护;在伦理方面:西藏的喇嘛怀着爱心发展了逻辑学"①。他的心灵"经受着零下两百七十三度严寒的考验"("可怕的审判"一节)。尼古拉回想起来自己前世的使命:

> 他——一个古老的图兰人——已经转世了许许多多次;现在则转世成了一个俄罗斯帝国世袭贵族的骨肉,以便完成一个自古以来隐秘的目的:动摇全部基础;在腐败的阿利安人血液中,应当燃起一条古老的龙,并用熊熊的火焰把一切吞吃掉;古老的东方让无形的炸弹的碎片遍布我们的时代。……②

他看清了尼古拉一号的命运:"这些都是为了完成蒙古人的事业,他只是一枚古老的图兰炸弹,他的使命就是爆炸。"在一号和二号的意识交锋中,象征着炸弹的尼古拉一号在尼古拉心灵里爆炸了,"尼古拉·阿波罗诺维奇明白了,他——不过是一枚炸弹;而且,崩裂了,啪地一下瘪

---

① [俄]安·别雷著:《彼得堡》,靳戈(即钱善行)、杨光译,作家出版社 1998 年版,第 373 页。
② [俄]安·别雷著:《彼得堡》,靳戈(即钱善行)、杨光译,作家出版社 1998 年版,第 376 页。

了"①,自我意识被唤醒,尼古拉结束了心灵的分裂。

第六章叙事的重点又转向杜德金。尼古拉的心灵经历了狄俄尼索斯式的死亡后在精神上复活了。与之相对的是他身上的另一个暴徒——杜德金却只能走向精神上的死亡。他的意识,他的心灵已经完全被魔鬼所控制,他陷入了噩梦般的梦呓。在噩梦中彼得堡的象征——铜骑士来看望他,告诉他:

……

时间周期已到。

……"到时候,一切都将翻过来;在粉碎石块的金属撞击下,利潘琴科将粉身碎骨,顶层亭子间将倒塌,彼得堡也将毁灭;在金属的撞击下,女像柱将毁灭;连阿勃列乌霍夫的秃脑袋也将因为对利潘琴科的撞击而分成两半拉"。

……这时才头一次明白,他……只不过是些痛苦的过往幽灵,直到阿尔罕格尔的喇叭。②

杜德金"白白跑了一百年",却仍未跑出彼得历史之环圈,因为他视彼得堡的象征——铜骑士为他的精神之父,他只能随着彼得堡一起灭亡。

在第七章中,精神复活后的尼古拉"对——他那颗被所发生的事儿烤热的心,开始慢慢融化了:心上冰冷的一团——终于成了颗心脏"③。而且"好像有个哀伤的、尼古拉·阿波罗诺维奇一次也没有见过的人,在他心灵的周围画了个圆圈,并进入他的心灵。这个人一双眼睛的亮光开始直注他的心灵……一种原来紧缩在他心灵里的东西裂开了。"④"这个

---

①　[俄]安·别雷著:《彼得堡》,靳戈(即钱善行)、杨光译,作家出版社1998年版,第381页。
②　[俄]安·别雷著:《彼得堡》,靳戈(即钱善行)、杨光译,作家出版社1998年版,第493页。
③　[俄]安·别雷著:《彼得堡》,靳戈(即钱善行)、杨光译,作家出版社1998年版,第506页。
④　[俄]安·别雷著:《彼得堡》,靳戈(即钱善行)、杨光译,作家出版社1998年版,第510页。

陈旧的、易碎的容器该破裂了;而且它是破裂了。"①尼古拉的精神得到解放,他拥有了真正完整的心灵,"彻底摆脱了原始的动物本能的恐惧,成了无所畏惧的人"②。而相较之下亚历山大却彻底疯了。

第八章写老阿波罗摇着摇椅有意识地告别,象征他所代表的一切彻底退出历史舞台;而尼古拉经历了心灵的复活,彻底地摆脱了"彼得环圈"的控制。

总体看来,在这八章中别雷有条不紊地展示了俄罗斯所面临的问题:如何对待彼得大帝以来的俄罗斯历史,如何摆脱历史的劫运,走出"彼得堡"模式? 正是这样的思考统一了小说。小说把"彼得堡"作为一种特殊的力量,它存在于尼古拉、杜德金、阿波罗和小说中的其他人物的内心,使他们的心灵产生混乱。每个人如何对待这一特殊的力量,以及他们内心的思考、斗争和成长是以符号矩阵为基础组合的各个章节传递出来的讯息。

如巴尔特所言,"组合意识不在符号的透视法中看待符号,它在符号的扩展中来预见符号。这种扩展,即是符号先前联系与后来联系以及符号与其他符号之间搭起的桥梁。这里涉及的是一种'结构系统化的'想象力,即链条或网系的想象力。"③《彼得堡》展示了以"彼得堡"为桥梁的符号化过程,构成了小说的深层结构,同时这种整合式模型的结构实现了符号体系之间的互动,走向了意义的多重实现。

四、 主题群

统摄着小说的外在框架和深层结构是小说的主题。小说深层结构中

① [俄]安·别雷著:《彼得堡》,靳戈(即钱善行)、杨光译,作家出版社1998年版,第534页。
② [俄]安·别雷著:《彼得堡》,靳戈(即钱善行)、杨光译,作家出版社1998年版,第601页。
③ [法]罗兰·巴尔特著:《文艺批评文集》,怀宇译,中国人民大学出版社2010年版,第251页。

的尼古拉一号和尼古拉二号的斗争就像两股相互搏斗的旋律,在各种主题中,摆脱各种变奏、不协调,最后走向统一和完整。

关于《彼得堡》的主题,别雷研究专家多尔戈波洛夫曾评价道:"别雷作为一个作家和艺术家的特点在于,他创作中的主要的主题没有丝毫明显的变化。风格题材变化了,但主题依然是从前的。这就是现象普遍联系的主题,即使这些现象是彼此在时间上有长期间隔的现象;拒绝(资产阶级的)城市的,无精神的文明和与之相连的逃离城市的主题;找寻建立人们的普遍的兄弟感情的道路的主题和与之相应如果找寻不到此路时,无可逃避的死亡主题(炸弹、深渊);最后,20 世纪中人类历史所导向的普遍的危机和绝路的主题等等。"①

这些主题是别雷创作中最重要的也是最基本的主题,它们在别雷的《彼得堡》中得到最充分、最直观的表现;小说将一系列的主题:弑父主题、死亡主题、奸细主题、疯狂主题、古代主题、复归主题、城市主题等等,构成一个庞大的主题群。从中我们分析出这部小说的四个主要的主题:死亡主题、奸细主题、疯狂主题、复归主题。小说的死亡主题象征着尼古拉在找寻心灵出路的过程中无可避免的遭遇。用炸弹、深渊等意象群烘托出的这个主题,表现了 20 世纪人类文明所导向的普遍危机;由奸细主题衍生出利用革命进行投机的利潘琴科,暗示了 20 世纪初俄国社会的普遍混乱现象,人类心灵的混乱、异化现象;由疯狂主题衍生出以破坏为己任的亚历山大,则象征着人性的缺失,人类遭受的异化;在复归主题中小说人物找到了各自心灵的出路:尼古拉最终摆脱困境,离开彼得堡,回到人类文化的发源地埃及,老阿波罗回到他的庄园,安娜回归家庭。复归主题既表明现象呈环行运动之意义,同时又象征彼得堡、俄罗斯、世界历史在其发展的进程中必将摆脱毁灭性的绝路,走向新生。

在《彼得堡》庞大的叙事中,别雷依然运用了音乐中的主导动机原

---

① *Долгополов Л. К.* Андрей Белый и его роман《Петербург》. Л. , 1988. C. 75 - 76.

则。根据别雷确信的现象普遍联系的原则,这些主题都和主导动机紧密相连。它们在不断的发展中碰撞、变奏,又不断回归主导动机。小说的主导动机是彼得堡。彼得堡是俄罗斯历史乃至世界历史不和谐发展的一个化身。百年前的改革带来的危机在百年后全面爆发,造成了20世纪初社会、人心的普遍混乱。别雷将彼得堡的历史、彼得堡的传说引入小说,并在小说的各个层面上作为主导主题统摄整部小说。

列娜·西拉尔德把以这样的叙事原则组织起来的小说归入"装饰性小说(орнаментальная проза)",她指出:"别雷装饰性小说的突出特征是统一的主题结构,也就是以一个文字形象的统一体作为基础的结构原则。这个统一体直接地或是在变形后反复出现。"①

综上所述,别雷借助观念层上的"彼得堡"所转化出来基本编码的模式,组织了《彼得堡》各层级的结构。列娜·西拉尔德认为:"别雷为《彼得堡》设置了语义结构等级……组织起小说的意义场。"②笔者以为,《彼得堡》的意义场产生于《彼得堡》多层次的结构。《彼得堡》文本艺术构造中呈现出多元程式结构动态交叉过程和能指的多元转换及其相互运动过程不仅使作品产生了独特的艺术魅力,也为未来的读者提供更大的可阐释空间。

别雷将创作过程融入了生命的过程,在他一生创作中表现出主题不变而形式多变的风格,将形式和内容的统一体现在丰厚的内容之中。小说利用外在情节的凌乱影射了人们所处的社会、时代的混乱和人心的混乱,而深层结构的严整则表现出作家辛勤挖掘的这条通往"新人"之路、通往新俄罗斯之路的可靠性。作家运用了这样的形式对比,不仅表现出

---

① *Отв. редактор Келдыш В. А.* Русская литература рубежа веков Ⅱ.(1890—е—начало 1920—х годов). М., 2001. С.154.

② *Отв. редактор Келдыш В. А.* Русская литература рубежа веков Ⅱ.(1890—е—начало 1920—х годов). М., 2001. С.174.

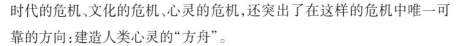

时代的危机、文化的危机、心灵的危机,还突出了在这样的危机中唯一可靠的方向:建造人类心灵的"方舟"。

小说多变的形式强化了小说丰富的内蕴。借用别雷对果戈理和普希金创作进行的比较结束此节:"普希金的小说是封闭的,作者写完每部作品后,像小雕像般摆放在我们面前,然后转入下一部。果戈理加入了自己创造的东西,就像身体给指甲以给养,虽然指甲被剪掉,但是身体并没有损失。这些指甲被给予了读者……整个创作过程没有结束。"①别雷的作品虽然写出来了,但是他的创作过程并没有结束,它在作为合作者的"读者"的多重阐释中延续。

第二节 叙事者

别雷借用了一个故事讲述者的角色展开叙事并以这种方式表现出对"传统文学的不满"。别雷的讲述体使用的是"非标准的",即口头的、日常生活的、谈话体的言语,而且是非作者的言语。巴赫金说过,在多数情况下,讲述体首先以他人言语为目标,由此而产生的结果是指向口头的言语。讲述体的一个最重要的实质性特征是,以再现讲述人兼主人公的口头独白为目标,对生动的谈话进行模仿,这种谈话仿佛就在当下,此时此地,就在接受它的那一刻产生。②

这一叙事方式仿佛使作品返回活生生的语言世界,使作品摆脱人们习以为常的文学套路。更为重要的是,讲述体与具有根深蒂固的书面传统的叙事形式相比,将读者的注意力更多地引向了讲述人的身上,把他的形象、他的声音、他所特有的言辞摆到了首要的位置。艾亨鲍姆指出:讲

---

① *Белый Андрей.* Мастерство Гоголя: Исследование. М., 1996. С. 17.
② 转引自[俄]哈利泽夫著:《文学学导论》,周启超等译,北京大学出版社 2011 年版,第 312 页。

述体的原则要求讲述人的言语不仅在句子的语调上,而且在词语的色彩上都必须呈现出某种特色,讲述人应当掌握某种用语和某种词汇,只有以这样的面目出现,才能实现口语的目标。[①] 同时,讲述体通常表现为一种与读者的轻声交谈——亲切而信任的交谈。

一、 作为故事讲述者

在《彼得堡》这样一部交错多重线索、融贯多种主题、以人物的大脑游戏为主要描述对象的小说中,作者借用了一个非常重要的讲故事人的角色。虽然他的叙事唠唠叨叨,颠三倒四,但是他对文本有绝对的控制权。首先他奠定了小说的基调,其次他还是一个无所不知的故事人,建立了一个以"意识"为中心的叙事模式。

小说中的叙事者忽而想起,忽而遗漏,忽而纠正,忽而打断,似乎永远没办法有条理地叙事。除了叙事内容上颠颠倒倒之外,他还常常啰啰唆唆,口齿不清,言不达意,如"阿波罗·阿波罗诺维奇是一个机构的首脑:'嗯,那个……怎么称呼来着? 一句话,是个想必你们大家都知道的机构的首脑'"[②];"我们只好啰唆几句"[③]。但就是这个颠颠倒倒、口齿不清的叙事人,却很好地把握着文本的叙事基调和叙事节奏。

在开场白中,叙事者就为整个叙事定下基调,说彼得堡是"似乎一个套一个的两个圆圈中心的小黑点……"由此表明彼得堡是一个受到东西方共同影响、共同作用的城市。"从那里,从这个小点,源源不断地生产出印好的书籍;从这个神秘的小点,飞速传出一道道通令。"这又表明它是一个权力中心,从它诞生起,这个帝国的都城,建立在高压、强制政策下

---

① 转引自[俄]哈利泽夫著:《文学学导论》,周启超等译,北京大学出版社 2011 年版,第 312 页。

② [俄]安·别雷著:《彼得堡》,靳戈(即钱善行)、杨光译,作家出版社 1998 年版,第 14 页。

③ [俄]安·别雷著:《彼得堡》,靳戈(即钱善行)、杨光译,作家出版社 1998 年版,第 89 页。

的都城,就成为一种高压、集权统治的象征。同时,它对整个俄罗斯具有决定性的影响。故事讲述者也似乎在这种高压恐怖的气氛中,叙述着故事。他经常使用"突然","我们私下说说"等一系列让人感到紧张、压抑的词,将整个叙事笼罩在一片神秘、恐怖的氛围中。

让我们来进一步认识一下这位善于制造恐怖气氛的笨口拙舌的故事讲述者吧! 小说以复数第一人称"我们"开始讲述。"我们的俄罗斯帝国","关于彼得堡我们将作比较详细的叙事","我们还是转到那些不那么遥远的古老祖先上来吧"①。那么这个我们是谁呢? 在对人物作了简略的交代后,叙事者自暴身份。在第一章"我们的角色"一节中,叙事者交代我们的角色,"我们向参政员迎面走去……我们来充当密探"②。这也就表明"我们"就是密探一样的人物,跟踪着小说人物,出现在所有主人公的日常生活的事件中,见证着各种事件。叙事者充当了一个故事讲述人的角色。

这个叙事者是一个全知主体,对叙事文本中的一切拥有绝对的权力。他把持着叙事的内容。"现在,我们来考察他的心灵;但我们得首先考察这家小餐馆;甚至这小餐馆的四周围;因为……读者就会相信我们:我们的行为将来会得到证实……"③他可以见证人物的外部事件,也可以钻入人物的内心,可以预见人物的未来,也可以知道人物的过去。如多尔戈波洛夫所说:"他是唯一知道他们的所有一切的,甚至他们自己还不知道的。不仅他们生命的历史,还有前历史——甚至他们的种族和社会特征的宇宙关系。"④

这种全知型的故事讲述人的角色在 19 世纪文学中并不鲜见。不同在于,叙事者叙事的重点发生了革命性的变化。多尔戈波洛夫指出:"他(指故事讲述人——引者)还看见了主人公和他们的梦,与其一起体验梦

① [俄]安·别雷著:《彼得堡》,靳戈(即钱善行)、杨光译,作家出版社 1998 年版,第 11 页。
② [俄]安·别雷著:《彼得堡》,靳戈(即钱善行)、杨光译,作家出版社 1998 年版,第 53 页。
③ [俄]安·别雷著:《彼得堡》,靳戈(即钱善行)、杨光译,作家出版社 1998 年版,第 52 页。
④ Долгополов Л. К. Андрей Белый и его роман 《Петербург》. Л. , 1988. С.80.

呓和幻觉,并以现实主义的可信度进行描写。"①事实上,叙事人是建立了一个以"意识"为中心的叙事模式,将生活的风暴放在意识中过滤,意识中的幻想也是因生活风暴而起。可见,《彼得堡》中的这个叙事者出现在作品中,既是叙事的材料来源、担保人和组织者,又是分析评论员和风格的保证者,还是象征意义的生产者。

二、 叙事干预

别雷的这位叙事者在叙事中时常撇开叙事,而在文本中插入种种议论,对叙事形式和叙事内容发表议论,在叙事学中这种行为称为叙事干预(Narratorial intrusion)②。我们就从这两方面来分析他独特的叙事行为。

在整个叙述中,叙事者采用了一种操纵式叙述,即有意暴露叙事加工的过程,甚至炫耀叙事者对叙述过程的控制。这种操纵首先表现在大量使用指点式干预,以明显表明加工权操纵在叙事者的手中。他会随意打断自己的叙事线索,如"在这一开头,为了给读者介绍一场戏剧性事件的故事地点,我只好打断自己的叙事线索"③。他会随时转换叙事对象,如"对了,关于安娜……"④"让我们回到亚历山大身上来……"⑤"正当……时,我们把尼古拉……给落下了"⑥;"我们把尼古拉落在商店橱窗附近了……我们抛下了他"⑦;"他就这样遇到了……其余的,我们都见到了"⑧;"我们提醒一下,这时候亚历山大·伊万诺维奇·杜德金正在一幢

① *Долгополов Л. К. Андрей Белый и его роман《Петербург》. Л. , 1988. С. 80.*
② 参见乐黛云等编:《世界诗学大辞典》,春风文艺出版社1993年版,第643页。
③ [俄]安·别雷著:《彼得堡》,靳戈(即钱善行)、杨光译,作家出版社1998年版,第23页。
④ [俄]安·别雷著:《彼得堡》,靳戈(即钱善行)、杨光译,作家出版社1998年版,第20页。
⑤ [俄]安·别雷著:《彼得堡》,靳戈(即钱善行)、杨光译,作家出版社1998年版,第383页。
⑥ [俄]安·别雷著:《彼得堡》,靳戈(即钱善行)、杨光译,作家出版社1998年版,第501页。
⑦ [俄]安·别雷著:《彼得堡》,靳戈(即钱善行)、杨光译,作家出版社1998年版,第502页。
⑧ [俄]安·别雷著:《彼得堡》,靳戈(即钱善行)、杨光译,作家出版社1998年版,第505—506页。

小别墅里同已故的利潘琴科解释"①。这位叙事人还自暴差错。"事先纠正……那时还没有……"②"请注意一个实质性的事实……"③在这里,叙事者显然是假托传记记载来证明自己的叙事。

除了大胆暴露自己的叙述过程外,叙事者会不断地提醒读者,叙述的内容是一种"大脑游戏"。"大脑的某种游戏,恰似被封闭在热锅里的稠密的蒸汽,在居住者的意识中翻滚"④;"大脑游戏……继续在那里构筑自己烟雾弥漫的平面"⑤。他还担心读者注意不到,专门在第一章的最后一节"你永远也不会忘记他!"中详细指点:我们叙述的是某个非故事人物的大脑游戏,由他产生了故事人物,故事人物的大脑游戏,又产生了新的故事人物,他们也以自己的大脑游戏的方式而存在。叙事人的叙述也就这样呈现出一种游戏的方式。我们来看看这指点全篇叙事方式的一节:

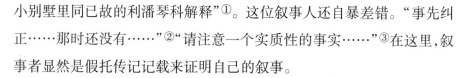

你永远不会忘记他!

在这一章里,我们看到了参政员阿勃列乌霍夫;通过参政员的房子,通过头脑里同样装着自己无聊思想的参政员的儿子,我们还看到了参政员的无聊的思想;最后,我们还看到了无聊的影子——陌生人。

这个影子是通过参政员阿勃列乌霍夫的意识偶然产生的,它在那里的存在是瞬息即逝、不牢靠的;但是,阿波罗·阿波罗诺维奇的意识是影子的意识,因为连他——也只有短暂的存在,是作者想象的产物:无用的、无聊的、大脑的游戏。

向四面八方展开幻想的各种图景后,作者应当赶快把它们清除

① ［俄］安·别雷著:《彼得堡》,靳戈(即钱善行)、杨光译,作家出版社 1998 年版,第 656 页。
② ［俄］安·别雷著:《彼得堡》,靳戈(即钱善行)、杨光译,作家出版社 1998 年版,第 299 页。
③ ［俄］安·别雷著:《彼得堡》,靳戈(即钱善行)、杨光译,作家出版社 1998 年版,第 293 页。
④ ［俄］安·别雷著:《彼得堡》,靳戈(即钱善行)、杨光译,作家出版社 1998 年版,第 16 页。
⑤ ［俄］安·别雷著:《彼得堡》,靳戈(即钱善行)、杨光译,作家出版社 1998 年版,第 48 页。

掉,用哪怕就这么一个句子把叙事的线条扯断也好;但是……作者不会这么干的:他对此有充分的权利。

大脑的游戏——只是个假面具;在这个假面具的掩饰下,我们不知道的一些力量进入到大脑里:就算……

你永远不会忘记他!①

这种操纵式叙事炫耀对叙事具有控制能力的目的,是破坏叙事的现实幻觉,让读者看到叙事加工随意摆弄、扭曲叙事的过程,便不可能信以为真。而且叙事者通常是在重要事件叙事的节骨眼上,把人物撇下,把事件撇下,跑出来指点,可见叙事人并不重视传统意义上塑造人物,讲述事件;指点之后,则开始大段大段地展示人物意识。这种叙事方式不仅让人格外留意他的叙事方式,而且突出了他的叙事重点,也就是人物的意识。

这个叙事人除了特别喜欢对叙事方式进行指点外,还爱对叙事的内容发表议论(叙事学理论中称为评论干预)。在叙事的过程中,他除了要交代故事情节、人物心理发展、暗示主题外,他也要参与其中,不停地跑出来,发表自己的看法。出自他口中的对话式的议论,有针对小说人物的:"受过折磨的尼古拉像基督,您不知道自己做的是什么"②;也有对读者的:"你们见到过……我见到过。我感到悲哀。"③还有自言自语式的议论:"照个人看,我们还得说一句……"④"在此再现的这个已经不存在的人,他原来的社会地位怎么样?"⑤"我看这个问题提得十分不妥。"⑥"我

---

① [俄]安·别雷著:《彼得堡》,靳戈(即钱善行)、杨光译,作家出版社 1998 年版,第 83—84 页。
② [俄]安·别雷著:《彼得堡》,靳戈(即钱善行)、杨光译,作家出版社 1998 年版,第 601 页。
③ [俄]安·别雷著:《彼得堡》,靳戈(即钱善行)、杨光译,作家出版社 1998 年版,第 554 页。
④ [俄]安·别雷著:《彼得堡》,靳戈(即钱善行)、杨光译,作家出版社 1998 年版,第 14 页。
⑤ [俄]安·别雷著:《彼得堡》,靳戈(即钱善行)、杨光译,作家出版社 1998 年版,第 13 页。
⑥ [俄]安·别雷著:《彼得堡》,靳戈(即钱善行)、杨光译,作家出版社 1998 年版,第 59 页。

们自己说说,他憎恶那人"①。也有直接议论:"可见挑衅行为在他自己身上;而他却在躲避挑衅行为;他在躲避自己。他是他自己的影子。"②

叙事者最喜欢的就是无所顾忌地发表抒情议论:"啊,俄罗斯人,俄罗斯人! 您可别把一群群模糊不清的影子从岛上放出来:那些影子会悄悄进入您的身体;它们再从身体进入您灵魂的偏僻小巷:您也将成为一团团飞奔的云雾的影子……"③叙事者随时都可以展开议论,它的篇幅有时是一句,有时是一段,有时是连续数段④,有时是一节,甚至小说的开场白就被叙事者用来作为自己发挥议论的用武场。

总之,叙事人在叙事的过程中充分行使自己的权利,一会儿指点小说形式,一会儿议论小说内容,为读者指引方向,使读者在这么一部头绪繁多、思想复杂的小说中不会迷路,既能掌握小说的基本线索,又能把握小说的叙事重点和小说的写作方式。

三、　叙事方位

叙事方位(Narrative perspective)是叙事角度与叙事者身份两个因素的结合而形成的述本主体构成方式。体裁结构历史性变化的一个方面在于艺术描写的中心从它的客体转向主体。因此,替代统领一切的主观叙事者的视点变成了人物的视点。和浪漫主义时代相似变革不同,这次变化的特点在于,多主体的结构扩展了,替代了单主体的结构,不再在一个主人公(这个主人公被赋予绝对独特的世界观)的视野下描绘现实。

叙事角度可分为全知式与人物视角式两种,叙事者的身份则可分成

---

① ［俄］安·别雷著:《彼得堡》,靳戈(即钱善行)、杨光译,作家出版社1998年版,第430页。
② ［俄］安·别雷著:《彼得堡》,靳戈(即钱善行)、杨光译,作家出版社1998年版,第39页。
③ ［俄］安·别雷著:《彼得堡》,靳戈(即钱善行)、杨光译,作家出版社1998年版,第301页。
④ 参见［俄］安·别雷著:《彼得堡》,靳戈(即钱善行)、杨光译,作家出版社1998年版,第620—621页。

显身式(第一人称叙事式)与隐身式(第二人称或第三人称叙事式)。这两个因素互相配合形成各种不同的叙事方位①。别雷的这位叙事者基本采用了"第三人称"叙事者与人物视角相结合的特殊叙事方位,这也是造成现代小说重大变化的一种叙事方位。第三人称全知式叙事和第三人称人物视角叙事相结合的办法使别雷的这位叙事人得以灵活自如地进行叙事。

第三人称全知式叙事是传统小说惯用的一种叙事方式。叙事者就像上帝一样,能够知晓一切事情,而且拥有能任意潜入人物心灵的权利。《彼得堡》的叙事者像密探似的出现在所有人物的重要的日常事件中,充当见证人。比如他也会坐在马车上或追进房间里,他既看见人物看见的东西,又看见人物看不见的东西。请看一小段全知式的描写:

脏兮兮、灰黑色的伊萨基——开始是暗淡模糊的,然后一下子骤然从天而降——坐落在只有潮湿烟雾弥漫浮游的地方;先是模模糊糊,然后变得完全清晰的,还有:骑在马上的尼古拉国王纪念像……

轿式马车正向涅瓦大街驶去。

阿波罗·阿波罗诺维奇·阿勃列乌霍夫摇摇晃晃坐在锦缎坐垫上;垂直的四壁把他同街上的嘈杂混乱隔开;因此,他看不见人群的流动,看不到就在那个十字路口出售的小杂志,它们的红色封面可惜被淋湿了。②

叙事者不仅了解现实中的人物、人物的思想,还能够知道人物的未来和历史。所以叙事者很顺理成章地采用了第三人称全知式叙事。但和传统小说不同的是,叙事人大范围地运用了第三人称全知式和第三人称人

① 乐黛云等编:《世界诗学大辞典》,春风文艺出版社 1993 年版,第 640 页。

② [俄]安·别雷著:《彼得堡》,靳戈(即钱善行)、杨光译,作家出版社 1998 年版,第 24 页。

物视角相结合的办法。他有时无所不能，有时又故意和人物拉开距离，故意限制自己的特许范围。

叙事者最喜欢借人物视角开展叙事，如："阿波罗秘密地审视儿子的房间……小心翼翼地……哆哆嗦嗦地"①。叙事者常用一个人物的视角来观察另一个人物。如仆人看见"少年蹦到老爷的门边上……偷看着……"②又如：亚历山大"从窗子里看（窥视）……"③还有："于是两个影子跳着舞躲到一旁，两个影子……他窥视着人物的行为"④。整部小说就像是一篇秘密跟踪记录，利胡金跟踪尼古拉、密探莫尔科温跟踪尼古拉，仆人偷看主人，儿子偷看父亲，父亲偷看儿子，而叙事人又在偷看着所有人物。叙事人不仅在偷看，还在偷听。他听到人物的对话，听到街上人群的对话，更重要的是他能听到通过人物耳朵听到的对话。

在叙事过程中叙事者最大限度地使用各种人物视角，不仅有主要人物视角，有次要人物视角，还有集体视角⑤。他喜欢不停地调度着各种视角，多角度地聚焦一个人、一件事、一个场景。这种方法在《银鸽》中就曾多次用到，而在《彼得堡》中叙事者把它发挥到了极点。我们先来看《彼得堡》开头的一小段小规模的视角切换：

> 体态矫健的地段警官刚好从台阶旁边走过，他发愣了，笔直地站在那儿：长着一张吸墨器模样和石头般板着的脸的阿波罗·阿波罗诺维奇·阿勃列乌霍夫，穿着灰大衣，头戴黑色高筒大礼帽，正快步……

① ［俄］安·别雷著：《彼得堡》，靳戈（即钱善行）、杨光译，作家出版社1998年版，第586页。
② ［俄］安·别雷著：《彼得堡》，靳戈（即钱善行）、杨光译，作家出版社1998年版，第548页。
③ ［俄］安·别雷著：《彼得堡》，靳戈（即钱善行）、杨光译，作家出版社1998年版，第615页。
④ ［俄］安·别雷著：《彼得堡》，靳戈（即钱善行）、杨光译，作家出版社1998年版，第618页。
⑤ 集体视角式（Collective foculization）第三人称叙事者人物视角的结合。但它不局限于一个或数个个别人物，而把视角集中在一批人物，一个人物集体。参见乐黛云等编：《世界诗学大辞典》，春风文艺出版社1993年版，第227页。

阿波罗·阿波罗诺维奇投过茫然的目光,看了看地段警官、轿式
马车、马车夫、黝黑的大桥及涅瓦河四周……

然后由地段警官、阿波罗·阿波罗诺维奇的视角切回叙事者的视点,
然后是仆人的视点。

一身灰装的仆人急忙把马车门关上。轿式马车急速驶进雾中;
被偶然路过这里所见到的一切惊呆了的地段警官,在急速奔去的马
车背后——转过头去对着脏兮兮的漫雾张望了好久好久;他叹了一
口气,走了。……可敬的仆人也朝那边看了看,他左看右看,看了看
桥,看了看涅瓦河四周,那里依稀露出雾蒙蒙烟囱林立的远方,瓦西
列夫斯基岛从那里不安地眺望着。①

这是一段对阿波罗·阿波罗诺维奇乘坐自己的轿式马车出行的描
写,用到了四个视角的切换。

像这样的视角切换在《彼得堡》中十分常见,几乎不管叙述什么情
景,叙事人都要运用多个人物的视角。

我们来着重分析一下叙事者大规模地集合各种视角展开的铺陈。如
假面具出席舞会的一场:

这时候一个十岁的小姑娘上气不接下气地从两个可通行的房间
里跑过来(**叙事者的视角**),发现刚才还熙熙攘攘的大厅竟亮堂堂的空
无一人(**小姑娘的视角**)。那边,在前厅的入口处,她试探地敲了敲门,
门上带金刚石的多棱手把轻轻转动起来了……(**叙事者的视角**)
十岁的女孩子这时发现墙和门当间有个假面具,眼部开口处两

---

① 〔俄〕安·别雷著:《彼得堡》,靳戈(即钱善行)、杨光译,作家出版社1998年版,第23页。

道不善的小火光正对着自己……（**小姑娘的视角**）

一个浑身血一样鲜红的多米诺的人拖着自己的锦缎斗篷，一步一步顺着打过蜡的镶木地板走来……（**房间里的人们的视角**）

结结实实站在大厅里的自治局活动家，这时变得不知所措了，他一只手抓住自己的一撮胡子（**叙事者的视角**），当时那孤独的多米诺式斗篷好像默默地恳求别把他从这幢房子里撵回到彼得堡的泥泞中去……（**自治局活动家的视角**）

……

这唧唧喳喳的一串跑过来观赏那无意中闯入的假面具……（**一串小姐的视角**）

……

见习军官也停下来了。

……

前面一位低着脑袋的小姐，就是严厉地眯着眼睛瞧着不速之客的那位，突然……（**小姐的视角**）

……

接着，一串小姐便跑过去了。

只有那个站得离多米诺最近的小姐迟疑了一会儿；她用怜悯的目光打量着多米诺；叹了口气，转身走了。①

……

远远的余音又传到他身边，于是他慢慢转过身来：一个干瘦的人影，没有头发，没有胡子，没有眉毛……（**尼古拉的视角**）他这时正望着他。……阿波罗·阿波罗诺维奇只以为那是某个好开玩笑的人不知分寸，用自己鲜艳的斗篷的象征性颜色在恐吓他这个宫廷显贵。

① ［俄］安·别雷著：《彼得堡》，靳戈（即钱善行）、杨光译，作家出版社1998年版，第246—247页。

（阿波罗的视角）①

……

红色的多米诺为了躲避,撒腿就跑;黑压压的一群带风帽的女用斗篷,哈哈笑着在后边追赶……（叙事者的视角）

……

一个穿紫罗兰色裙子的天使模样的人,带着特别天真的微笑看了看一位身披黑色带风帽斗篷的人——后者正以特别下流的动作撩起自己的锦缎,不知怎么忽然把头下垂到风帽的开口底下（假面具在盯着她的脸）……（索菲娅的视角）②

作家借多种视角描述了人们对假面具的不同反映,对聚焦的人物、事件、场景进行多角度的展示。小说中几个重要场景叙事者无一例外地全部运用了多重视角。除了上述红色多米诺出席假面舞会一场,还有假面舞会场面,信转交后、尼古拉读信一场以及丑闻出现的混乱场面等等。叙事者通过不同的人物视角,充分揭示了人物的特点,但同时也保持了自己的叙事风格。

叙事者就这样严密地、悄悄地注视着人物,有时似乎拿着望远镜,远远地看着,有着福楼拜式的精细;有时是拿着放大镜,不放过主人公心灵的每一丝变化。叙事者建立起了一种"意识中心"的模式:在小说中的事件不再是最重要的,最重要的是人物对事件的反应,因此叙事者不但坚持人物有限叙事的角度,而且用各种机会探索人物有限角度所具有的种种可能的意义。比如:同样一封信,尼古拉第一次读后感觉恐慌③,之后反

---

① ［俄］安·别雷著:《彼得堡》,靳戈（即钱善行）、杨光译,作家出版社1998年版,第249页。
② ［俄］安·别雷著:《彼得堡》,靳戈（即钱善行）、杨光译,作家出版社1998年版,第251页。
③ 参见［俄］安·别雷著:《彼得堡》,靳戈（即钱善行）、杨光译,作家出版社1998年版,第260页。

复读①，"读完纸条后最初的一分钟，他心里好像有什么东西可怜地哞哞叫着：叫得这么可怜……"②再反复读③，后来找到亚历山大，明确表示不愿意，拒绝这样的任务。索菲娅第一次读信④，幸灾乐祸，"就让血淋淋的多米诺的道路是血淋淋的残酷吧"，使尼古拉"成为盖尔曼"即"把一个爱情胆小鬼变成英雄"⑤。在信转交以后，索菲娅"想象着一切意味着什么"，"打了个寒战"⑥。利胡金读信后，想着借机敲诈。他逮捕了瓦尔瓦拉，跟踪尼古拉，企图找出炸弹并将事件通报阿波罗。亚历山大在得知信中纸条的内容是无名人写的时候，对利潘琴科产生了怀疑。

随着外视角的不停变换，出现了称呼的变更。变换的称呼从多角度反映了各种人物的特点。如"他们在关得紧紧的小房间里默默地喘着气：一个弑父者和一个神经错乱者"⑦。在利胡金的眼里尼古拉是弑父者，在尼古拉眼里利胡金是神经错乱者，这分别反映了他们的不同观念。又如：父亲称尼古拉为"我的朋友，儿子，小鸽子"、"谢廖什卡"、"柯连卡"、"十足的坏蛋"，叙事者有时称之为"小阿勃列乌霍夫"，分别表现出视角人物的思考角度。再如：对利潘琴科，从亚历山大的角度出发，始终称利潘琴科为"那个人"，显出亚历山大和利潘琴科之间的疏远、不信任。利潘琴科实际上也有好几个名字，就连他的革命同志都不知如何准确称呼他，这暗示利潘琴科是一个奸细、密探。还比如阿波罗：大家叫他参政员；叙事者有时称为阿波罗·阿波罗诺维奇，为了突出他的家族特征时

① 参见[俄]安·别雷著：《彼得堡》，靳戈（即钱善行）、杨光译，作家出版社 1998 年版，第 286 页。
② [俄]安·别雷著：《彼得堡》，靳戈（即钱善行）、杨光译，作家出版社 1998 年版，第 287 页。
③ 参见[俄]安·别雷著：《彼得堡》，靳戈（即钱善行）、杨光译，作家出版社 1998 年版，第 288 页。
④ 参见[俄]安·别雷著：《彼得堡》，靳戈（即钱善行）、杨光译，作家出版社 1998 年版，第 210 页。
⑤ [俄]安·别雷著：《彼得堡》，靳戈（即钱善行）、杨光译，作家出版社 1998 年版，第 263 页。
⑥ [俄]安·别雷著：《彼得堡》，靳戈（即钱善行）、杨光译，作家出版社 1998 年版，第 265 页。
⑦ [俄]安·别雷著：《彼得堡》，靳戈（即钱善行）、杨光译，作家出版社 1998 年版，第 592 页。

候,称为阿勃列乌霍夫;在儿子眼里,他有时是"可怜的小老头,金光闪闪的小老头";舞会丑闻后,贵妇人视其为"拔了毛的雏鸡";迷路少女眼中的"无名的善良老人";在妻子眼中他却是"石头"。类似的例子不胜枚举。

不难看出,在整部《彼得堡》中,叙事者时而故意限制自己的特许范围,多角度地展示种种现象,时而无限放大自己的知觉能力,和人物一起体验、回顾、预想。随着小说的展开,构成了一个个从现象到底蕴、从结果到原因的逆向"发现",同时也使读者刚觉如坠云雾,又猛地翻然醒悟,挑战着自己的阅读能力,也体验着阅读的乐趣。这种方位式叙事仍然能够以叙事者的风格、语调写出,但把感知的范围局限在人物身上。由于叙事语调和人物的感知范围是不统一的,这样的叙事便形成一种戏剧性的张力。①

四、 可靠的叙事者

判定叙事者是否可靠,一个最常用的标记是叙事语调。如果一个叙事者以客观、冷静、不疾不徐的口吻逻辑分明地讲述,他往往最接近隐含作者,他就是一个可靠的叙事者。他的叙事往往能制造出一个独立、真实、自成一体的文本世界,而读者在阅读中也会完全信任叙事者,暂时忘记小说的虚构性。相反,如果一个叙事者给人以语无伦次、词不达意之感,甚至常常跳出叙事框架,对叙事本身指指点点,读者就很难对其有信任感,也就不会把小说作为一个真实的世界来接受。这样的叙事者相对于前者,距离隐指作者较远,也就是不可靠的叙事者②。

我们据此首先来分析《彼得堡》的叙事人和作者之间的关系。在

---

① 参见乐黛云等编:《世界诗学大辞典》,春风文艺出版社 1993 年版,第 641 页。
② 不可靠的叙事者(unreliable narrators)是韦恩·布斯在《小说修辞学》一书中首先使用的概念。参见[美]布斯著:《小说修辞学》,华明等译,北京大学出版社 1987 年版,第 178 页。

"我们的角色"一节,叙事人交代了叙事者和作者在小说中的身份:"我们来充当密探"。这里的"我们"指叙事人和作者。这里透露出两个信息:第一,叙事人的叙事是按照作者的思路,他们看起来就像同谋,他们共同跟随作者的思路,跟踪人物,记录人物的所作所为、所思所想。有时他们行动一致:"现在,我们来考察他的心灵……因为我们作者如果像学究那样精确地注意头一个遇见的人的道路,读者就会相信我们;我们的行为将来会得到证实。"①小说主要是以第三人称进行叙事的,但也多次出现第一人称"我们"。这时叙事者就和作者的步伐一致,他们发出一致的声音:"我们自己说说,幸好他不知道陌生人住的地方(而我们知道那住所)。"②第二,叙事人不是作者。他不但跟随作者的思路,随作者一起充当密探考察小说人物,而且他同时也是能洞察作者思维的密探。是他目睹了作者的大脑游戏,并转述出来。显然,他不是游戏的原创。

叙事中叙事人故意与作者保持一定的距离,显示出自己和作者的不同之处,提醒读者千万别把叙事者和作者相提并论。他是有着自己独立的思维和判断标准的人物,并非完全是作者的传声筒。他会指出作者的差错,如:"在这一开头,为了给读者介绍一场戏剧性事件的故事地点,我只好打断自己叙事的线索。事先得纠正一处无意中出的差错;出差错的不是作者,而是作者那支笔:这是一千九百零五年;当时城里还没有通有轨电车。"③他还评价道:这一切都是"作者想象的产物:无用的、无聊的、大脑的游戏",显示出对作者的嘲讽。他还建议作者"向四面八方展开幻想的各种图景后,作者应当赶快把它们清除掉,用哪怕就这么一个句子把叙事的线条扯断也好;"同时他也明白,"但是……作者不会这么干的:他

① [俄]安·别雷著:《彼得堡》,靳戈(即钱善行)、杨光译,作家出版社1998年版,第52—53页。
② [俄]安·别雷著:《彼得堡》,靳戈(即钱善行)、杨光译,作家出版社1998年版,第53页。
③ [俄]安·别雷著:《彼得堡》,靳戈(即钱善行)、杨光译,作家出版社1998年版,第23页。

对此有充分的权利"①。他不厌其烦地告诉读者:"大脑游戏——只是个假面具"②,让读者明白作为叙事者所叙事的"作者的大脑游戏"和作者的真实想法是不一样的,叙事所体现的价值观就像假面具,不代表作者的真实面目。

从文本中我们可以看到一种非常有趣的现象,就是叙事人一边叙事,一边以加括号的方式加以说明,有时是解释,有时是补充,有时是发表意见,还有对读者的提醒③。这些括号内容像画外音,充分显示出一个叙事人的自由。叙事人有时甚至不把自己放在括号里,也不把自己隐藏在那个"我们"中,直接用"我"来表白:

> ……
>
> 我看这个问题提得不妥:阿勃列乌霍夫经常发表精彩、冗长的演说,因此整个俄国都知道他;这些演说不是爆炸性的,它们只明显而悄悄地给敌对的党派施放某种毒药,从而使那个党派对自己的提案作出让步……为了促使俄国引进美国的打捆机,阿波罗·阿波罗诺维奇在必要时用书面形式发表演说,同第九局进行了顽强的斗争。④

叙事者采取种种手段表现自己,拉大他和作者的距离。他在叙事加工时前后颠倒、条理混乱,似乎无法把握住作者的游戏重点、准确描述作者的游戏内容。跟随着这样一个似乎不太聪明能干的叙事人,读者极会暗自怀疑叙事内容的可靠性,而且这样的叙事还造成了一个客观事实:读

---

① [俄]安·别雷著:《彼得堡》,靳戈(即钱善行)、杨光译,作家出版社1998年版,第84页。
② [俄]安·别雷著:《彼得堡》,靳戈(即钱善行)、杨光译,作家出版社1998年版,第84页。
③ 参见[俄]安·别雷著:《彼得堡》,靳戈(即钱善行)、杨光译,作家出版社1998年版,第307页。
④ [俄]安·别雷著:《彼得堡》,靳戈(即钱善行)、杨光译,作家出版社1998年版,第13页。

者无法仔细关注作者的大脑游戏,因为叙事使事实变得乱七八糟,读者不得不注意到叙事者和他刻意努力表现的叙事方式。

这种刻意努力体现在两个方面:一、完全按照自己的语言习惯和口吻进行叙事,使读者充分注意到按照叙事人方式组织起来的小说的语言和写作手法;二、时刻表现自己的观点、想法,决不埋没。对此,我们曾在上面"叙事干预"一节进行过详细论述。另外,从小说中不时冒出的大段议论的具体内容,也可以看出叙事者的这种努力及其效果,比如:

> 一个<u>普通的、完全正常</u>的人的命运,是多么可怕:他的生活决定于容易理解的词汇、行为清清楚楚的日常生活……一个<u>朴实忠厚</u>的人的大脑完全无法接受这些大脑所能接受的一切:朴实忠厚的大脑只好破裂……①

这些形容词表现出一个叙事行为不太正常的人对小说人物的认识,显然叙事者的评论与隐指作者的态度相冲突。

在叙事过程中,有时叙事者用多角度的人物视角叙事,常常会出现对一件事或一个人的多种解释,这就使读者有时难以准确判断人物、事件的真实面目。那么叙事者的态度呢? 叙事者忽而同情亚历山大,忽而同情利潘琴科,忽而又对他们进行无情的嘲讽,总之他可能同情小说中的每一个人,同时又毫不留情地加以讽刺。这样,读者就完全不可能充分信任他的判断,因为他的言谈举止实在离一个可靠的叙事人的形象太远了。

《彼得堡》的叙事者似乎正是这样一位不可靠的叙事者,他故意调侃作者的大脑游戏,不断干预叙事、颠倒叙事、插入叙事,处处拉开与作者之间的距离。纵观他的全部叙事语言,可知他是啰唆而含混的。俄国学者

---

① ［俄］安·别雷著:《彼得堡》,靳戈(即钱善行)、杨光译,作家出版社1998年版,第301页。

莲娜·西拉尔德指出,"与那些先锋诗人自信而单调的叙事不同,别雷的叙事者以最复杂的声调摇摆而著称,一边表现得特别勇敢,同时似乎在乞求宽容"①。她认为,《彼得堡》的开场白"用绝望的自我注释的方法写成,为以后全部叙事提供了修辞上的笨嘴拙舌的基调"②。那么,据此理应判其为一个笨嘴拙舌的不可靠的叙事者。

但笔者以为,其实不然。韦勒克·沃伦在《文学理论》中将"故意夸大叙事者的作用"、"破坏任何可能有的认为故事是'生活'而不是'艺术'的幻觉,并以这种破坏为乐"的方法称为浪漫的嘲讽式③。笔者认为,《彼得堡》的叙事者是一位"嘲讽式"的可靠叙事者。他嘲讽了"非故事人物大脑游戏"这个面具,解构了人物、情节,却在价值观上与隐指作者的价值观相一致。

叙事者的语言基本是啰唆、含混而颠倒的。但细读文本后,常会发现一些风格断裂的地方。如在第二章的《逃跑》一节,突然出现一段慷慨激昂的预言:"俄罗斯分裂成了两半,分裂成两半的,还有祖国的命运。俄罗斯受苦受难,嚎哭着,直到最后一刻,分裂成了两半……"然后他又抛出关于俄罗斯命运的方案:"历史的跳跃——将会发生;将出现巨大的动荡;彼得堡则将堕落……库利科夫之战,我等待着你。这一天,新的太阳将普照我家乡的土地。"④预言以太阳的象征意象结束。太阳是《彼得堡》中的主要理想象征。这里明确宣告了俄罗斯的命运、彼得堡的劫难以及即将到来的战争。这些声音表明了隐指作者的思想。

另外,叙事者的干预性评论表面上看似与隐指作者的真实意图相悖,但如果据此判断叙事者不可靠,同样值得商榷。叙事者的可靠表现在他

① *Ерофеев Вик.* Споры об Андрее Белом. // *Составители : Лесневский Ст. , Михайлов Ал.* Андрей Белый. Проблемы творчества. М. , 1988. С.494.

② *Ерофеев Вик.* Споры об Андрее Белом. // *Составители : Лесневский Ст. , Михайлов Ал.* Андрей Белый. Проблемы творчества. М. , 1988. С.494.

③ [美]韦勒克·沃伦著:《文学理论》,刘象愚等译,江苏教育出版社2005年版,第262页。

④ [俄]安·别雷著:《彼得堡》,靳戈(即钱善行)、杨光译,作家出版社1998年版,第22页。

不断利用"自己的文字暗号向读者传递消息"①。比如在《彼得堡》第二章第2节中,叙事者专门描写索菲娅·彼得罗夫娜·利胡金娜的外貌。

Глазки Софьи Петровны Лихутиной не были глазками, а были глазами:если б я не боялся впасть в прозаический тон, я бы назвал глазки Софьи Петровны не глазами —глазищами темного , синего -синего-темно-синего цвета (назовем их очами)...но... зубки (ах , зубки!): жемчужные зубки! И притом—детский смех ... Этот смех придавал ототпыренным губкам какую-то прелесть...②

索菲娅·彼得罗夫娜·利胡金娜的小眼睛不是小眼睛,而是这样一双眼睛:要是不怕听大白话,我要说索菲娅·彼得罗夫娜的一双小眼睛不是小眼睛——而是昏暗、蓝色的——深蓝色的大眼睛(我们姑且称它们是明亮的眼睛)……然而,那牙齿(啊,牙齿!):绝好的牙齿! 此外还有——天真的欢笑……这欢笑赋予鼓鼓的嘴唇某种魅力……③

从翻译过来的文本看,叙事者的态度不明,对比原著,读者可以发现,叙事者大量运用了表示带主观评价后缀的词。这是俄语语言的一种鲜明特点。与其他西方语言相比,俄语在名词、形容词领域拥有极为丰富多彩的主观评价后缀系统④。在这段话里用了许多名词的指小后缀形式和一个指大后缀形式(глазищами),主要的目的都是表卑,意味着蔑视、鄙视、

① *Ерофеев Вик.* Споры об Андрее Белом. // *Составители :Лесневский Ст. , Михайлов Ал.* Андрей Белый. Проблемы творчества. М. , 1988. С.493
② *Белый А.* Петербург. М. , 1994. С.58.
③ [俄]安·别雷著:《彼得堡》,靳戈(即钱善行)、杨光译,作家出版社1998年版,第89页。
④ 参见张会森著:《修辞学通论》,上海外语教育出版社2002年版,第24页。

不赞。因为索菲娅·彼得罗夫娜·利胡金娜的外貌显示出一种不男不女的特征，就像她的房间的装饰、她的行为和思维一样都体现出一种不协调性，因此连她的外貌也成为叙事者嘲讽的对象。小说的不少小节都集中运用了带主观评价后缀的词。无疑，这些词泄露了叙事者的真实想法。不仅如此，叙事者还利用词语后缀、语气词、词序、句序等形式范畴不断暗中向读者"传递消息"，传达自己的真实看法。当然这一切都需要读者细心地揣摩。

由此看来，虽然叙事者时常离开他讲故事的"本职工作"，但他确是作者价值观、文本观的可靠叙事者。

五、 个性化叙事者

纵观整部小说，叙事者采用了"非个性化"叙事模式，作者退出了叙事中心，而让"人格化"的叙事者——这个有别于作者的某个"我"成为叙事主体。这一叙事主体在安排《彼得堡》叙事的同时，以第一人称身份说出自己的见解，表露自己的情感，彰显着自己的"个性"。

"非个性化"叙事是指作者退出叙事过程，竭力隐藏自己的声音，回避作者本人的价值和情感判断。别雷曾总结自己如何成为一个象征主义者："在七岁时感到父亲和母亲之间为了自己的'我'而斗争，下意识地想象出虚假的'我'，从那时起走向多种多样的思想、个人的复合体。"①毫无疑问，这种行为在别雷那里获得了发达的形式：在象征主义文本的建构中，作者的形象被各种言语面具所遮挡。

在此"非个性化"叙述模式中，叙事者成为文本艺术建构的"非个性化"表征的同时，也是对"非个性化"叙事进行补偿。别雷借用了一个貌

---

① *Белый А.* Почему я стал символистом и почему я не перестал им быть во всех фазах моего идейного и художественного развития. Ann Arbor, 1982. С. 11－12.

似传统的故事讲述者的角色展开叙事并以这种方式表现出对传统文学的反叛。叙事者承担了"言说"的重任,"非个性化"的叙事方式让他成功地消解了人物、情节、作者,使"客观的艺术结构上升到第一位"。① 这种言说方式艺术地塑造出叙事者的"个性"形象,这个形象所表现的恰恰是作为创作主体的别雷的审美理想。

别雷在《词语的魔力》一文中写道:"最初的创作生成于词,词联系着出现在我个人意识的、潜意识的深处的沉默的、潜在的世界和超出我个人之外的无声的潜在的世界……在词里,也只有在词里我为自己重建从外面和从里面包围着我的东西。因为我是词而且只是词。"②可见,别雷确信的是人的个性的符号本质。所以在《彼得堡》里,人,只是一种纯粹的意义代码,叙事者利用这些代码在"非个性化"的叙事实验室进行着意义的实验。

这种实验方法推翻了 19 世纪的文学创作观念。19 世纪传统诗学的特点是文学作品的"理想作者"和这部作品的真实创造者并存,而象征主义者则认为,对于著作来说,真正的创作者只是中介。它延续的是古代柏拉图以来的诗学传统。柏拉图认为:"优美的诗歌本质上不是人的而是神的,不是人的制作而是神的诏语;诗人只是神的代言人,由神凭附着。"③在象征主义者的思维中,创作者作为个人,他在符号学上并不存在,所以作者在作品中沉默;"非个性化"的言说方式反映了 20 世纪文化的主要特征,强调了文学的自主意识。

值得指出的是,别雷并非"文学本位"的守护者,他反对"为艺术而艺

---

① *Паперный В.* Поэтика русского символизма: персонологический аспект. // *Редактор-составитель*: *Бойчук А. Г.* Андрей Белый. Публикация и исследования. М. , 2002. С. 173.

② *Сост. Вступ. Н. А. Богомолова.* Критика русского символизма: в2т. Т. II. М. , 2002. С. 175.

③ [古希腊]柏拉图著:《柏拉图文艺对话集》,朱光潜译,安徽教育出版社 2007 年版,第 28 页。

术"。在弘扬文学自主意识的同时,作家推崇文学家的创作主体意识。《彼得堡》的叙事者忠实地体现了作家的审美理想。正是在这一点上,《彼得堡》叙事者的叙事和后来的实验小说中"非个性化"的"纯客观"叙事有着本质的差别。别雷的叙事者取代了作者,超越了作为个人的"作者"的意志,穿过个人的内在世界和外在世界,成为一个具有综合性质的创作思想的复合体。它是别雷将创作个性和集体高度融合以创建出"综合型艺术"的一个思想代表,旨在宣扬"象征主义是世界观"的审美理想,从根本上反映了别雷作为创作主体("个性"的人)的本质属性——社会责任感。

所以说,在《彼得堡》中,由"个性化"叙事者展示的"非个性化"叙事不仅是对传统小说叙事模式的一种审美意义上的反叛;而且也与后来的实验小说有着重要的区别。后现代实验小说在"作者之死"的路上走得越来越远,而别雷的这个"叙事者"则是一个可靠的叙事者,在言说中彰显出自己的"个性",忠实地体现了创作者的文本观、价值观。

综上所述,别雷《彼得堡》中的这位小说叙事人从叙事行为上完全颠覆了 19 世纪的"平铺直叙",采用颠倒叙事、干预叙事、多角度叙事等方式,充分发挥着叙事人的所有功能。他的叙事行为瓦解了传统意义上正统思想和价值体系树立者和维护者的形象,造成一种不可靠叙事的印象,向读者提出"参与阅读,挑战阅读"的要求。读者需从叙事人留下的蛛丝马迹中找寻到完整而准确地理解小说的线索。

另外,也是更重要的一点,笔者认为,别雷采用这样的叙事方式并非刻意为之。他在 1909 年《意义的标志学》(《Эмблематика смысла》)一文中强调:"统一就是象征……象征主义的统一就是内容和形式的统一。"①潜在的叙事人表现出的密探似的观察方式,准确反映了密探横行、人人不

---

① *Белый А.* Критика. Эстетика . Теория символизма Том I. М. , 1994. C. 91.

安的时代特征;颠倒的叙事恰当地呈现了混乱的外部世界的事件和混乱
的心灵轨迹;表面不可靠的叙事所表现出来的人性的不完整、价值观多元
化与小说讽刺的奸细行为也有着直接的联系,不仅小说中的人物受到奸
细行为的影响,就连叙事者也是如此表现。虚构与现实、形式和内容在此
合而为一。

第三节　小说的语言特色

别雷小说的语言艺术历来受到"别雷学"研究者的关注,构成了"别
雷学"研究的主要内容之一。别雷将自己在《交响曲》、《银鸽》以及全部
诗歌创作中探索得出的全部语言实验的经验,都出色地运用到了《彼得
堡》中。在 1933 年发表的《作家自述》一文中别雷曾经这样总结自己 30
年的创作:"我的作品的首要特点是传达说话人的语调、节奏、语气停顿
等态势;我要么是在田野里哼唱我的诗歌短句,要么把它们抛给看不见的
观众:抛向风中;这一切都不能影响到我的语言的独特性;它难于翻译;它
引发一种慢慢的、内在的发声,而不是用眼睛阅读;我更确切地说是成了
语言的作曲家,在为自己的作品寻找个人演绎,而不是一般意义上的作
家——小说家。"①

一、 音乐性

19 世纪末 20 世纪初艺术文化发展的决定性因素之一是将各种手段
和艺术形式混合安排在一种艺术作品的范畴内。斯科里亚宾将神秘剧体

---

① *Белый А.* О себе как писатель. // *Составители :Лесневский Ст.* , *Михайлов Ал.* Андрей
Белый. Проблемы творчества. М. , 1988. С. 20.

现在音乐形式中,转向对声音和颜色的综合。别雷将音乐体裁形式引入文学文本,他创造了文学的"交响曲"体裁。别雷不止一次直接强调自己创作的音乐基础。别雷将音乐置于一切艺术的最高点,认为它是"纯粹意志","纯运动,纯形式,纯力量"的表现,是所有艺术的"灵魂"。所以,无论是在别雷自我认识发展的岁月中,还是在占据他的心灵生活的多种兴趣中,音乐都发挥了决定性的作用。

这也与象征主义诗学产生的背景有关。19 世纪 70 年代首先在法国出现的象征主义文艺运动,是在对现实主义、自然主义、帕尔纳斯主义的反拨中,在对唯美主义的继承(浪漫主义又是唯美主义的先驱,因而实际上象征主义跟浪漫主义也是继承关系,有些学者将唯美主义和象征主义归为"新浪漫主义")中兴起的。浪漫主义者为了敞开自己的心灵,痛快淋漓地表现"存在的直接直觉",其作品通过这样一种由内向外的表达,向读者展现出那个彼岸世界的真实心灵世界,勾起读者的想象和神往。浪漫主义者也因为这种追求而成为"牧师",他们"把自己看做是在一个不可见的教堂里,是一个教派,一个领受了神意的先知的集合,他们不是在为愉悦读者而创作,——他们在布道"①。在"布道"式的创作实践中,浪漫主义者崇拜愉悦,所以他们认为音乐艺术,尤其是交响乐,高于其他艺术。俄国象征主义继承了德国浪漫主义和法国象征主义的基本诗学美学观点。

别雷曾多次表明真正的艺术作品的创作过程应该就像作曲:"孕育胚胎,收集材料,将材料综合成声音,从中分支出形象,从形象产生情节。"又如,"当我说到体验为声音,并从中产生形象形态的材料的综合,我希望人们能明白我的意思:这里说的不是毫无意义的电报导线的唧唧吱吱,而是在内里倾听某种正在奏鸣的交响,就像贝多芬的交响曲;正是

---

① [丹麦]勃兰兑斯著:《十九世纪文学主流》第二分册:《德国的浪漫派》,刘半九译,人民文学出版社 1981 年版,第 110—123 页。

这种声音的明晰性决定了标题的选择;我在这种工作期间把自己比做作曲家,他正在为将音乐主题转化为文学主题而寻找文字篇章。"①

在文学创作实践中,别雷将各种音乐手段用于语言的组织,如拟音、重复等,使他的小说语言产生了一种音乐美。帕斯捷尔纳克回忆自己的成长历程时说:"此时,音乐在我心里已经与文学交织在一起了。别雷和勃洛克的深邃和优雅不能不展现在我的面前。他们的影响与一种胜过简单的愚昧无知的力量巧妙地结合在一起。"②有研究者指出,别雷的音乐,与在达达主义者和未来主义者那里所常有的情形不同,它从来不湮没意义,而是帮助赋予文学叙事以口头故事的固定特点;由混合的体裁中,从被摧毁的旧形式中,别雷创造出 20 世纪的史诗。③

下面,我们将考察《彼得堡》语言运用上的音乐性和音乐效果。

1. 拟音

拟音指话语以其发声时语能器官的动作、发声效果等等模拟一种自然物。《彼得堡》中大量利用语音模拟的方法。比如耗子尖叫叽叽咕咕声,风呜呜呜呜声,吆喝声、欢笑声、叫嚷声、叮当声、责怪声、悄悄说话声、沙沙声、嗒嗒嗒、得啦嗒嗒、滴滴答答等等。语音模拟的运用,使小说的情调和意义协调起来,产生了特殊的审美效果。别雷自称:"在声音里我找到了全部的主题:颜色、形象,而情节也是由声音预先确定的。在声音里感受到的不是形式,不是内容,而是内容和形式,声音就像种子,从中孕育出基本的形象。"④

声音在《彼得堡》人物形象设置上发挥着重要作用。别雷指出:"参

① *Белый А. Как мы пишем. О себе как писателе. // Составители : Лесневский Ст. , Михайлов Ал. Андрей Белый. Проблемы творчества. М. , 1988. С. 13.*
② [俄]帕斯捷尔纳克著:《人与事》,乌兰汗等译,三联书店 1991 年版,第 36 页。
③ *Бибихин В. В. Орфей безумного века. // Составители :Лесневский Ст. , Михайлов Ал. Андрей Белый. Проблемы творчества. М. , 1988. С. 513.*
④ *Белый Андрей. Как мы пишем. Л. , 1930. С. 16 – 17.*

政员和参政员之子的声音的主导主题完全一致。根据他们的姓名和父称，参政员的阿波罗·阿波罗诺维奇·阿勃列乌霍夫‘Аполлон Аполонович Аблеухов’中的音组 плл-плл-6л 伴随着参政员；其子尼古拉·阿波罗诺维奇·阿勃列乌霍夫‘Николай Аполонович Аблеухов’中的‘кл-плл-6л’伴随着尼古拉，一切和阿勃列乌霍夫家有关的事情都充满着‘пл-6л’和‘кл’音，正如亚库宾斯基指出的一样，平稳的‘л’经常转为‘р’音；‘6’和‘6л’音组转为‘в’。"①

别雷还举出小说中具体相关的例子加以解释，比如：小阿勃列乌霍夫的出生是个私生子(у-6л-юдочный)，这里伴随 6л 音组，参政员是白鹰勋章获得者(кавалер Белого орла)，这里有 6л-рл 等等。② 所以，别雷总结道："阿勃列乌霍夫由‘кк’(Ни-ккк-олай)和‘ссс’形成的声音主题就是这样。在我的印象中‘лл’——形式上的平滑，……‘пп’——(墙、炸弹)外壳的压迫；‘кк’虚伪的咳嗽……‘ссс’——反光；‘рр’——(在外壳之下的)炸弹的能量：‘ппр-о-рр-ывв(爆破)’。在梦呓中，лл-а-кк, лл-о-сскк, 66лл-е-сскк 中用辅音生动描绘了在流动(ллл)的闪光(ссс)形式(66-пп)之下的喘息(ккк-ххх)。……奸细的主题被写进利潘琴科的姓‘Липпанченко’中，他的‘лпп’倒过来是 плл(Аблеухов)，强调‘ппп’音，就像在参政员之子的梦中，外壳的扩大……"③

小说中不断重复的圆唇音"у"具有典型意义，它可以看做什克洛夫斯基称做的"语音原型"(звуковой праобраз)。"у"本来就常常给人以一种空洞洞的感觉，不断重复的"у"经过与小说的语义结合，为小说增加了忧郁、凄凉、恐怖的情调和色彩。多尔戈波洛夫认为"у 代表无法消除

① *Белый Андрей.* Мастерство Гоголя：Исследование. М.，1996. С. 325.
② *Белый Андрей.* Мастерство Гоголя：Исследование. М.，1996. С. 325－326.
③ *Белый Андрей.* Мастерство Гоголя：Исследование. М.，1996. С. 326.

的威胁"①。这个语音原型成为诗语语义的有机组成部分之一。"呜，1905 年,这十月之歌,你听见了吗?"在《彼得堡》中的所有人都听见了,它从城外旷野吹来,瓦尔瓦拉和利胡金,接着叙事者、作者都听见了。多尔戈波洛夫还指出:"这些在别雷的读者神经上演奏的这些压抑的声响对那个时代来说是有特点的。由于那种压抑的声响,寒意拂过皮肤。"②

别雷认为:"声音转变为语言写出,是从火山中取出的飞舞的火焰。"③由这个"y"音展开,作者还巧妙利用了"y"相关的词:Петербуууург(彼得堡),мууууть(沉渣;昏沉),Сатруууун(土星),труууун(嘟哝声),Аблеууухов(阿勃列乌霍夫),Дууууудкин(杜德金),Цууукатовые(楚卡托夫一家),Лихуууутин(利胡金),Опять печальный и грууустный(又是一个悲伤的和忧郁的人)。无论是在小说的题目还是小节的标题中,无论是主要人物还是次要人物的命名中,"y"无处不在。作家着意加强此音的效果,为的是直接烘托出全小说的基本意义。

在"可怕的审判"一节,尼古拉的梦对整部小说的发展至关重要。当尼古拉开始打瞌睡时,他的耳朵就在炸弹上。他在梦中听到响声,类似滴答滴答的节奏,这些来自梦幻世界的声音形象直接指向现实世界的声音讯号。在尼古拉做梦的关键性时候,似乎有"так-с—так-с"的声音在响。"так-с—так-с"是参政员的说话习惯。尼古拉想起了父亲。"так-с—так-с"这个音组模仿了炸弹的滴答声,同时也暗示了爆炸的时间即报应的时间正在迫近。在梦中尼古拉和一位神话般的阿波罗·阿波罗诺维奇的化身对话时,伴随着巨大的含混不清的嘟哝声"трун-трун-трун"。这是从法文中借用的拟音词。трун-трун-трун 和前面的 так-так-так,不仅都具

---

① Долгополов Л. К., Начало знакомства. // Составители : Лесневский Ст., Михайлов Ал. Андрей Белый. Проблемы творчества. М., 1988. С. 86.

② Долгополов Л. К. Начало знакомства. // Составители : Лесневский Ст., Михайлов Ал. Андрей Белый. Проблемы творчества. М., 1988. С. 86.

③ Белый Андрей. Мастерство Гоголя: Исследование. М., 1996. С. 19.

有拟声诗学的意义,而且创造辅音叠韵和近似炸弹的节奏,烘托出紧张的气氛,预示着某种突变正在迫近。

2. 近音词

所谓近音词,是指意义不同、但音相似的词,引力与和音相互关联,彼此吸引,词汇关系更加巩固。① 当代语文学中的近音异义现象。近音异义词是指意义不同(同根词或非同根词),但发音相近,甚至相同的词。在 20 世纪的诗歌中,这类词汇是作为一种使言语获得情感含义的有效而节约的手段而出现的。帕斯捷尔纳克曾经指出,语言的音乐性不是声学现象,也不表现为零散的元音和辅音的和谐,而是表现在言语意义和发音的相互关系中。别雷认为:"语音同时既是时间又是空间的象征……在语音中,空间和时间开始建立起联系,因此,语音是一切因果关系的根。"②

《彼得堡》中的一些词是由于发音相近才组合在一起的。例如"право(真的)"和"провокация(挑衅行为)"③这两个词放在一起,并非由于意义相关,只是由于两个词的前半部分发音完全一样。"барон(男爵)和 борона(耙子)"④、"бы-бы(吧嗒)"声和"вы-бы(您啊)"⑤、"перцепция(感知)、апперцепция(统觉)、перец(胡椒)"⑥都是近音词,它们反映了小说人物时常处于一种自由联想的状态,由一个词想到另一个词。

有时候近音词只是为了表现一种相近的听觉感受:"ра-аа-ков...

---

① 参见甘雨泽、乐莉、常丽著:《俄罗斯诗学》,黑龙江人民出版社 1999 年版,第 184 页。
② *Сост. Вступ. Н. А. Богомолова.* Критика русского символизма:в2т. Т. II. М. : ООО 《Издательство Осип》:ООО 《Издательство АСТ》, 2002 г. С. 175.
③ См. : *Белый А.* Петербург. М. , 1994. С. 24.
④ См. : *Белый А.* Петербург. М. , 1994. С. 11.
⑤ См. : *Белый А.* Петербург. М. , 1994. С. 25.
⑥ См. : *Белый А.* Петербург. М. , 1994. С. 118.

aaa. . . ax-xa-xa（虾——虾……啊……啊——哈——哈）①"，"кация—акция—кассация（合欢——金合欢——撤销）"②。有时却是一种有效的表现手段，如仆人把"графини—графин（伯爵夫人和长颈玻璃瓶）"③相混，因为它们发音十分相似，作者借两个词的谐音表现仆人的无知。在"可怕的审判"一节，陷入幻觉中的尼古拉看到"周期性地启动着……嘴唇"的形象，便联想到时间。因为，"хронический（周期性）"一词的词根和古希腊语中的"хронос（时间）"词根相同。尼古拉从词的语音的相似性中，又由时间引出作为神话中的时间之父的联想。这种联想无疑加深了人物的形象意义，也突出了主题，还表现出作者的一种特殊的时间观。

作品中除了有像上述一些散在的近音词的利用，还有作者常常使用近音词作为韵脚的现象。韵脚是语音相同而意义不同的、周期性出现的词。韵脚的音乐性，不仅取决于语音的相似性，而且更多地取决于或有赖于它所包含的信息及意义负荷。韵脚字不但能使读者回忆前一韵脚字的音响，而且更是为了让他回忆其含义。别雷时常借助于相似音响，使意义相对的词成为同韵字，共同组成同一的结构整体。如：

Сергей Сергеич Лихутин помычал еще и <u>еще</u> . . . его мысли запутались окончательно, как запуталось <u>все</u>. ④

谢尔盖·谢尔盖依奇·利胡金一次又一次地哼哼哈哈嘟哝着……如同一切都给搅乱了一样，他的思想彻底给搅乱了。⑤

这里的 еще 和 все 虽然语义对立，却由统一的"韵律"线条联结在一

---

① *Белый А.* Петербург. М., 1994. С. 25.
② *Белый А.* Петербург. М., 1994. С. 26.
③ *Белый А.* Петербург. М., 1994. С. 23.
④ *Белый А.* Петербург. М., 1994. С. 194.
⑤ ［俄］安·别雷著：《彼得堡》，靳戈（即钱善行）、杨光译，作家出版社 1998 年版，第 302 页。

起。又如：

> Начал он свои размышления с анализа поступков своей
> неверной жены, а кончил он тем , что поймал себя на какой-то
> бессмысленной дряни...①

> 他从分析自己不忠的妻子的行为开始自己的思考，却以发现自
> 己是个毫无用处的废物结束……②

这种韵脚字既包含着同一性，也包含对立性。音响同一是语义对立的基点。

不仅在句尾或是句首，别雷最擅长的是在句子中接连不断使用音节谐音，不但巩固了词汇意义，而且造成了犹如水流般潺潺不息的音乐效果。如：

> На далекое расстояние и туда , и сюда расскидались закоулки
> и улички , и улицы просто, проспекты, то из тьмы выступал
> высоковерхий бо кдома , кирпичный, сложенный из одних
> только тяжестей, то из тьмы стена зияла подъездом, над
> которым два каменных египтянина на руках своих возносили
> каменный выступ балкона.③

> 一条条僻静的小胡同、胡同、普通的马路、大街，远远地伸展着通
> 向那里，通到这里；黑暗中，一会儿露出房子高层上方用笨重砖块砌
> 成的一个侧面，一会儿露出大门口的一堵墙，那里上方站着两个双手

---

① *Белый А*. Петербург. М. , 1994. С. 194.
② ［俄］安·别雷著：《彼得堡》，靳戈（即钱善行）、杨光译，作家出版社 1998 年版，第 302 页。
③ *Белый А*. Петербург. М. ,1994. С. 200.

举着石砌阳台凸出部分的石雕埃及人。①

Мимо высоковерхий бок дома, мимо кирпичного бока, мимо всех миллионнопудовых громад—из тьмы в мьму —в петербургском тумане Аполлон Аполлнович шел , шел, шел, преодолевая все тяжести ːперед ним уж вычерчивался серый, гниловатый заборчик. ②

绕过房子的高层上方,绕过房子砖块砌成的一个侧面,绕过所有极其笨重的庞大建筑,——从黑暗到黑暗——阿波罗·阿波罗诺维奇克服所有的困难,在雾蒙蒙的彼得堡走呀,走呀,走呀:他面前终于露出一道灰今今开始有点霉烂的板墙。③

Тут откуда-то сбоку стремительно распахнулась низкая дверь и осталась открытой; повалил белый пар , раздалась ругоня, дребезжание жалкое балалайки и голос. Аполлон Аполлонович невольно прислушался к голосу, озирая мертвые подворотни, стрекотавший в ветре фонарь и отхоже место. ④

这时有个地方的一道小门从侧面迅速打开了,并继续开着:从里边冒出白茫茫的水蒸气,传出骂人的话、巴拉莱依卡琴的可怜的叮当声和歌声。阿波罗·阿波罗诺维奇不由得留神听那歌声,同时环视着毫无生气的门下空隙、随风叮咚响的路灯和厕所。⑤

---

① 〔俄〕安·别雷著:《彼得堡》,靳戈(即钱善行)、杨光译,作家出版社 1998 年版,第 312 页。
② *Белый А.* Петербург. М. ,1994. С. 200.
③ 〔俄〕安·别雷著:《彼得堡》,靳戈(即钱善行)、杨光译,作家出版社 1998 年版,第 312 页。
④ *Белый А.* Петербург. М. ,1994. С. 200.
⑤ 〔俄〕安·别雷著:《彼得堡》,靳戈(即钱善行)、杨光译,作家出版社 1998 年版,第 312 页。

以上三段引文(原文)中加下画线的词,都是一些连续使用的近音词。这样的例子在《彼得堡》中还有很多很多,可以说俯拾皆是,它们充分显示了作者高超的词语辨音能力和组织能力,并使小说的语言形成了一种类似于音乐旋律的节奏感。

3. 重复

日尔蒙斯基在《抒情诗的结构》中,对作为诗歌结构的重要手段的重复手法作了缜密的研究。各种形式的句首重复(头语重复)正是由于组成了句首重叠式的结构,因而也就决定着诗篇的建构。句尾重复也广泛使用。重复和部分重复的现象在诗歌作品中屡见不鲜。此类反复的手段赋予了它们以鲜明的特征和丰厚的艺术含量。

重复的现象在小说《彼得堡》中十分多见。可以把这些重复分成以下几类:

首先是音的叠用,如元音字母的连续重复使用:Ууу-ууу-ууу[①],Ааа[②],Ме-му-ме[③],Уймии-теесь...ваа-лнее-ния страа——аа-сти.[④]。作家还使用重复辅音的手法,造成了某种象声效果,如 Пепп Пеппович Пепп[⑤](彼波·彼波维奇·彼波)。这种用法也出现在小节的标题上,如第三章第 6 小节"Татам:там,там![⑥](嗒嗒:嗒,嗒!)"。

又如词的叠用:

(1)ай,ай,ай[⑦](啊呀,啊呀,啊呀)

---

① *Белый А.* Петербург. М.,1994. C.97.
② *Белый А.* Петербург. М.,1994. C.239.
③ *Белый А.* Петербург. М.,1994. C.351.
④ *Белый А.* Петербург. М.,1994. C.239.
⑤ *Белый А.* Петербург. М.,1994. C.235.
⑥ *Белый А.* Петербург. М.,1994. C.125.
⑦ *Белый А.* Петербург. М.,1994. C.351.

（2）Да...да...① （是的，是的）

（3）Очевидно ， речь шла о том ， что и <u>там-то</u>, и <u>там-то</u>, и <u>там-то</u> уже была забастовка；что и <u>там-то</u>, и <u>там-то</u>, и <u>там-то</u> забастовка готовилась...②

很显然，这里指的是在那边，那边，那边已经开始罢工了；而那边，那边，那边则已经准备好要罢工了……③

再看句首重复的例子：

（1） <u>Представьте</u> себе бесконечно длинный канат； и представьте, что в поясе тело ваше перевяжут канатом...④

大家可以设想一条无限长的绳索；大家还可以设想，自己的身体直到腰部都被绳索缠着……⑤

（2）<u>Пасмурный пешеход</u> не торопил шагов ： <u>пасмурный пешеход</u> озирался томительно：бесконечносте зданий！<u>Пасмунный пешеход</u> был Николай Аполлонович.⑥

脸色忧郁的步行者不急于迈开步子：脸色忧郁的步行者困倦地环顾着四周：没完没了的建筑物！这个（脸色忧郁的——引者补）步行者，就是尼古拉·阿波罗诺维奇。⑦

还有跨越几个段落的句首重复：

---

① *Белый А.* Петербург. М. ， 1994. С. 351.
② *Белый А.* Петербург. М. ， 1994. С. 97.
③ ［俄］安·别雷著：《彼得堡》，靳戈（即钱善行）、杨光译，作家出版社 1998 年版，第 151 页。
④ *Белый А.* Петербург. М. ， 1994. С. 390.
⑤ ［俄］安·别雷著：《彼得堡》，靳戈（即钱善行）、杨光译，作家出版社 1998 年版，第 620 页。
⑥ *Белый А.* Петербург. М. ， 1994. С. 219.
⑦ ［俄］安·别雷著：《彼得堡》，靳戈（即钱善行）、杨光译，作家出版社 1998 年版，第 340 页。

　　Александр Иванович непроизвольно бросил кверху свой взор...
（亚历山大·伊万诺维奇不由自主地往上边投去自己的目光……）

　　Александр Иванович перевел дыхание и дал себе заранее слово
не ужасаться чрезмерно...（亚历山大·伊万诺维奇喘了口气，暗自
关照自己别太害怕……）

　　Александр Иванович вошел в черный ход.①（亚历山大·伊万
诺维奇从后门进去了。）②

　　最后我们来看看句子重复：

　　（1）Ах， как <u>рада вас видеть</u>... Очень ， очень <u>рада</u>
<u>вас видеть</u>...③

　　啊,见到您真高兴……非常非常高兴见到您……④

　　（2）Что ж он сделал， что сделал он?⑤

　　他干了什么? 他干了什么?⑥

　　重复的成分在形式方面的一个重要作用,就是造成一定的节奏。通过重
复成分和非重复成分的对比,可以达到突出并使人注意其中的某些成分的效
果。有时文本通过某部分的重复来强化人物的特点。如在第六章"额骨"一
节中,两次提到："他是个——孩子,一个孩子"；"一个真正的孩子"⑦。后又

① *Белый А.* Петербург. М.， 1994. C.294.
② ［俄］安·别雷著:《彼得堡》,靳戈(即钱善行)、杨光译,作家出版社 1998 年版,第 465 页。
③ *Белый А.* Петербург. М.， 1994. C.272.
④ ［俄］安·别雷著:《彼得堡》,靳戈(即钱善行)、杨光译,作家出版社 1998 年版,第 426 页。
⑤ *Белый А.* Петербург. М.， 1994. C.237.
⑥ ［俄］安·别雷著:《彼得堡》,靳戈(即钱善行)、杨光译,作家出版社 1998 年版,第 371 页。
⑦ ［俄］安·别雷著:《彼得堡》,靳戈(即钱善行)、杨光译,作家出版社 1998 年版,第 438 页。

两次提到,"一个真正的孩子……""一个孩子"①。经过这样的反复强化,造成强烈的反讽效果,给读者留下了深刻的印象,促使读者思考其特殊意义。

又如小说在写尼古拉夜间经过铜骑士广场时感受到铜骑士发出的声音:"我义无反顾地要杀人。"②同这一小节的标题"我义无反顾地要杀人"③相应。后来尼古拉又请求亚历山大帮忙找出"无名人",叙事人评价"他们都已失去理智,除了那'义无反顾地杀害'"④;"对对对,义无反顾地杀掉"⑤。反复提到"我义无反顾地要杀人"这句话,不仅提醒读者铜骑士是威胁彼得堡居民的魔性的力量,而且表明亚历山大和尼古拉身上都有着铜骑士的影子,铜骑士的所作所为影响着他们的思想和行为。这种重复部分构建出一种单调的类似于巫术中的咒语的东西,它能控制着小说中人物的行为。西方研究者阿达·斯泰因贝克认为:别雷使用了只允许在音乐中而完全不能允许在诗中使用的重复;运用音乐手段,使《彼得堡》变得具有更明显的启示录性质。⑥

《彼得堡》中的这种重复部分往往不是引入一个单调的叠句,而是使每个人物、每片风景、每一种灵魂状态都各有其叠句;人们可以从每一个段落中将它们认出。在一段文字或一部作品的结尾,所有这些被人认出的标记会合在一起,就形成一股"富于旋律的激流",最终出现反衬和迭句对照相遇的结果。

4. 小说的韵律

《彼得堡》中运用了多种韵律,有普通的行尾押韵:Если же

---

① [俄]安·别雷著:《彼得堡》,靳戈(即钱善行)、杨光译,作家出版社1998年版,第440页。
② [俄]安·别雷著:《彼得堡》,靳戈(即钱善行)、杨光译,作家出版社1998年版,第339页。
③ [俄]安·别雷著:《彼得堡》,靳戈(即钱善行)、杨光译,作家出版社1998年版,第333页。
④ [俄]安·别雷著:《彼得堡》,靳戈(即钱善行)、杨光译,作家出版社1998年版,第404页。
⑤ [俄]安·别雷著:《彼得堡》,靳戈(即钱善行)、杨光译,作家出版社1998年版,第481页。
⑥ *Бибихин В. В.* Орфей безумного века. // *Составители :Лесневский Ст. , Михайлов Ал.* Андрей Белый. Проблемы творчества. М. , 1988. С. 510.

Петгербург не столица, то—нег Пегтербурга.①（可要是彼得堡不是首都,那——也就没有彼得堡。②）还有开头的押韵:Это только кажется, что он существует.③（那样,它的存在也就大可怀疑了。④）押韵现象还会在这句的末尾和下句的开头:Те поступки влекут его в даль бесбережную, как суденышко , освещенное и словами, и жестами, выразимыми—впоне;если же суденышко то …⑤（那些行为把他带到无边无际的远方,就像一艘小船——装备有完全能表达清楚的语言、举动;如果小船……⑥）这种首尾相连的方式是别雷常用的。又如:

Это же незадолго пред тем ревела машина:

—《Уснии…безнаа》

—《Ааа》…⑦

这可是不久前汽车在号叫:

"安静——下来……没有希……"

"啊啊啊"……⑧

这样的情况十分多见。不仅如此,别雷最擅长的是利用音节谐音（如前面所述）使整部小说构成一种如流水般的节奏性的音响效果。为了确定音律变化分节,别雷认为分节的开始和结束应该考虑词的开始和

① Белый А. Петербург. М. , 1994. С.5.
② [俄]安·别雷著:《彼得堡》,靳戈（即钱善行）、杨光译,作家出版社1998年版,第8页。
③ Белый А. Петербург. М. , 1994. С.5.
④ [俄]安·别雷著:《彼得堡》,靳戈（即钱善行）、杨光译,作家出版社1998年版,第8页。
⑤ Белый А. Петербург. М. , 1994. С.194.
⑥ [俄]安·别雷著:《彼得堡》,靳戈（即钱善行）、杨光译,作家出版社1998年版,第301页。
⑦ Белый А. Петербург. М. , 1994. С.239.
⑧ [俄]安·别雷著:《彼得堡》,靳戈（即钱善行）、杨光译,作家出版社1998年版,第375页。

结束。奥尔利茨基评价道："别雷试图节律化的不是个别的……而是全部作品。"①奥尔利茨基指出了小说的整个音律变化的图景（考虑到抑抑格和三短音节的音步）。他发现，在《彼得堡》中的句子"Когда Александр Иванович Дудкин, оторвавшийся от созерцания вьющихся листьев, наконец вернулся к дествительности...（亚历山大·伊万诺维奇·杜德金不再凝视卷曲的叶子，终于回到了现实……——引者译）"，可以认为是一个由抑扬抑格（短长短格）的四个音部、五个抑扬扬格（短短长格）和一个三短音节的音部以及三个非音律变化的群体组成，片断的音律变化可以总计为 75% 三音节的节奏变化（三音节音步扬抑抑、抑扬抑、抑抑扬格）②。所以，他认为，在《彼得堡》中音步成为诗歌思想和结构的主要表现者，某些片段中包含 80% 的带重音的组合，而且文本节律变化上升……可以称其为"全面的三种三音步诗"③。

我们发现，为了配合这种全面的节律化，别雷还使用了全元音形式（如 Ууу-ууу-ууу,）、虚词（如 и，да，а 等等）承担必要的音节，或者使语言收缩（如 перед 变为 пред，вокруг 变为 вкруг，бы 变成 б），或者词序倒装，甚至是创造出明显背离语言常规的东西（如"Ха-ха-ха-ха-ха-ха"，"Ивван"，"ваалнеения"，"Уу-снии безнаа-дее-жнаа-ее сее-еердцее"，"Молчала о с о б а"等）。

别雷在总结果戈理的创作经验时曾说"所有这些——声音的编织堆满了重复，节奏的意图变成声音的意图。声音产生重复、平行、叠句，这些装饰性的原点构建了一个五光十色的文本"。通过分析我们看到，文本韵律化构成了别雷创作的基础风格。别雷自己说过："我的诗歌作品中

① Орлицкий Ю. Б. Русская проза XX века: реформа Андрея Белого. // Редактор Бойчук А. Г. Андрей Белый. Публикация и исследования. М., 2002. С.170.
② Орлицкий Ю. Б. Русская проза XX века: реформа Андрея Белого. // Редактор Бойчук А. Г. Андрей Белый. Публикация и исследования. М., 2002. С.173.
③ Орлицкий Ю. Б. Русская проза XX века: реформа Андрея Белого. // Редактор Бойчук А. Г. Андрей Белый. Публикация и исследования. М., 2002. С.173.

显示出复杂的节奏痕迹,它们把诗歌通过自由音步引向宣叙调性质的小说;最后小说就有了曲调和谐的特征。"①所以他对读者提出"艺术阅读"的要求,他说:"我认为用眼睛阅读是一种野蛮行为,因为艺术地阅读是内里发声且首先是语调,若用眼睛阅读,我就变得愚钝;一目十行的读者也不和我同路。"②

综上所述,别雷对诗语语音有着特别敏锐的辨别力,他将语音出色地组合在一起,使语言具有音乐般的美感。别雷认为,声音形成语句,小说家或诗人如果听不到这种声音的语调,那是很糟糕的。他为了达到非同寻常的艺术效果,曾付出了艰辛的劳动:"我日夜不停地喃喃自语,散步的时候,吃饭的时候,时不时整夜失眠的时候;最后——从喃喃自语中提取的片断比鸡鼻子还短,用来记录的时间不过一刻钟。"③

拉夫罗夫曾指出别雷对诗歌的第一印象是和词语的发音、语音、旋律、节奏联系在一起的,而不是和语用学的意义相关④。作家广泛吸取了民间诗歌中声音和谐的方法,运用了民间歌曲中带有韵律的语音对称结构,再经过千锤百炼形成节奏性诗行,凝固在小说的文本之中。小说中交替出现的语句、句式,偏离常规的形式(倒装、反复、设问、感叹、呼告),造成了奇特的效果。并且,别雷把诗语语音当做一种重要的象征成分,他认为语言首先是一种声音的象征主义。他举例说:"当我说'我'时,我创造

① *БелыйА. Как мы пишим. О себе как писателе. // Составители : Лесневский Ст. , Михайлов Ал.* Андрей Белый. Проблемы творчества. М. , 1988. С. 21.

② *БелыйА. Как мы пишим. О себе как писателе. // Составители : Лесневский Ст. , Михайлов Ал.* Андрей Белый. Проблемы творчества. М. , 1988. 13.

③ *БелыйА. Как мы пишим. О себе как писателе. // Составители : Лесневский Ст. , Михайлов Ал.* Андрей Белый. Проблемы творчества. М. , 1988. С. 21.

④ *Лавров. А. В.* Андрей Белый в 1900-ые годы . Жизнь и литературная деятельность. М. , 1995. С. 23.

了声音的象征,我确信这个象征是存在的,只是在那一刻,我意识到自己。"①《彼得堡》语言运用上的音乐性,充分体现了这种"声音的象征主义"。

二、 多义性

按照象征主义者的理解,语言概念的中心是词。象征主义者感兴趣的并非语言的机制,而是语义本身。当象征主义者谈到语言时,他考虑的是词,词对他来说等同于语言本身。词作为象征的表达而受到重视。所以他们的创新仅仅是在语义的范畴里。而在别雷的意识中逐渐形成了另外的观点。他不仅为旧词寻找新义,他甚至寻找作为另一种语言的新词。词对他来说,不再是语言意义的唯一载体,这就导致了词的意义领域变得无边地复杂化了。单个词在文本的语义整体中通过各元素间的相互作用扩张了自己的意义。

别雷在《词语的魔力》一文中写道:"最初的创作生成于词,词联系着出现在我个人意识的、潜意识的深处的沉默的、潜在的世界和超出我个人之外的无声的潜在的世界……在词里,也只有在词里我为自己重建(描绘)从外面和从里面包围着我的东西。因为我是词而且只是词。"②别雷像巫师一样,认为词语有一种神秘的力量,通过它,诗人可以"创造出一个新的、第三个世界——一个声音符号的世界",可以"成功地、更深地透视现象的本质,并通过词语控制、征服现象"③。在《彼得堡》中别雷就运用了这样一种语言,造成一种含混的效果表达出多种意义,造成文本意义

---

① *Сост. Вступ. Н. А. Богомолова.* Критика русского символизма:в2т. Т. II. М., 2002. С. 183.

② *Сост. Вступ. Н. А. Богомолова.* Критика русского символизма:в2т. Т. II. М., 2002. С. 175.

③ *Сост. Вступ. Н. А. Богомолова.* Критика русского символизма:в2т. Т. II. М., 2002. С. 175.

的不确定性。

卡洛尔·安舒茨在《俄国小说的终结》中指出:"《彼得堡》不仅埋葬了独裁秩序和它的官僚制度,而且也是真正的'纸上风暴',它用口头史诗的口语词代替了现实主义小说的书面语词,开始了语言历史的新的悲剧性时代。"①口语词不像书面语词那么精雅准确,但它恰恰是别雷所需要的含混语言的母体。《彼得堡》中的口语词主要有以下几种:

1. 不定代词

赫梅里茨卡娅在研究别雷《第二交响曲》时发现:别雷总是使自己的文本下意识地非物质化,使它在多义的不确定性中淬炼;因此,读者每走一步都会碰到谜一般的"кто-то(某人)"、"некто(没有谁)"、"где-то(在某处)"、"куда-то(去某处)"。她还发现:"别雷在第四交响曲《雪杯》中滥用了这种谜一般的词语,所有这些都集中在一个具有讽刺风格的句子中:'Кто-то кого-то куда-то звал.(某人叫某人去某处。)'"②

《彼得堡》中,别雷同样大量使用不定代词。如:

（1）... **Где-нибудь**, положим, на Невском Проспекте, в трепете мимо летящих пролеток и в гвалте газетчиков, где надо всем поднимается разве что горло автомобиля...③

......**有的地方**,比如说不只在有汽车喇叭响的涅瓦大街上,在飞奔的四轮轻便马车旁的震颤中及报童们的叫卖声中......④

（2）Сперва ничего не услышишь;и потом, откуда-то сверху,

① *John Garrard. ed.* The Russian Novel from Pushkin to Pasternak. New Haven, 1983, p. 145.
② *Хмельникая Т.* Литературное рождение Андрея белого. // *Составители : Лесневский Ст.*, *Михайлов Ал.* Андрей Белый. Проблемы творчества. М., 1988. С. 122.
③ *Белый А.* Петербург. М., 1994. С. 322.
④ ［俄］安·别雷著:《彼得堡》,靳戈(即钱善行)、杨光译,作家出版社 1998 年版,第 509 页。

в пространствах услышишь ты:... потому что среди всего голубого такого там явственно проступает—все же знакомое **что-то** ...

...

Что-то такое расслышал теперь и Николай Аполлонович.

Будто **кто-то** печальный , кого Николай Аполлонович еще ни разу не видывал, вкруг души его очертил благой проницающий круг ... Николай Аполлонович вздронул; раздалось **что-то**, бывшее в щуше его сжатым...①

一开始,你什么也听不见;然后,你会从空间高处**某个地方**听到:……因为整个蔚蓝的一片中,明显地——**有一种**原本是熟悉的东西在经过……

……

现在,尼古拉·阿波罗诺维奇也听清了是**怎么回事**。

好像**有个**哀伤的、尼古拉·阿波罗诺维奇一次也没有见到过的人,在他心灵的周围画了一个美好动人的圆圈……尼古拉·阿波罗诺维奇打了个寒战;**一种**原来紧缩在他心灵里的**东西裂开了**……②

不定代词在文本中的大规模使用造成了语义的不确定性和理解上的多重性。在例(2)中我们看到作家一直在使用比较模糊的表达方法。读者会疑惑:到底在什么地方听过什么声音? 那个人到底是谁? 尼古拉心里的什么东西裂开了? 这些现象是现实还是幻觉? 这是别雷抛给读者的问题,也是别雷给予读者的自由。相信每个读者都会有自己的答案。

---

① *Белый А.* Петербург. М. , 1994. С. 323.
② [俄]安·别雷著:《彼得堡》,靳戈(即钱善行)、杨光译,作家出版社 1998 年版,第510—511 页。

2. 形容词名词化

多种意义的不确定性还表现为形容词当名词使用,第四章的 19 小节的标题"Полоумный"(一个发疯的人),就是一个非常有趣的形容词名词化的现象。但它不仅有名词的功用,指出了对象和对象的特征,更重要的是表明这个对象是模糊对象:它是指这一小节的主要人物利胡金,还是暗指在魔鬼的城堡——彼得堡中的普通人呢? 而且其特征也是模糊的:是失去了理智发疯自杀还是暗指混乱的思维状态呢? 也许都有,或者它还有其他的意义。

又如:第六章 13 小节标题"Опять печальный и грустный"("又是一个哀伤而忧郁的人")这里两个形容词同作名词使用。和我们上面分析过的例子一样,它们的修饰对象和指示的特征也都不确切,这样它们就拥有了多重意义:不仅表现了对小说中混乱的彼得堡现象的担忧,同时也是对世界末日来临时人世间的混乱的担忧,而且还象征着彼得堡最终的陷落,它所营造的"彼得之圈"的模式的瓦解,而彼得堡中的人将最终走出心灵的城堡获得拯救。也许它还是对所有封锁在心灵城堡中的人的一种拯救的信心的表达。类似的用法还有 Неуловимый(捉摸不定的)等。

3. 无说明对象的形容词

除了形容词当名词使用,还有形容词无说明对象的用法。第五章第 5 小节的标题 Красный, как огонь [1](像火一样鲜红),这种用法造成修饰对象不确定。在文本中它修饰"火一样颜色的涂料"、"红色的多米诺"、"古代的兵器"、"红色的液体"。但在标题中它指什么,是涂料,血,还是多米诺? 结合全部小说的内容来看,可知确定它所指的是任何一个具体对象显然都不全面,也许它更多地揭示了尼古拉思想中的一种特点。

---

[1] *Белый А.* Петербург. М., 1994. С. 222.

它不仅仅和弑父的想法有关,还代表反叛、不满足和一种革命性。

Красный 就像别雷为自己找到的笔名 Белый 一样,并不像他同时代的某些人认为的"这个笔名本身就表明了他与革命的对立"①,而是别雷把白色当成"一种净化力量、一种纯洁理念的象征物"②。在别雷的诗歌中我们常能发现白色的形象。别雷曾表白:"白色是体现完满存在的象征,那么黑色就是混沌的象征。"③在《彼得堡》中,别雷用"白色的多米诺"的形象来暗指上帝之子耶稣,用以平和"红色的多米诺"带来的恐怖,反抗"黑色"带来的混乱、破坏,也象征着人类通过净化心灵走向生命的完满。

4. 无补语及物动词

在《彼得堡》中,别雷还采用及物动词不带补语的用法来表现意义的丰富性。

如第五章第 3 小节的标题"Я гублю без возврата"④(我义无反顾地要杀人)中的 гублю(杀)就是一个及物动词。一般来说,及物动词带补语表示动作的对象,如果不带补语,那对象就不清楚。就小说内容看,首先,这句话和尼古拉弑父的诺言有关,那么这个对象应该是父亲。其次,它还与亚历山大的决心相关,那么对象也要包括利潘琴科。如果和亚历山大的历史相连,那么这个补语就是指文化。但这句话突出地体现了铜骑士的特点,因为无论是尼古拉还是亚历山大的想法,都是不同程度地受到铜骑士思想影响的结果,那么根据铜骑士所具有的象征意义,它的"杀害"范围就更广了,如同作家在"一个客人"一节中充分揭示的:

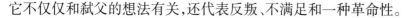

① [俄]托洛茨基著:《文学与革命》,刘文飞、王景生、季耶译,外国文学出版社 1992 年版,第 32 页。

② 刘文飞著:《二十世纪俄语诗史》,社会科学文献出版社 1996 年版,第 20 页。

③ *Белый А.* Критика. Эстетика. Теория символизма, Т. Ⅱ. М. , 1994. С. 110.

④ *Белый А.* Петербург. М. , 1994. С. 215.

……而那些粉碎着生活的金属撞击的轰隆声(指铜骑士沉重的脚步声——引者注);城市里——响彻它们的轰隆声;大门口、平台和半夜里楼梯的台阶上——响彻它们的轰隆声……

……

阿波罗·阿波罗诺维奇·阿勃列乌霍夫——石块轰隆隆响地一击;彼得堡——石块的一击;大门口那边将倒下的女像柱——石块同样的一击;追捕——不可避免;撞击——也不可避免;在顶层亭子间——你没法藏身;顶层亭子间是利潘琴科给准备的;连顶层亭子间——也是个陷阱;摧毁它——给利潘琴科……当头一击!

到时候,一切都将翻过来;在粉碎石块的金属撞击下,利潘琴科将粉身碎骨,顶层亭子间将倒塌,彼得堡也将毁灭;在金属的撞击下,女像柱将毁灭;连阿勃列乌霍夫的秃脑袋也将因为对利潘琴科的撞击而分成半拉。

……他(指亚历山大——引者注)——一个永远受恳求的人,而所有过去的及迎面过来的人加在一起——只不过是些痛苦的过往幽灵,直到阿尔罕格尔的喇叭。①

这段引文中所有带下画线的部分,可以说都是"杀害"的补语,还可以将那些潜藏在这些补语意义之中的"言外之意"指涉的对象列为它的补语。所以在"Я гублю без возврата"这句话中,"гублю"无补语造成了意义的不确定性,但随着文本的展开我们却发现它拥有意义十分丰富的潜在的补语群,而补语群中各补语的象征意义又进一步增添了文本意义的不确定性。

---

① [俄]安·别雷著:《彼得堡》,靳戈(即钱善行)、杨光译,作家出版社1998年版,第492—493页。

5. 中性词

中性词的容量往往能表现其中蕴藏的意义的丰富性,别雷在《彼得堡》中就积极使用中性词来表达丰富的意义。

比如"Учреждение"①(一个机构)是第七章第 6 小节的标题,它在这节中重复出现 6 次,而且无论在句首还是句中都用开头字母大写的形式来突出它。"Учреждение"具有了无限延伸的意义:它不仅是许多机构中的一个,由阿波罗·阿波罗诺维奇·阿勃列乌霍夫掌管;也不仅是许多机构中最高的一个机构,负责指挥其他机构;它还拥有着所有具有这一名称的机构所具有的固定的特点:"暴力、强权"——"从那时起,一种更坚强的权力拥有了一个机构,它把自己坚强的权力撒到了俄罗斯头上"②。于是"Учреждение"便成为强权的象征,而主宰这个机构的阿波罗·阿波罗诺维奇·阿勃列乌霍夫的工作,就是"让病菌传遍俄罗斯宽阔的空间"③。阿波罗·阿波罗诺维奇有如"北风之神"吹着冷气,"乡村里发生火灾——因为它;天然的泉水会枯干——因为它;庄稼因为它——像遭毒霜袭击似的枯萎;牲口——将倒闭……"④于是"Учреждение"还象征着灾难;而阿波罗·阿波罗诺维奇·阿勃列乌霍夫是一个具有东方血统、却机械地维护着西方原则的一个形象。随着这个形象所具有的意义的展开,"Учреждение"也拥有了更宽泛的意义,影射出一种可怕的思维模式。

再比如在第七章第 3 小节多次出现"дело(事情,事件)"一词,"Не касаются вас приватные наши дела";" Впрочем, есть дела, которые..." "К делу это все не относится";" В чем же дело?" " есть

---

① *Белый А.* Петербург. М. , Республика. 1994. С. 338.
② [俄]安·别雷著:《彼得堡》,靳戈(即钱善行)、杨光译,作家出版社 1998 年版,第 535 页。
③ [俄]安·别雷著:《彼得堡》,靳戈(即钱善行)、杨光译,作家出版社 1998 年版,第 538 页。
④ [俄]安·别雷著:《彼得堡》,靳戈(即钱善行)、杨光译,作家出版社 1998 年版,第 539 页。

дело，есть…"①"дело"一词用在这里内涵丰富。小说里在一昼夜发生的事件太多，到底是这件还是那件，尼古拉自己也不清楚。所以他看到利胡金时就认为利胡金是为利胡金娜被恐吓的事情来找他的，而实际上利胡金是因为看到了那封信而一直跟踪尼古拉并试图威胁他。当然"дело"不仅指所有的外部事件，它还指尼古拉的一系列"心灵事件"：心灵中的尼古拉一号和尼古拉二号的决战，心灵中的炸弹爆炸炸毁了想象中的父亲，心灵上的覆冰消融，心灵复苏等等。由尼古拉的外部和心灵事件引申开去，小说中的彼得堡人，哪个不是处在内外事件的交困之中？所以"дело"对现代人的生活状态来说，不单是表达了"事情，事件，事务"这样的意义，而且表达了"生活的问题或是生活的症结"这样的意义。另外作品中的"Бегство"②、"Откровение"③、"Продожение"④等等，都是具有多重意义的中性词。

以上我们从词的角度考察了《彼得堡》中出现的一些词法现象，这些现象引起了语言理解上的多重性，造成意义的丰富性。实际上，不仅在词法上，就连在句法的运用上，也有同样的特点。小说中的不完全句十分多见。比如：

（1）Ну，а если?⑤（那么，如果?⑥）

（2）Здесь—мешком;здесь—сосочком;здесь—белою бородавочкой…⑦（这儿——挂着麻袋似的乳房;这儿——奶头鼓鼓的;这儿——花白的短须……⑧）

---

① См.：*Белый А.* Петербург. М.，1994. С.327－328.
② *Белый А.* Петербург. М.，1994. С.97.
③ *Белый А.* Петербург. М.，1994. С.265.
④ *Белый А.* Петербург. М.，1994. С.329.
⑤ *Белый А.* Петербург. М.，1994. С.170.
⑥ [俄]安·别雷著:《彼得堡》,靳戈(即钱善行)、杨光译,作家出版社1998年版,第263页.
⑦ *Белый А.* Петербург. М.，1994. С.209.
⑧ [俄]安·别雷著:《彼得堡》,靳戈(即钱善行)、杨光译,作家出版社1998年版,第325页.

（3）Что за сон? Что за сухость?①（什么态度？为什么这样冷淡?②）

这样的不完全句在小说中十分多见。不完全句属于典型的口语句型,它或是省略动词,或是省略补语,或是省略主语,这些省略也使整个句子意义变得不明确,造成多重理解。《彼得堡》使用的这种词法和句法手段使小说语句结构紧凑、经济简约,但其内涵却十分丰富。

三、　形象性

文学作品的形象,是由具象的(即能在读者意识中激发相应感性经验的)语言建构的。如果一个作品的风格完美(即形式坚实,读起来耐人寻味),它的每个句子应当是一团土坯、每一块粘着一个人们能看见的视像;更确切地说,是用柔软的手指触摸到的一堵墙。在一个具体感觉和另一个具体感觉之间,绝不能让人感到是轻飘飘的蒸汽汇成的墙。这里没有气体组成的墙——一切都是坚实的固体。③

确实,一个人在写作的时候,倘若眼前不同时呈现出带有某种意义的形象,便会感到无从下笔。正是先有这种现象,然后才有作品。也正是有这种形象的作品经得起推敲。在别雷的作品里,我们看到的是形象而不是词汇。英美的意象派强调不许用抽象词,一切要用具象的语言来表现。别雷虽不属于意象派,但《彼得堡》中运用各种语言手段造成的语言的形象性效果给读者留下了很深的印象。比如上文提到的各种拟声词的运用,Так-так(嗒嗒)是定时炸弹计时器一分一秒走动的声音,给人以十分紧张的感觉;Пепп Пеппович Пепп(彼波·彼波维奇·彼波)通过元音

---

① *Белый А.* Петербург. М. , 1994. С. 282.
② [俄]安·别雷著:《彼得堡》,靳戈(即钱善行)、杨光译,作家出版社1998年版,第445页。
③ 赵毅衡编:《新批评文集》,百花文艺出版社2001年版,第307页。

辅音的强化发音,来激起一定的联想。

别雷在分析果戈理达到艺术目的的手段时说,果戈理"不是用笔,而是用剑尖,他用它将一个又一个的形象刻进了我们的意识。在字符'эн'中,结合'е'或者'и',在'ни'、'не'的手法中,轻柔如绒毛的'ни'、'не'制造出同时代人没有听见的巨大响声"①。细读《彼得堡》可以发现,其语言的形象性主要是由于作家灵活运用了以下一些词类,或充分发挥了某些词的特性。于是,他笔下的形象便跃然纸上。

1. 带主观评价后缀的词

俄语与其他西方语言相比,有一个鲜明的特点,就是在名词、形容词领域拥有极为丰富多彩的主观评价后缀系统②。《彼得堡》大量运用表示带主观评价后缀的词。如:Господинчик③(一位先生)、книжечка④(小本子)、водка—водочка⑤(伏特加)、батенька⑥(老兄)、Коленька⑦(柯连卡)、масочка⑧(假面具)等等,这些口语词中都运用了这种特殊的表情手段。

如在小说第二章第二节中,作品专门写索菲娅·彼得罗夫娜·利胡金娜。在这一小节中就运用了不少带主观评价后缀的词:

...только, только:над губками Софьи Петровны обозначался пушок, угрожавший ей к старости настоящими усиками...

---

① *Белый А.* Мастерство Гоголя:Исследование. М., 1996. С.69.
② 张会森著:《修辞学通论》,上海外语教育出版社2002年版,第24页。
③ *Белый А.* Петербург. М., 1994. С.206.
④ *Белый А.* Петербург. М., 1994. С.215.
⑤ *Белый А.* Петербург. М., 1994. С.209.
⑥ *Белый А.* Петербург. М., 1994. С.282.
⑦ *Белый А.* Петербург. М., 1994. С.151.
⑧ *Белый А.* Петербург. М., 1994. С.162.

Глазки Софьи Петровны Лихутиной не были глазками, а были глазами:если б я не боялся впасть в прозаический тон, я бы назвал глазки Софьи Петровны не глазами—глазищами темного , синего - синего-темно-синего цвета（назовем их очами）...но...зубки（ах , зубки!）:жемчужные зубки! И притом—детский смех ... Этот смех придавал ототпыренным губкам какую-то прелесть...①

只是,只是——……索菲娅·彼得罗夫娜的嘴边露出了蓬松的毫毛,等她上了年纪就会成为真正可怕的小胡子。……

索菲娅·彼得罗夫娜·利胡金娜的小眼睛不是小眼睛,而是这样一双眼睛:要是不怕听大白话,我要说索菲娅·彼得罗夫娜的一双小眼睛不是小眼睛——而是昏暗、蓝色的——深蓝色的大眼睛(我们姑且称它们是明亮的眼睛)……然而,那牙齿(啊,牙齿!):绝好的牙齿! 此外还有——天真的欢笑……这欢笑赋予鼓鼓的嘴唇某种魅力……②

这里用了许多名词指小后缀形式和一个指大后缀形式（глазищами）,主要的目的都是表卑,意味着蔑视、鄙视、不赞。因为索菲娅·彼得罗夫娜·利胡金娜的外貌显示出一种不男不女的特征,就像她的房间的装饰、她的行为和思维一样都体现出一种不协调性,因此连她的外貌也成为作者嘲讽的对象。另如小说第一章的16 小节"什么样的服装师"中描写尼古拉时,小说第五章 2 小节"来一杯伏特加酒"中描写小酒馆环境时,都集中运用了带主观评价后缀的词。

2. 不满音体的运用

在俄语口语言谈中,会出现音发得不清晰,词末尾或中间的某（些）

---

① *Белый А.* Петербург. М. , 1994. С. 58.

② ［俄]安·别雷著:《彼得堡》,靳戈（即钱善行）、杨光译,作家出版社 1998 年版,第89 页。

音常常弱化甚至到语音脱落的程度。例如：теперь 说成 терь，говорит 说成 гърит①。别雷在《彼得堡》中将这种口语的语音现象直接搬用到人物言语中，以人物的特殊言语特点表现人物形象。

第三章 5 节"群众集会"里特别写到一个流氓无产者的大会发言：

—《 Тварры… шшы!… Я，тоись，человэк бедный — ппролетарррий，тваррры…шшшы!…》

Гром аплодисментов.

—《Так，тва-рры…шшы!… И птаму значит，ефтат самый правительственный… ппра-извол… так！так！тоись，я человэк бедный— гврю：заба-стовка，тва-рры-шшы!》②

"同……志们！……我，也就是一个穷苦人——无产阶级，同……志们！……

雷鸣般的掌声。

"是的，同——志……们！……就是说，这个政府的……横行——霸道……是的！是的！也就是说，我是个穷苦人——我说：罢——工——了，同——志——们！"③

这段话不仅运用个别音的重复效果表现出醉汉的口吻，而且用直接按照口语中的不满音体构成词(下面画横线的词)方法表现出一个文化不高的人的形象。又如：老爷(亚历山大)把农村人斯捷普卡带到自己住的顶层亭子间，给他读信，一个政治流放犯写给亚历山大的信。信的语言和老爷的语言以及斯捷普卡的语言④形成鲜明对比。仅取其中几句以示

---

① 张会森著：《修辞学通论》，上海外语教育出版社 2002 年版，第 114 页。

② *Белый А*. Петербург. М. , 1994. С.124.

③ ［俄］安·别雷著：《彼得堡》，靳戈(即钱善行)、杨光译，作家出版社 1998 年版，第 193 页。

④ См. : *Белый А*. Петербург. М. , 1994. С.102－105.

对照。

《Близится великое время: Остается десятилетие до начала конца: вспомните, запишите, и передайте потомству; всех годв значительней 1954 год. Это России коснется, ибо в России колыбель церкви Филадельфийской; церковь эту благословил сам Господь наш Иисус Христос. Вижу теперь, почему Соловьев говорил о культе Софии. Это—помните? В связи с тем, что у Нижигородской сектантки... 》 Степка почмыхивал носом, а барин псулю читал: долго писулю читал.

—《Так оно во, во, во. А какой ефто барин писал?》

—《Да заграницей он, из политических ссыльных》.

—《Вот оно што》.

. . . .

—《А что, Степка, будет?》

—《Слышал я: перво-наперво убиения будут, апосля же всеопчее недовольство; апосля же болезни всякие ‾ мор, голод, ну а там, говорят умнейшие люди, всякие там волнения: китаец встанет на себя самого: мухамедане тоже взволнуются оченно, только етта не выйдет》.①

"伟大的时代临近了:到末日开始不超过十年。请记住、写下并转告后代:1954年比任何年代都重要。这将关系到俄罗斯,因为在俄罗斯有着费拉德尔菲亚教堂的摇篮;我们的主耶稣曾亲自为这座教堂祝福。现在我知道,索洛维约夫为什么谈到对索菲娅的崇拜。这一点——您记住了吗?与此相联系,在尼日戈罗德一个女教徒那

---

① *Белый А.* Петербург. М., 1994. C.105.

里……"斯捷普卡擤了擤鼻子,老爷则读着信:信读了很久。

"是啊,它——瞧,瞧,瞧。它是怎样的一位老爷写的?"

"他在国外,是个政治犯。"

"原来这样。"

……

"会出什么事呢,斯捷普卡?"

"我听说:一开始将发生残杀,然后是普遍的不满;然后各种各样的疾病——瘟疫,饥饿,那边一些聪明的人说,将发生各种各样的动乱:中国将起来保卫自己,穆斯林们显然也将发生骚乱,只是这不会有什么结果的。"①

从这封信的语句,老爷言语中词法、句法的运用,可以推测出写信人和读信人是受过高等教育的,而斯捷普卡则是一个没有文化的农村人,对"什么都不理解"。在仆人交谈的语句中,作者也采用了这种不满音体构词的方法表现他们文化水平偏低。

3. 带后缀-c 的词

在《彼得堡》第五章 8 节"一盒盒铅笔"中,有一段大量运用-c 后缀的词:

—《Барыня... Анна Петровна-с... Вернулись...》

—《?》

—《Из Гишпании—в Питербурх...》

．．．．．．．．．．．．

—《Так-с, так-с:очень хорошо-с!》

---

① [俄]安·别雷著:《彼得堡》,靳戈(即钱善行)、杨光译,作家出版社 1998 年版,第 161 页。

. . . .

—《Письмецо с посыльным прислали-с》

—《Остановились в гостинице...》

—《 Только что ваше высокопревосходительство изволили выехать-с, как посыльный-с с письмом-с...》①

"夫人……安娜·彼得罗夫娜—嗯……回来了……"

"？"

"从期期班牙——到彼得堡……"

. . . .

"是这样—嗯,是这样—嗯:很好——嗯! ……"

. . . .

"派听差送来了一封信—嗯……"

"在旅馆……"

"听差—嗯,送信来的时候—嗯,最尊贵的大人刚出去了—嗯……"②

这是一段仆人谢苗内奇向主人阿波罗·阿波罗诺维奇报告女主人回来的对话。仆人的语言中,不管是动词、名词还是形容词,都加上后缀-c,这就把一个唯唯诺诺、胆战心惊的形象活脱脱地刻画出来了。参政员家的这个仆人的语言很有特点,他任何时候对参政员、女主人安娜、小主人尼古拉说话,都　定要加上带-c后缀的词,来显示他的奴仆身份。

在这一段对话中还夹杂着主人阿波罗的一句话:《Так-с, так-с: очень хорошо-с!》("是这样—嗯,是这样—嗯:很好——嗯!")。这句话可以说是阿波罗的标志性话语,它在小说中多次出现。无论他和儿子,还是对

---

① *Белый А.* Петербург. М. , 1994. С. 232.

② ［俄］安·别雷著:《彼得堡》,靳戈(即钱善行)、杨光译,作家出版社1998年版,第363页。

同僚、上流社会交际圈中的人物,甚至对仆人他都会习惯性地说出这句话。这句话并不具有什么实际意义,只是他一贯的唯命是从的官僚腔调的表现。这一内在意义就是句中带后缀-c 的词赋予的。只有一次他把词的后缀弄错了。那是在他向密探莫尔科温打听儿子的事情时:

—《Я знаешь-тили》(Аполлон Аполлонович и на этот раз ошибся в окончании слова)... ①

"我……你—您知道吗"(阿波罗·阿波罗诺维奇这次又说错了人称)(此括号由引者所加)……②

对下属说话他不仅弄错了人称,而且变换了他一贯使用的词语后缀,仓皇失措之情溢于言表。

不仅阿波罗和家中的仆人说话时会给词加上-c 的后缀,还有机构中的看门人、上流社会的胖编辑、太太③、小酒馆里无聊的冒汗的男人④、奸细莫尔科温⑤乃至尼古拉(在和父亲说话时)也经常会用带后缀-c 的词,这一现象反映了整个社会的一种唯唯诺诺的风气。而在某些人的话语中(比如莫尔科温的话语⑥),还会出现由使用加后缀-c 的词到使用动词命令式、书面语的变化,这些都悄然展示了人物前恭后倨的态度变化,于不经意处突出了人物的特点。

4. 语气词

《彼得堡》中还大量运用各种语气词"a,да,же,бы,чуть-чуть"等。

---

① *Белый А.* Петербург. М., 1994. С. 189.
② [俄]安·别雷著:《彼得堡》,靳戈(即钱善行)、杨光译,作家出版社 1998 年版,第 294 页。
③ См.: *Белый А.* Петербург. М., 1994. С. 153 – 154.
④ См.: *Белый А.* Петербург. М., 1994. С. 26.
⑤ См.: *Белый А.* Петербург. М., 1994. С. 208.
⑥ См.: *Белый А.* Петербург. М., 1994. С. 208 – 216.

这些词并没有什么实际意义,有时表现一定的主观感情。另外,有的词像
"ну","вот"等,类似于汉语中的"嗯,啊",它也没有实际意义,只表现说
话的停顿、意义的不连贯,无法正常延续,但它也参与了小说语言形象性
的建设。

我们先来看叙事人的典型的叙事话语:

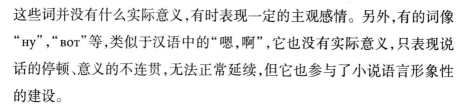

Аполлон Аполлнович бы главой Учреждения: ну, того … как

его ?

Словом, был главой Учреждения, разумеется, известного вам.①

阿波罗·阿波罗诺维奇是一个机构的首脑:嗯,那个……怎么称
呼来着?

一句话,是个想必你们大家都知道的机构的首脑。②

这是叙事人在开篇时介绍阿波罗情况的一句总结。叙事人在叙事
中,无法连贯表达,只能稍微停顿,寻找合适的表达方法。他的这种不太
连贯的叙事影响到小说的全部叙事语言,给读者留下了一个笨拙的叙事
人的形象。

再来看人物语言:

—《Мм... Послушайте...》

—《Ваше высокопревосходительство?》

Аполлон Аполлонович подыскивал подходящее слово:

—《Что вообще – да—поделывает ... поделывает...》

· · · · · · · · · · · · ·

---

① *Белый А.* Петербург. М. , 1994. С. 10.

② [俄]安·别雷著:《彼得堡》,靳戈(即钱善行)、杨光译,作家出版社 1998 年版,第 14 页。

—《И гуляют -да, да...И...И? Как?》

. . . .

...《Гм-гм...Для чего же такого?》①

"咦咦……你听着……"

"最尊贵的阁下?"

阿波罗·阿波罗诺维奇在寻找一个恰当的词儿:

"他平时——对了——做些什么……做些什么……"

……

"走走——是啊,是啊……还……还? 怎么样?"

……

"嗯—嗯……等他来干什么?"②

　　在这里我们会发现人物的日常会话言语十分简短,时常话只说了一半,其他部分就用省略号代替了。几乎每句话都用语气词。语气词的这种频繁使用反映了人物心不在焉的说话状态,人物似乎不能恰当地表述,需要稍稍停顿加以思考。语气词的叠用,也反映人物说话口吃的特点。人物失去正常表述的能力,似乎患了失语症。小说中的主要人物(包括叙事人)都患有这种病症。他们说话不按照正常的词序,有时支支吾吾,有时不断重复,有时词不达意。

5. 口语名称

　　口语名称(Номинация)最显著的特点是形式上的省略性和语义上的凝缩性。口语名称的另一个特点是分解性。由于口语的无准备性,说

---

① *Белый А.* Петербург. М., 1994. C.14.
② [俄]安·别雷著:《彼得堡》,靳戈(即钱善行)、杨光译,作家出版社 1998 年版,第20—21页。

话人有时不使用现成的名称,而用描写的方法来指称事物①。在《彼得堡》这部小说中规模性使用的有两种典型的口语名称:借代和描写性名称。

借代(метонимия)是指根据事物间的内外联系,用一事物的名称来代替另一事物的名称②。在《彼得堡》中,作者在描写人物时,常常以人物的某一特征来代称人物,使人物具有了面具化的特点。比如作者把亚历山大称为"小黑胡子",联系作者运用的颜色象征意义,亚历山大就成为灾难、不安定因素的代名词。又如利潘琴科的典型外貌是"狭小而突出的额骨"。在他那里,"额骨果然摧毁了意志"③。额骨成为他人格缺陷的标签。索菲娅·利胡金娜被代之以"洋娃娃",尼古拉被代之以"红色的多米诺",老参政员被代之以"家蝠",涅瓦大街上的人群被称为"人形多足虫",而岛屿上的居民则被称为"某种可怕的杂种,既不是人,也不是影子"。

在假面舞会上假面具活动达到高潮:"一队带风帽的黑色女用斗篷鱼贯而入;带风帽的黑色女用斗篷很快绕着红色的伙伴围成一圈,在红色伙伴的周围跳起舞蹈来;它们的锦缎下摆一开一合地飘扬;风帽的顶端飞起来又极其可笑地落下来;每一位的胸部都是两根交叉的骨头顶着一个头颅;一个个头颅也按拍子有节奏地蹦跳着。"④这种称名方式深刻地反映出人物的生存状态:由于不正常的生活方式,人失去了心灵,也失去了自己的本来面貌。

小说中的另一大名称特色就是使用描写性名称。叙事者不直接使用事物的本来名称,而是使用描写的方法来指称。比如:用"留小黑胡子的陌生人"来代表亚历山大,用"一个个子矮小、形象丑陋的先生"来表示利

① 参见徐翁宇著:《现代俄语口语概论》,上海外语教育出版社2000年版,第78页。
② 参见徐翁宇著:《现代俄语口语概论》,上海外语教育出版社2000年版,第82页。
③ [俄]安·别雷著:《彼得堡》,靳戈(即钱善行)、杨光译,作家出版社1998年版,第452页。
④ [俄]安·别雷著:《彼得堡》,靳戈(即钱善行)、杨光译,作家出版社1998年版,第250页。

潘琴科,把莫尔科温说成"鼻子边上有个赘疣的先生",把基督称为"一个哀伤而忧郁的人"。

人物常常会想不起要说的事物的名称,只能零零碎碎地加以描述,促使谈话对象和读者想起他指的是什么。我们来看一个精彩的小片段。尼古拉启动炸弹的定时装置后,内心一片混乱,他去找亚历山大·伊万诺维奇帮忙:

> "那里,在洋铁罐里,"尼古拉·阿波罗诺维奇反复说,"大概有东西在活动:那上面的记时针古怪地嘀嘀答答直响……"
>
> 这时候,亚历山大·伊万诺维奇想了想:
>
> "什么洋铁罐头,什么样的洋铁罐头盒?而且,什么样的洋铁罐头关我什么事?"
>
> 但是,更仔细地听了参政员儿子反复说的话后,他想象到那指的是一枚炸弹。
>
> "自从我开动它后,里面显然有东西在活动:原来,它没有什么,是死的……我拧开了钥匙;甚至,对:它像个喝醉了似醒非醒的身体,请您相信,有人推它时,它便开始呜呜呜地抽泣起来……"
>
> ……
>
> "指示针?"①

尼古拉像是患了失语症,忘却了"炸弹"、"指针"这两个现成的名称,而采用了形象化的描述方式。这种表达方式符合陷入繁杂的思绪、丰富而混乱的内心活动中的人物的语言特点。因为"他常常这样,尤其是在阅读通篇都是由不可思议的词汇组成的很严肃的论文之后:读完这些论

---

① ［俄］安·别雷著:《彼得堡》,靳戈(即钱善行)、杨光译,作家出版社 1998 年版,第 410—412 页。

文之后,任何一件东西,甚至——任何东西的名称都仿佛变得难以想象……"①除尼古拉外,小说中的很多人物都以这种方式表达。

另外,叙事者把这种描述性称名方式扩展到介绍人物出场的叙事上。比如:

> ……到这时,尼古拉·阿波罗诺维奇才发觉,一个飞速跑过来的人(可能是商人)在给自己包扎喉咙;大概是喉咙处长了个疖(大家都知道,疖妨碍活动自由,它长在喉结上,在脊柱上——两块肩胛骨之间,长在……一个最隐私的部位!……)
>
> 但是,对毒疖特点的更详细的思考被打断了:
>
> ……
>
> "荣幸,您是,"尼古拉·阿波罗诺维奇生气地闭紧嘴唇,同时凝神细看陌生人,他突然仰起身,脱下礼帽,歪着脸惊叫起来:
>
> "不……这是您?……什么风把您?……"
>
> 他显然是想惊叫:"什么风把您吹来了……"
>
> 很自然:要在一副叫花子模样的偶然行人身上认出谢尔盖·谢尔盖依奇毕竟是困难的……②

作品中的许多人物都是这样被介绍出来的,而且随着场景的变换,人物就像第一次出现那样,被重新变换角度进行介绍。这样的描绘方式使读者随着场景的变换,能够多角度地了解人物,深化对人物的认识;而且还使"形式艰深化,从而增加感受的难度和时间"③,达到使原本熟悉的事物变得陌生、延长读者的审美过程的效果。

---

① [俄]安·别雷著:《彼得堡》,靳戈(即钱善行)、杨光译,作家出版社 1998 年版,第 147 页。
② [俄]安·别雷著:《彼得堡》,靳戈(即钱善行)、杨光译,作家出版社 1998 年版,第 515 页。
③ [俄]维·什克洛夫斯基著:《小说理论》,刘宗次译,百花洲文艺出版社 1994 年版,第 10 页。

6. 声音和颜色

在 20 世纪之初的俄罗斯文学与艺术中,声音和颜色成为恢复艺术的表现力运动中最重要的因素。比如著名音乐家斯克里亚宾就执著于在声音中看见颜色,在颜色中看见声音。小说的颜色体系也是《彼得堡》诗学特色的重要方面。多尔戈波洛夫指出:"颜色和声音是别雷形象思维的基础。包围着作家的并以其艺术的一面进入他的意识的世界不是无生命的、无个性的一堆事物、特征和场景。它有声音和颜色,声音和颜色的组合赋予世界最终的形式。形象的完成性就是颜色和声音的结合。这个原则被别雷运用到他所有的小说中。"[1]

别雷在他的回忆录的第三卷第二部分中曾细述了《彼得堡》中形象产生的过程。"我考虑如何将小说《银鸽》的第二部分继续下去;按照我的构思它应该这样安排……第二部分应该在彼得堡展开,以和参政员会面开始,这样按照构思我必须对参政员进行描述;我仔细考察我并不十分清楚的参政员的外貌和他周围的背景,但是——徒劳无功……我感到形象应该由某种含混的声音点燃;突然我听到某种类似于'y'的声音;这个声音穿越了小说的全部空间……这样柴可夫斯基的歌剧《黑桃皇后》中描写冬宫运河的主题与'y'音调结合起来;涅瓦河与冬宫小运河的画面也突然闪现在我面前;月光暗淡的、发蓝灰色的夜晚和挂着红灯笼的黑色立方体四轮马车;我似乎用思想追逐着四轮马车,努力窥视着里面的乘客;四轮马车在参政员的黄房子前停下来,就像在《彼得堡》里描写的一样,从马车里走出参政员,完全跟小说里描写的一样……"[2]

弗洛连斯基在 1935 年给女儿的信中这样描述:"《彼得堡》就是这样建造出来的。安德烈·别雷给我讲述了它的诞生。在'彼得堡'基础上

---

① *Долгополов Л. К.* Андрей Белый и его роман《Петербург》. Л., 1988. С. 204.

② *Белый А.* Между двух революций. М., 1990. С. 435.

的第一个形象是黑色的立方体,一个特别的音和它相伴。渐渐这个立方体扩张出次要的形象,变成黑色的沿着涅瓦河行驶的四轮轿式马车。倾听着这个伴随音,别雷辨认出:它是由两个音组成,或者,更准确地,主音由一个比主音、最高音更弱的辅音相伴随。基本形象的继续成长并且内在和它相连的这个音就像胚芽细胞一样继续繁殖。"①

　　能够被听到的和被看到的词在别雷那里获得了具体的内容,形成了情节。别雷认为词就是声音和色彩的结合,由词的颜色体系和声音体系共同构筑了小说的诗学系统。词是有某种声音的、而且能激发出某种色彩的联想。就像韩波著名的诗篇《元音》中描述的那样:"A 黑,E 白,I 红,U 绿,O 蓝:元音……"②每个音都有自己的色彩,音与色彩结合,赋予词崭新的意义。《彼得堡》中这样的例子很多,请看:

　　　　"您仔细听那嘈杂声……"

　　　　"是啊,奇妙的嘈杂声。"

　　　　"吵吵闹闹时,字母 И 听起来却成了 Ы 的声音……"

　　　　……

　　　　"字母 ы 听起来使人感到有某种笨拙而黏滋滋的味道……"

　　　　"所有带字母厄的词都俗气又难听:不像'伊';'伊—伊—伊'——像是湛蓝的天空、思想、晶体;字母伊—伊—伊使我想起弯着的鹰喙;而带'厄'的词则很俗陋;例如:'鱼'这个词,您听……坐在他面前的简直就是什么'厄'……"③

① *Сост. И общ. Ред. Игумена Андроника（А. С. Трубачева）, П. В. Флоренского, М. С. Трубачевой. Флоренский П. А.* Соч.：В 4 т. Т. 4：Письма с Дальнего Востока и Соловков. М.，1998. С.293

② 黄晋凯、张秉真、杨恒达主编:《象征主义·意象派》,中国人民大学出版社1998年版,第247页。

③ ［俄]安·别雷著:《彼得堡》,靳戈(即钱善行)、杨光译,作家出版社1998年版,第62页。

作家由两个字母的发音和它所代表的颜色,引发出味觉、视觉、心理感觉等联觉形象,并且扩展出"鱼"等词的新的内涵。

以上我们考察了《彼得堡》运用各种语言手段、使语言更加形象化的特点。实际上,《彼得堡》的小说语言充分表现出一种语言自觉的意识。词序、语序也成为语言意义表达的一个重要方面。小说基本采用非正常词序和语序,直到母亲安娜回来之时,词序才恢复正常,意义和语言才真正达到水乳交融的一致。

另外,小说语言的形象性在很大程度上还表现在作者善于用具体的形象表现抽象的东西。我们也举一例:

> 那是参政员阿勃列乌霍夫建立的原则。
>
> 它表现在各个方面:主人身上,那些雕塑像、那些仆人,甚至常待在靠近厨房某处的黑毛哈巴狗上;在这幢房子里,大家都扭扭怩怩,觉得更重要的是嵌木地板、画和雕塑像,他们总在微笑,显得腼腆,说起话来含糊不清;他们相互讨好,点头哈腰,窜来窜去——在这些回音很响的嵌木地板上;并且,那完全无益的讨好劲儿一来,便不停地搓着冰冷的手指。①

作家把"原则"一词予以形象化的解释,使人一下就能完全明了这个语境下的"原则"究竟意味着什么。把无法用理性方式表达的意思诉诸隐喻,是别雷作为语言艺术大师的特长,下面我们将要着重分析这个特点。

四、 隐喻性

在现代小说中,隐喻不但是一种局部的描写手段,而且更成为一种基

---

① [俄]安·别雷著:《彼得堡》,靳戈(即钱善行)、杨光译,作家出版社 1998 年版,第 19—20 页。

本的叙事方式。隐喻把对事物的多方面观察所得综合为另一个主导形象;它表达一个复杂的思想,不是用分析,也不是用直接陈述的方式,而是凭借对于事物之间的客观联系的骤然领会。福勒说:"语言具有极强的隐喻性,其原因在于人们发现难于把握新概念,除非用具体的方式来表达它们。因此毫不奇怪,将多重意义融为一体的隐喻成为文学最重要的手段。"①在《文学理论》中,韦勒克和沃伦把"隐喻概念中的四个基本因素"概括为:"类比、双重视野、揭示无法理解诉诸感官的意象、泛灵论的投射。"②下面,我们即从这四个基本因素来具体分析《彼得堡》语言的隐喻性。

1. 类比

休姆曾经说过:有些意义是"一种完全不可言传的东西","但你又必须谈论;在这件事上,你所使用的语言只能是类比的语言。我没有物质材料铸成所指的形状,为了达到这个目的,人们只有一种可以用来代表它的精神的材料,那就是某些美学和修辞学理论中的隐喻。把这些隐喻合在一起,纵使它不能说明那种本质上不可言传的直觉,还是能给你一个足够类似的东西,而使得你能够明白它是什么。"③

人的感觉是微妙的,常常难以言传。在《彼得堡》中,别雷为了确切地表现人物的种种感觉,便采用了类比的语言。比如:

> 今天他是怀着什么样的心情回家的呢?
> 他的感觉被一根脱落的、有力的但眼睛看不见的尾巴拖拉着:亚历山大·伊万诺维奇从相反的方面去体会这些感觉,他通过意识沉浸在尾巴上(也就是躲到背后):这几分钟里,他老是觉得自己的背

---

① 王先霈、王又平主编:《文学批评术语词典》,上海文艺出版社1999年版,第243页。
② [美]韦勒克、沃伦:《文学理论》,刘象愚等译,江苏教育出版社2005年版,第226页。
③ 王先霈、王又平主编:《文学批评术语词典》,上海文艺出版社1999年版,第243页。

部裸露着,而有个巨大的躯体正像冲出大门似的从这个背部出来,准备奔向深渊;这个巨大的躯体便是他这一昼夜的感觉;尾巴使感觉冒烟了。①

为了表现出亚历山大沉重、疲惫混乱的心情,叙事者用一根大尾巴作类比。

又如,作者在描绘压抑和疼痛的感觉时这样写道:

关上的大门里边,仿佛不是客厅:好像是……大脑的空间:脑回、灰色和白色的物质、松果体;而(涨潮时)水花飞溅的厚墩墩的墙——那些光秃秃的墙也只是一种压抑和疼痛的感觉:一种属于这个尊敬的头颅的后脑壳、前额、太阳穴和头顶骨的感觉。

房子——一大堆巨石——已不是房子;一大堆巨石是参政员的脑袋:阿波罗·阿波罗诺维奇坐在桌子一旁埋头工作,受着偏头痛的折磨,感到自己的脑袋比原来大了六倍,比原来沉重了十二倍。②

再如,在作品第三章中,儿子和父亲在客厅相遇,一段出色的儿子和父亲的心理描写之后,叙事者评价道:

他们觉得自己的心里一团混乱,它刚刚得出的尽是些出乎意料的事儿;但当两人的心理互相碰撞在一起时,(请注意——引者注)他们都暴露出同样的通向无底深渊的阴暗窗口;一股极不好受的穿堂风从一个深渊刮向又一个深渊;两人面对面站着,都感觉到了这股

---

① [俄]安·别雷著:《彼得堡》,靳戈(即钱善行)、杨光译,作家出版社 1998 年版,第 151—152 页。
② [俄]安·别雷著:《彼得堡》,靳戈(即钱善行)、杨光译,作家出版社 1998 年版,第 52 页。

穿堂风;两人的思想混合到了一起,因此,儿子大概会继续父亲的思想。

……

……很快,他的脚步声消失了。

尼古拉·阿波罗诺维奇往父亲背后看了一眼:他脸上又露出笑容;一个深渊同另一个深渊隔开了;穿堂风停了。①

在这里,叙事者为了表示父与子的思想发展的相似性,它们之间的融合、碰撞,采用了"穿堂风"来作类比,用"深渊"表示思想中可怕的东西。这样的类比,达到了较好的表达效果。

2. 双重视野

斯丹佛曾把隐喻的"双重视野"比做"双管立体镜":只有保持两张图片的差别,双管立体镜才能利用它们生产第三者,即有立体感的图画②。就是说,两张平面图片通过双重视野"融合"在第三个立体图画里,这个立体图同那两张平面图已经大不相同了。

别雷擅长把握事物的多种层次。《彼得堡》中真实与幻觉、日常生活与存在、神话与现实彼此交织。为了分析这种多重性,我们先来分析一下小说中的人物杜德金。杜德金就是一个多重存在的人,这个人物产生于作者大脑游戏中的一个人物阿波罗的大脑游戏之中。首先他与阿波罗有着紧密的联系。他是在阿波罗的高压恐怖政策下诞生的,并与后者在恐怖行为和恐怖思维上有着相同的地方。

同时杜德金和尼古拉一号更有着惊人的相似性。他们都成长在"冰冷"的世界,受到一种"残酷"方式的对待,他们的心都被厚厚的"冰"包

---

① [俄]安·别雷著:《彼得堡》,靳戈(即钱善行)、杨光译,作家出版社 1998 年版,第 168—169 页。

② 参见王先霈、王又平主编:《文学批评术语词典》,上海文艺出版社 1999 年版,第 243 页。

围。他们的想法类似:尼古拉认为"决定世界的是火和剑",杜德金发表了"摧毁文明和兽化的理论"。甚至在对待共同的"父亲"阿波罗时,两人也一致使用了恐怖的方式:尼古拉许下弑父诺言,杜德金为他提供了弑父的炸弹。杜德金就像是尼古拉的影子。尼古拉在一号和二号的斗争中培育心灵,经历了"可怕的审判"后,二号获得胜利,心灵复苏。在第六章的"启示录"一节,"他们终于分手了",尼古拉才彻底解脱。另外,杜德金的身份是恐怖分子,他直接受既是密探又是恐怖主义者的利潘琴科的领导。实施恐怖、制造混乱是利潘琴科的行为特征。

在日常生活中的杜德金是个着了魔的人,他常常会陷入无法摆脱的梦呓之中。自从发表过"摧毁文明和兽化理论"之后,他的心魔恩弗郎希什就一直跟随着他,使他脱离了正常的生活,让他生活在"影子"的世界里。杜德金不仅受到魔鬼的纠缠,还时常受到彼得堡精神之父铜骑士的追踪。杜德金具有小说人物所显示的基本特征:分裂、梦呓、恐惧症。他构成一种底色,通过调色形成其他人物的特色。他具有一种基本意义,这也是彼得堡所具有的基本意义所在。在"铜客人"一节,他的这种意义被显示出来。

现在,正在这一瞬间,在简陋的门槛外边,一幢古老建筑的墙壁在硫酸色的空间里倒塌的时候,亚历山大·伊万诺维奇的过去也仿佛被分析得一清二楚了;他大声嚷嚷起来:

"我记起来了……我在等着你……"

……

……

"你好,孩子!"

十个十年过去后,现在,当铜铸的客人亲自光临并这样大声对他说的时候,一切,一切,一切全清楚了。

……

于是——他便拜倒在客人脚下:

"老师!"①

　　杜德金是彼得堡的精神之父——铜骑士思想的最直接的继承者和实施者,是彼得堡居民的代表。或者说他的灵魂就是铜骑士的思想。奥尔加·库克认为"杜德金是《彼得堡》唯一的主人公"②。从他为自己伪造的姓杜德金看(他原名阿列克谢·阿列克谢耶维奇·波戈列尔斯基)"дудкин"意为"дудка","дудка"指管子、笛子,只是吹奏他人乐曲时使用的一种工具。小说中的杜德金就是彼得堡思想的传声筒,他居住的顶层亭子间就是整个彼得堡市的缩影,而他自己则是彼得堡居民的缩影。"彼得堡将要下沉!"可怜的杜德金也彻底毁了。

　　换个角度看小说中的其他人物,我们会发现他们的许多相似性。每个人既有自己的本色,又成为其他人物的背景色烘托其他人物,既是前景,又是背景,既是主角,又是配角。这种效果就是由文本中隐喻性的语言造成的。如上文中举的几个例子"他们终于分手了"③,"老师"④,还有"把我们联系在一起的关系——是一种神圣的关系……"⑤"我啊,尼古拉·阿波罗诺维奇,知道吗,是您兄弟……"⑥"我们共同的父亲"⑦等等,这些语言中都暗含了对人物的行为、思维方式甚至存在价值的评价。它们把小说中的所有人物都联系在一起,制造出多种图片叠加的效果,形成小说多重意义的发生机制,共同演绎出小说的主题。读者只有把握了这些语言提供的真实信息,才能推导出小说叙事的真实意图。

---

①　[俄]安·别雷著:《彼得堡》,靳戈(即钱善行)、杨光译,作家出版社1998年版,第492—494页。

②　*Кук Ольга. Летучий Дудкин: шамнство в《Петербург》Андрея Белого.// Редактор Бойчук А. Г. Андрей Белый. Публикация и исследования. М. , 2002. С. 221.*

③　[俄]安·别雷著:《彼得堡》,靳戈(即钱善行)、杨光译,作家出版社1998年版,第415页。

④　[俄]安·别雷著:《彼得堡》,靳戈(即钱善行)、杨光译,作家出版社1998年版,第494页。

⑤　[俄]安·别雷著:《彼得堡》,靳戈(即钱善行)、杨光译,作家出版社1998年版,第329页。

⑥　[俄]安·别雷著:《彼得堡》,靳戈(即钱善行)、杨光译,作家出版社1998年版,第329页。

⑦　[俄]安·别雷著:《彼得堡》,靳戈(即钱善行)、杨光译,作家出版社1998年版,第320页。

3. 揭示无法理解诉诸感官的意象

波德莱尔的"通感"论,为象征主义的艺术方法奠定了理论基础。他的《感应》一诗认为,不仅主观客观之间,或者说精神和物质之间存在着某种神秘的联系,就是人的各种感官之间也是相互沟通的。在《彼得堡》中,别雷利用感官之间的相通性,不仅出色地描绘出人物的梦境和幻觉,而且揭示出自己理解的抽象主题。

我们来回顾一下作家对时间的主题描述:尼古拉开始打瞌睡时,听到了一种奇怪的声响。由这种声响,作品转入描写尼古拉的意识陷入了"奇怪的,十分奇怪的半睡眠状态":

> 尼古拉·阿波罗诺维奇仿佛觉得门外有人站在无限处朝他看了看,那里探出个脑袋来,是一个什么神的脑袋。
>
> ……
>
> 一个可怕的老头子用一种奔驰而过时向我们袭来的出租汽车的号叫似的古老歌曲的声音,突然牢牢停在了那儿。
>
> "啊啊啊……"
>
> ……
>
> 显然是高祖阿勃——拉依……
>
> 脑袋上边是一个明亮的光芒四射的光环;那奇妙的样子,我们大家都熟悉! 这光环的中间,是一张布满皱纹的脸,它正周期性地启动着自己的嘴唇……他身后拂起阵阵千年和风。
>
> 在最初的一刹那,尼古拉·阿波罗诺维奇·阿勃列乌霍夫心想,是时间扮成蒙古祖先阿勃——拉依的模样看望他来了……①

---

① 〔俄〕安·别雷著:《彼得堡》,靳戈(即钱善行)、杨光译,作家出版社1998年版,第374—376页。

尼古拉发现在门中的人原来是时间。神话中的时间之父，是一位带镰刀的老人，丰收的象征，被认为是全部自然界的祖辈。传说时间是一位提坦神，为了占有他父亲的权杖，用镰刀阉割了自己的父亲，并吞下了自己的孩子，使他们不能推翻自己。由这个情节中生出的时间，反对自己的父亲——时间之父。

小说中替代镰刀的是个"东方的小盘，里面放着一堆香喷喷的玫瑰色中国苹果：天堂般美好的苹果"。苹果也是果实和收获的象征。苹果，东方的小盘，内置炸弹的沙丁鱼罐头，都呈现出圆形外观。圆形让人联想到彼得环圈。这正是尼古拉一直要摆脱的，他要摆脱他许给某个地下党的诺言，他要摆脱彼得环圈的控制，摆脱历史的无意义。尼古拉否定时间的无意义循环。他要接受一场可怕的审判。

> 这是一场可怕的审判。
>
> ……
>
> 你的父亲是谁？
>
> ……
>
> 行星运转的周期——亿万年一圈，这是真的。没有地球，没有金星，没有火星，绕着太阳运转的只是三个图兰环圈；第四个刚刚破裂开，巨大的木星就准备变成世界；一颗古老的土星从烈火熊熊的中心掀起黑色的分区波涛；一片云雾腾腾；而尼古拉·阿波罗诺维奇已经被他父亲土星扔进无限；四周围的距离变得越来越远。
>
> 第四圈的王国快结束的时候，他已经在大地上了：当时土星之剑非常危险地悬在空中……他现在想爆炸；向父亲扔炸弹；向很快流逝的时间本身掷炸弹。但是父亲是——土星，时间的环圈转回来了。
>
> ……
>
> 他渴望炸断时间本身。因此，全都毁了。
>
> ……

一切都在往回转动——可怕的转动。

在一片漆黑中,传来响亮的转动声:"嘟哝,嘟哝,嘟哝。"

那个纪元要往回跑。

"那我们要到哪个纪元?"

但土星阿波罗·阿波罗诺维奇哈哈大笑起来,他回答说:

"没有哪一个,柯连卡,没有哪一个:我亲爱的,历法——是零……"

尼古拉·阿波罗诺维奇心灵的可怕内容,像嗡嗡响的陀螺,它不安地转动(在心脏的那个部位):它在鼓胀和扩大;好像觉得:心灵的可怕内容——一个圆圆的零——变成了一个令人难受的球;原来;骨头被炸裂成了碎片,——这就是逻辑。

这是一场可怕的审判。

……

"我是? 零……"

"那么,零呢?"

"这个,柯连卡,是一枚炸弹……"①

从尼古拉的梦中出现的滴答滴答声、物体的圆形相似性、土星的回转等,都可以看出时间呈圆形转动。作者将时间,一个纯粹抽象的概念,运用感觉的多样性联合表达了出来。从时间张开的大嘴到嘟哝声使人想起的表的滴答声,到最后土星说出的零,一切以零结束。时间的声音形象、零和各种其他圆形视觉形象,加上主人公自己的无力的感觉唤醒了尼古拉的自我意识,使他意识到他全部杀父计划的可怕性。别雷成功地找到了感觉之间的联系以及它们与相应的符号之间的联系,并将其出色地表达了出来。学者沙尔林·卡斯德拉诺曾把《彼得堡》中所表现的这种联

---

① [俄]安·别雷著:《彼得堡》,靳戈(即钱善行)、杨光译,作家出版社1998年版,第380页。

觉提高到"作家叙事的启示录般的象征基础上的美学原则"的高度①。

"彼得之圈"是作品营造的一种历史运行模式。从彼得定都彼得堡进行全盘欧化改革之时,俄罗斯人就失去了俄罗斯式的思维模式,或多或少地受到西方思想的影响。彼得的举措极大地影响了俄国的发展。历史以彼得经营的模式运行了百年,却迎来了帝国令人哀叹的黄昏,轰隆隆的倒塌声就是标志:

> 阿波罗·阿波罗诺维奇·阿勃列乌霍夫——石块轰隆隆响的一击;彼得堡——石块的一击;大门口那边将倒下的女像柱——石块同样的一击;追捕——不可避免;撞击——也不可避免;在顶层亭子间——你没法藏身;顶层亭子间是利潘琴科给准备的;连顶层亭子间——也是个陷阱;摧毁它——给利潘琴科……当头一击!②

而这种毁灭性的轰隆声,正是"铜眼睛的巨人"——彼得带来的。

> 只踩了三脚:塌下的原木在高大的客人脚下喀嚓嚓三响;一个铜铸的沙皇用自己的金属臀部响亮地坐到椅子上;从外套下伸出……把喇叭管塞进结实的嘴唇里,月光下随即升起一道铜融化后冒出的绿烟。③

"铜眼睛的巨人"的行为将帝国令人哀叹的黄昏与帝国辉煌的早晨连接:

---

① *Шарлин Кастеллано. Синестезия*: Язык чувств и время повествования в романе Андрея Белого 《 Петербург 》.// *РедакторБойчук А. Г.* Андрей Белый. Публикация и исследования. М. , 2002. С. 211.

② 〔俄〕安·别雷著:《彼得堡》,靳戈(即钱善行)、杨光译,作家出版社1998年版,第492页。

③ 〔俄〕安·别雷著:《彼得堡》,靳戈(即钱善行)、杨光译,作家出版社1998年版,第493页。

铜眼睛的巨人通过时间的阶段直追赶到这一瞬间,完成了一个铸圈;四分之一世纪过去了……亚历山大·伊凡诺维奇是个影子,他不知疲倦地跑完那个圈,跑完时间的全部周期……而那些粉碎着生活的金属撞击的轰隆声——则在追赶他,追赶大家……

时间的周期轰隆隆地在响;这轰隆声,我听到了。你听到了吗?①

这里的"彼得之圈"就是时间的环形运转的结果。作家通过视觉、听觉、触觉感受共同渲染出可怖的"彼得之圈"形象。在这个一百年的时间周期中,不只是亚历山大在重复着叶甫盖尼的命运,还有"过去的一个世纪就这么在重演"。作者借助于各种具体可感的形象,揭示出彼得之圈对于俄国历史造成的巨大影响。

4. 泛灵论的投射

关于泛灵论的投射,昆第利安和朋斯分别指出它包括了"用生命的事物来比拟无生命的事物的隐喻",这"表明诗歌仍然是忠于前科学时期的思想方式。诗人仍然具有儿童和原始人的万物有灵的观点"②。洛斯基在分析别雷的哲学思想时总结道:"在总体上,安德烈·别雷的哲学是泛神论的变种。"③小说《银鸽》就曾鲜明地反映出这一特点。艾·贝尔特在分析《银鸽》时说:"别雷的艺术世界像是原始时代人的宇宙,那里所有的东西——人们、动物、植物、矿物、星际物体分别具有发现隐秘、神圣的意义的能力。"④别雷在 20 世纪引入了原初的诗学要素。如同

---

① [俄]安·别雷著:《彼得堡》,靳戈(即钱善行)、杨光译,作家出版社 1998 年版,第 492 页。
② 王先霈、王又平主编:《文学批评术语词典》,上海文艺出版社 1999 年版,第 243 页。
③ [俄]H. O. 洛斯基著:《俄国哲学史》,贾泽林等译,浙江人民出版社 1999 年版,第 428 页。
④ *Бибихин В. В. Орфей безумного века. // Составители :Лесневский Ст. , Михайлов Ал. Андрей Белый. Проблемы творчества. М. , 1988. C.519.*

我们在上一章分析的一样,作家在小说《彼得堡》中将自己的这一信仰贯穿于自己所描写的所有对象,这种信息是通过小说极为生动的语言传递的。

让我们来领略一下《彼得堡》中的一段十分典型的景色描写:

潮湿的秋天降临到彼得堡;忧郁的九月开始了。

天上漂游着一片片淡绿色的云朵;它们凝集成黄分分的烟云,胁迫着房顶。淡绿色的云朵不停地从涅瓦河平原无边地远处升起来;深得发黑的河水像钢铁般的鱼鳞冲击着两岸;彼得堡那边的尖顶奔驰着……躲进淡绿色的云朵里。

轮船的烟囱口冒出一股黑烟,在天空中划出一道忧郁的弧形;并把尾巴落在了涅瓦河上。

涅瓦河在咆哮,呜呜呜驶过的轮船在那里像吹哨子似的发出绝望的叫喊,把自己钢盾般的波涛堆到石墩旁边;波涛冲击着花岗岩,凶猛的涅瓦河寒风把男式便帽、雨伞、外套和大檐帽刮走。空气中到处飘荡着灰白色的腐烂物质;湿漉漉的骑士雕像依旧从这里的悬崖上把沉甸甸的发绿的铜块投往涅瓦河,掷向在白色的污浊之中。①

从这段描写中我们可以感受到,无论是潮湿的秋天、云朵、黑烟、尖顶、涅瓦河、寒风或是骑士雕像,都如同生活在彼得堡的城市精灵,它们占据着彼得堡,影响着彼得堡。

别雷认为,彼得堡的精灵们拥有一种能使世界变得"忧郁"的能力。它们的这种能力与彼得堡——这个在沼泽上建立的城市的传说有关。据说沼泽是不祥之地,因为生活在沼泽中的精灵会给人带来厄运。所以彼得堡——"这个在芬兰湾沼泽地上形成的城市"是一个"属于阴间的地狱

---

① [俄]安·别雷著:《彼得堡》,靳戈(即钱善行)、杨光译,作家出版社1998年版,第68页。

般的城市"。这个城市的奠基人也是它永恒的统治者就是地狱之王普鲁同。于是这些沼泽精灵也变成地狱的"卡戎"。这些地狱的隐秘统治者们是这个城市真正的主宰。它们掌握着城市居民的命运,甚至连"一个重要机构的参政员"也被它们"偷偷抓来";而且它们还主宰着城市的命运:"彼得堡必将下沉"。总之彼得堡的一切:月光,灌木丛,狭窄的亭子间,女像柱,一个机构等等,都是罪恶的精灵,灾难的制造者。它们就像是从潘多拉的盒子里跑出来的魔鬼,带给人间的只有灾难。它们不仅占据彼得堡,甚至还想统治整个俄罗斯。这些可怕的彼得堡的幽灵们以自己超凡的能力协同彼得共同编织着"彼得之圈"。

　　别雷就是这样借助于"万物有灵"的思维、拟人化的语言效果,编织出帝国末日的最后一个神话。

　　在这一节里我们分析了《彼得堡》语言的四大特点:音乐性、多义性、形象性和隐喻性。别雷曾说:"普希金的词典是受过高等教育的知识分子和比俄语更好地掌握了法语的人的词典。……在果戈理那里,很多词典和句法学的难解之谜结合起来……普希金的语言总结了优秀的俄罗斯修辞学家(从堪杰米尔到莱蒙诺索夫)做出的努力……果戈理的句子开启了一个新的时代,就是我们也在享有他的成果:它体现在马雅可夫斯基、赫列勃尼科夫、无产阶级的诗人和作家的作品中。"①我们有理由认为,别雷的语言表达同样开启了一个新的时代。别雷全面调动语言的语音、词汇、语法和修辞等手段,形成了一种特殊的"语言表现形式",反拨了 19 世纪以圆整、规则为基调的语言标准,为在作品中表现具有20 世纪特征的主题和思想,寻觅到了新的也是最富活力的语言表现形式。

　　本章我们从小说结构、叙事者形象、语言特色三个方面分析了《彼得堡》这部小说在艺术形式上对 19 世纪俄国传统文学的继承和革新,展现

---

① *Белый А.* Мастерство Гоголя:Исследование. М. , 1996. C. 18 - 19.

了别雷小说的形式魅力,为的是领略别雷独特的精神世界、理解别雷的
"不同寻常的主题"。多尔戈波洛夫说过:十分费力地通过《彼得堡》修辞
上的艰深和笨拙,我们就能开始更好地认识自己、自己的时代和自己的
历史。①

① *Долгополов Л. К.* Андрей Белый и его роман《Петербург》. Л. , 1988. С. 25.

结　　语

　　长篇小说《彼得堡》是安德烈·别雷的思想探索和艺术追求的最重要的结晶。在这部内容深奥复杂、形式新颖奇特的作品中，别雷描绘了一幅将要降临的世界性灾难的图景，表达了自己对处于东西方之间的俄罗斯历史命运、对俄罗斯文化发展道路的思考，对完整和谐人性的追求和对人生价值的探索，宣告了绵延两个世纪的"彼得堡神话"的终结。

　　别雷创造出一个纯粹意识的世界。在这里，作家将主体意识分裂为诸多意识。小说的时间、空间、人物及其相互关系、场景和事件都成为这些意识的演绎和外化，它们共同表达出作家对俄国历史和文化的反思。他建立起一个特殊的艺术象征系统。小说中的人物都成了某种面具或某种象征符号，而事物却被作家运用了拟人化的手法加以人格化。这些人物和事物共同言说着作家对生命的独特认识和改造人性的理想。不仅如此，别雷还在叙事结构、叙事方式和小说语言方面进行了大胆的试验和创新，使之契合自己的艺术理想。他以自己的这部独树一帜的《彼得堡》显示出对 19 世纪俄罗斯文学传统的超越，并对 20 世纪俄罗斯文学产生了深远的影响。

　　和所有的现代主义者一样，别雷认为艺术是通往真理、意义和价值的唯一出路，也是克服 20 世纪初各种危机的唯一途径。别雷以自己的方式

追求心灵的革命,渴望改造生活,希望借助于新的包罗万象的文学改变人
们相互关系的本质。因为他始终相信"象征主义使艺术产生了决定性的
特点,由此它不再只是艺术,它成为自由人类的新生活和新宗教"①。
1910 年别雷出版了一部重要的理论著作——论文集《象征主义》,集子中
的文章之一《意义的标志学》,把我们带往了《彼得堡》的哲学世界。在这
里,别雷确认真正的创作是生活本身的创作,首先需要领悟人和世界的本
质即"宗教"的秘密的意义。这样美学就将变成伦理学,象征就不但是潜
在的、暗示的意义的表达,而且是"心灵的自然力","感觉的统一,也就是
人关于自身知识的无止境的更新的表达"②。事实上,在《彼得堡》整部作
品中,我们确实可以看到,抒情认知因素胜过了理性认知因素。

　　受尼采思想的影响,别雷相信善就是美。《彼得堡》的主人公不断追
寻心灵的自我完善,以摆脱"既美也丑"的面具。自我完善的概念在小说
中仍有它的现实意义。别雷认为美和善的意义就是形式和内容的一致原
则。这个原则是以他对象征意义的理解为基础的。他坚持认为"统一就
是象征……象征主义的统一就是内容和形式的统一"③。别雷确信,内容
只能有它得以彰显给我们的那种形式,一种形式也只能有一种内容,就像
美只能成为善的表达一样。别雷的新艺术世界观基于他努力将象征特点
与典型特点融合,将象征提高到典型概括的高度。这种方法使他笔下的
现实变成了一种感觉客体,变成了多种神秘想象的结果,客体和主体、存
在和日常生活融会起来,但同时又永远分离。

　　无论别雷的个性如何分裂,无论他的思想如何多变,也无论他的语言
是多么令人出乎意料,他的形式都永远令人难以捉摸。然而恰如他所说
过的:"真正严肃的就是我对俄罗斯的爱,对俄罗斯人民的爱,它是我心

①　*Хмельникая Т. Литературное рождение Андрея белого. // Составители : Лесневский Ст. , Михайлов Ал.* Андрей Белый. Проблемы творчества. М. , 1988. С.103.
②　*Белый А.* Критика. Эстетика . Теория символизма Том I. М. , 1994. С.87.
③　*Белый А.* Критика. Эстетика . Теория символизма Том I. М. , 1994. С.91.

灵之唯一完整的音符。"①在此,笔者不由得想起美国学者玛丽亚·卡尔森所说的一段话,她说:"别雷的成功在于他表现在象征主义小说中的想象的成就和他的思想的高尚优美。无论读者如何对待别雷基于灵感基础上产生的世界观,他都应该赞叹别雷对于人类心灵本质价值这一信念的力量。对这种心灵本质价值的信念充分表现在他的小说和理论文章中。别雷把这些小说和文章看成一条人类应该前进的道路,一条能够保存基本的人(性)的价值并最终顺利解放所有人类心灵之中优秀之质的道路。"②

对此,我深以为然。

① *Пискунов В. М. сост.* Воспоминания об Андрее Белом. М. , 1995. С. 1.

② Carlson Maria. *The Conquest of Chaos：Esoteric Philosophy and the Development of the Andrei Belyi's Theory of Symblism as a World View* (1901—1910). Indiana, 1981, p.354.

附录一

别雷生平与创作年表

1880 年 10 月 14 日,安德烈·别雷(原名鲍里斯·尼古拉耶维奇·布加耶夫)出生在莫斯科大学的一个数学教授的家庭。

1899—1903 年,就读于莫斯科大学数学—物理系自然科学专业。

1902 年,出版处女作《交响曲》(第二部《交响曲》,即《戏剧交响曲》)(Симфония . 2-я, драматическая. М.: Скорпион)。

1903 年,别雷成为象征主义的重要代表人物之一,他写下了纲领性的文章《论巫术》(О теургии),《作为世界观的象征主义》(Символизм как миропонимание)等。

1904 年,别雷在莫斯科大学语文历史系学习。出版《北方交响曲》(即第一部《英雄交响曲》)(Северная симфония. 1-я, героическая. М.: Скорпион);出版第一本诗文集《碧空之金》(Золото в лазури. М.: Скорпион)。

1905 年,出版第三部《交响曲》(即《复归》)(Возврат. 3-я симфония. М.: Гриф)。

1906 年,别雷放弃大学的学习,成为人智学家鲁道夫·施泰纳(1861—1925)的追随者。他先到德国,后去了法国。

1907 年,别雷回国,参加诗集及理论文章的出版工作。

1908 年,最后一部第四部《交响曲》(即《雪杯》)(Кубок метелей. Четвертая симфония. М.: Скорпион)出版。

1909 年,结识艺术家阿霞·阿列克谢耶夫娜·屠格涅娃(Анна Алексеевна Тургенева, 1890—1966)。诗集《灰烬》(Пепел. Стихи. СПб.: Шиповник)和《骨灰盒》(Урна Стихотворения. М.: Гриф)出版。

1910 年,出版小说《银鸽》(Серебряный голубь. Повесть в 7-ми главах. М.: Скорпион),论文集《象征主义》(Символизм. Книга статей. М.: Мусагет),《绿草地》(Луг зеленый. Книга статей. М.: Альциона),稍后《阿拉伯图案》(Арабески. Книга статей. М.: Мусагет)出版。

1911 年,别雷和屠格涅娃去突尼斯、埃及等地,之后别雷开始创作小说《彼得堡》(Петербург)。出版《托尔斯泰和陀思妥耶夫斯基的创作悲剧》(Трагедия творчества Достоевский и Толстой. М.: Мусагет)。

1912—1916 年,别雷出国,主要生活在德国和瑞士。

1913—1914 年,长篇小说《彼得堡》(Петербург. 《Сирин》. СПб)在《美人鸟》杂志连续发表。

1914 年,第一次世界大战爆发。

1916 年,别雷响应应征入伍号召回国。长篇小说《彼得堡》(Петербург. Пг.)单行本发行。

1917 年,别雷积极评价了十月革命,认为它是"净化心灵的革命"。参与编辑、出版文集《西徐亚人》(Скифы. сб. 1. Пг.)。

1918 年,出版长诗《基督复活》(Христос воскрес. Поэма. Пб.: Алконост)。

1918 年,出版《在转折点上:生活的危机(第一卷)》(На перевале. I. Кризис жизни. Пб.: Алконост);出版《在转折点上:生活的危机(第二卷)》(На перевале. Ⅱ. Кризис мысли. Пб.：Алконост)。

1919 年，别雷一直努力出国。出版诗集《星星》(Звезда. Новые стихи. М.：Альциона)，故事集《公主与骑士》(Королевна и рыцари. Сказки. Пб.：Алконост)。

1920 年，最后一卷《在转折点上：生活的危机（第三卷）》(На перевале. Ⅲ. Кризис культуры. Пб.：Алконост)出版。

1921 年，获准出国。出版长诗《第一次相遇》(Первое свидание. Поэма. Пб.：Алконост)。

1921—1923 年，别雷旅居德国。主编《史诗》(Эпопея)杂志，在该刊连载《回忆勃洛克》(Воспоминания о Блоке)。

1922 年，出版长篇小说《柯季克·列塔耶夫》(КотикЛетаев. Пб.：Эпоха)。出版《回到祖国》(Возвращение на родину. Отрывки из повести. М.：Книгоиздательство писателей в Москве)。出版《论认知的意义》(О смысле познания. Пб.：Эпоха)，《词的诗学》(Поэзия слова. Пб.：Эпоха)。出版《复归》(Возврат. Повесть. Берлин：Огоньки)，《无声的呓嚅：关于声音的长诗》(Глоссолалия. Поэма о звуке. Берлин：Эпоха)，《怪人笔记》(Записки чудака. Берлин：Геликон)，柏林版《彼得堡》(Петербург. Роман. Берлин：Эпоха)，《银鸽》(Серебряный голубь. Роман. Берлин：Эпоха)，《关于俄罗斯的诗歌》(Стихи о России. Берлин：Эпоха)，《别离之后：柏林的歌手》(После разлуки. Берлинский песенник. Пб.；Берлин：Эпоха)，《旅途笔记》(Путевые заметки, т. 1. Сицилия и Тунис. Берлин：Геликон)等。

1923 年，别雷获准返回苏联。

1924 年，发表德国印象札记《一处影子王国的寺院》(Одна из обителей царства теней. Л.：Государственное изд-во)。

1926 年，出版小说《莫斯科怪人》(小说《莫斯科》的第一部分)

（Московский чудак. Первая часть романа "Москва". М. : Круг）；出版
《莫斯科遭受打击》（小说《莫斯科》的第二部分）（Москва под ударом.
Вторая часть романа "Москва". М. : Круг）。

1927 年，出版《受洗礼的中国人》（Крещеный китаец. Роман. М. :
Никитинские субботники）。

1929 年，出版作诗法研究文集《作为辩证法的节奏与〈铜骑士〉》
（Ритм как диалектика и "Медный всадник". Исследование М. :
Федерация）。

1932 年，出版小说《面具》（Маски. Роман. М. ; Л. : ГИХЛ）。

1930—1935 年间，出版回忆录三部曲《两世纪之交》（На рубеже
двух столетий, М. ; Л. : Земля и фабрика），《世纪之初》（Начало века
М. ; Л. : ГИХЛ）和《两次革命之间》（Между двух революций.
Издательство Писателей в Ленинграде）。

1934 年，出版研究著作《果戈理的技巧》（Мастерство Гоголя.
Исследование. М. ; Л. : ГИХЛ）。

1934 年 1 月 8 日，别雷在莫斯科去世。

附录二

国内别雷研究论文要目

杜文鹃:《象征主义,洞察本真世界——安德烈·别雷象征主义理论探微》,《外国文学评论》1998 年第 4 期。

杜文鹃:《象征的小说和小说的象征化》,《俄罗斯文艺》1999 年第 1 期。

刘亚丁:《〈交响曲〉——俄国古典小说的终结》,《外国文学评论》1996 年第 1 期。

林精华:《〈彼得堡〉:在人文价值内涵上空前增生的文本》,《国外文学》1997 年第 4 期。

钱善行:《一部被冷落多年的俄罗斯文学名著——关于长篇小说〈彼得堡〉及其作者》,《世界文学》1992 年第 4 期。

汪介之:《高尔基与别雷:跨越流派的交往和沟通》,《外国文学评论》2002 年第 4 期。

汪介之:《弗·索洛维约夫与俄国象征主义》,《外国文学评论》2004 年第 1 期。

王彦秋:《语言的作曲家——论安·别雷的〈交响曲〉及其文学道路》,《俄语语言文学研究》,文学卷第一辑,人民文学出版社 2002 年版。

吴倩:《从抽象的模式化图形谈起——〈彼得堡〉中阿波罗·阿勃列乌霍夫的象征形象分析》,《俄语语言文学研究》,文学卷第二辑,人民文学出版社 2003 年版。

杨秀杰:《安·别雷的艺术理念探源》,《俄罗斯文艺》2003 年第 6 期。

杨秀杰:《隐喻与象征主义诗歌——别雷诗集〈碧空之金〉中隐喻的特点》,《解放军外国语学院学报》2002 年第 6 期。

郑体武,《从永恒女性到耶稣基督——勃洛克与别雷的诗歌对话》,《外国文学研究》1994 年第 2 期。

祖国颂:《试析〈彼得堡〉的叙事艺术》,《外国文学评论》2002 年第 4 期。

参考文献

俄文部分:

Бавин С., *Семибратова И.* Судьбы поэтов серебрянного века, М. , 1993.

Редакция коллегия: *Багно В. Е.*, *КорконосенкоК. С.*, *Тиме Г. А.*, *Туниманов В. А.* Толстой или Достоевский ? Филососко – Эстетические искания в культурах Востока и Запада. М. , 2003.

Редактор Балашов. В. П. Андрей Белый и Александр Блок. Переписка. 1903—1919. М. , 2001.

Белый Андрей. Символизм как миропонимание М. , 1994.

Белый Андрей. Серебряный голубь. М. , 1989.

Белый Андрей Петербург . М. , 1994.

Белый Андрей. На рубеже двух столетий. М. , 1989.

Белый Андрей. Начала века. М. , 1990.

Белый Андрей. Между двух революции. М. , 1990.

Белый Андрей. Критика. Эстетика. Теория символизма. М. , 1994.

Белый Андрей. Сочинения. Золотая проза Серебряного века.

М. , 2001.

Белый Андрей. Мастерство Гоголя : Исследование. М. , 1996.

Бердяев Н. Астральный роман : Размышление по поводу романа А. Белого《Петербург》 // *Бердяев Н.* Философия творчества, культуры и искусства. М. , 1994.

Бойчук. А. Г. Редактор Андрей Белый. Публикация и исследования. М. , 2002.

Болдырева Е. М. , Буровцева Н. Ю. , Кучина Т. Г. и др. Русская литература. X X век. М. , 2002.

Редакция коллегия : Быстров В. Н. , Грякалова Н. Ю. , Лавров А. В. Писатели символистского круга . новые материалы. С.-Петербург, 2003.

Георг Хенрик фон Вригт. Три мыслителя . Санкт-Петербург, 2000.

Голощапова З. И. Одинокий гений Серебряного века. Железнодорожный, 2010.

Гречнев В. Я. сост. История русской литературы . Л. , 1983.

Долгополов Л. Андрей Белый и его роман 《Петербург》. Л. , 1988.

Долгополов Л. На рубеже веков . О русской литературе конца 19- начала 20 века. Л. , 1985.

Ермилова Е. В. Теория и образный мир русского символизма. М. , 1989.

Казин А. Л . Сост. Андрей Белый . Критика эстетика теория символизма. М. , 1994.

Научные ректоры : Келдыш В. А. , Полонский В. В. Поэтика русской литературы концаXIX － начала XX века. Динамика жанра. Общие проблемы. Проза. М. , 2009.

Отв. редактор Келдыш. В. А. Русская литература рубежа веков Ⅱ.

（1890—е—начало 1920—х годов）. М. , 2001.

Колобаева Л. А. Русский символизм. М. , 2000.

Констатинович Д. Л. На рубеже веков. Л. , 1985.

Лавров. А. В. Андрей Белый: Разыскания и этюды. М. , 2007.

Составители Лекманов О. А. , Полонский В. В. Русская литература конца XIX- начала XX века в зеркале современнойй науки. М. , 2008.

Лесневский Ст. , Михайлов Ал. сост. Андрей Белый. . Проблемы творчества. М. , 1988.

Минералова И. Г. Русская литература серебряного века Поэтика символизма. М. , 2004.

Минц З. Г. Поэтика русского символизма. С. -Петербург, 2004.

Мочульский К. В. Андрей Белый. Томск, 1997.

Набоков В. В. Лекция по зарубежной литературе. М. , 1998.

Набоков В. В. Лекция по русской литературе. М. , 2001.

Николаев П. А. сост. Русские писатели 1800—1917 . М. , 1989.

Пискунов. В. М. Андрей Белый: Собрание сочинений. Символизм. Книга статей. М. , 2010.

Пискунов. В. М. сост . Воспоминания об Андрее Белом. М. , 1995.

Главный редактор Пруцков. Н. И. История русской литературы, Т4. Л. , 1983.

Сухих И. Н. Двадцать книг XX века Эссе. СПБ. , 2004.

Спивак М. Л. Андрей Белый ‐ мистик и советский писатель. М. , 2006.

Отв. Редактор Спивак М. Л. Андрей Белый в изменяющемся мире. М. , 2008.

Сост. Спивак М. Л. , Зайцев П. Н. Последние десять лет жизни Адрея Белого. Литературные встречи. М. , 2008.

Тузков С. А. Неореализм: Жанрово-стилевые поиски в русской литературе конца XIX- начала XX века. М. , 2009.

Чистяковой Э. Н. Андрей Белый. Душа самосознающая . М. , 1999.

Ханзен-Леве А. Мифопоэтический символизм. С. –Петербург, 2003.

Ямпольский И. Поэты и прозаики: статьи о русских писателях 19- начала 20 века. Л. , 1986.

英文部分:

Alexandrov, Vladimir E. *Andrei Bely, The Major Symbolist Fiction.* Cambridge, 1985.

Biely, Andrey. *St. Petersburg.* Translated by John Cournos. New York, 1959.

Cioran, Samuel David. *The Apocalyptic Symbolism of Andrej Belyj.* The Hague, 1973.

Elsworth, John. ed. *Silver Age in Russian Literature.* Hampshire, 1992.

Garrard, John. ed. *The Russsian Novel from Pushkin to Pasternak.* New Haven, 1983.

Paperno, Irina and Joan Delaney Grossman. eds. *Creating Life: the Aesthetic Utopia of Russian Modernism.* Stanford, 1994.

Peterson, Ronald E. *A History of Russian Symbolism.* Amsterdam, 1993.

Steinberg, Ada. *Word and Music in the Novels of Andrey Bely.* Cambridge, 1982.

中文部分:

[俄]巴赫金著:《小说理论》,白春仁等译,河北教育出版社1998年版。

［俄］巴赫金著:《哲学美学》,晓河等译,河北教育出版社 1998 年版。

［俄］巴赫金著:《文本 对话与人文》,白春仁等译,河北教育出版社 1998 年版。

［俄］巴赫金著:《诗学与访谈》,白春仁等译,河北教育出版社 1998 年版。

［俄］别尔嘉耶夫著:《俄罗斯思想》,雷永生等译,三联书店 1996 年版。

［俄］别尔嘉耶夫著:《俄罗斯灵魂》,陆肇明、东方钰译,学林出版社 1999 年版。

［美］布斯著:《小说修辞学》,华明等译,北京大学出版社 1987 年版。

董小英著:《叙事学》,社会科学文献出版社 2001 年版。

杜文娟著:《诠释象征——别雷象征艺术论》,中国传媒大学出版社 2006 年版。

［法］格雷马斯著:《论意义:符号学论文集》(上),吴泓渺、冯学俊译,百花文艺出版社 2005 年版。

金亚娜主编:《俄语语言文学研究(文学卷)》,黑龙江大学俄语言文学研究中心编,人民文学出版社 2002 年版。

何云波著:《陀思妥耶夫斯基与俄罗斯文化精神》,湖南教育出版社 1997 年版。

［美］马丁著:《当代叙事学》,伍晓明译,北京大学出版社 1990 年版。

［美］米勒著:《解读叙事》,申丹译,北京大学出版社 2002 年版。

［俄］利哈乔夫著:《解读俄罗斯》,吴晓都等译,北京大学出版社 2003 年版。

李辉凡著:《二十世纪初俄苏文学思潮》,社会科学文献出版社 1993 年版。

李幼蒸著:《理论符号学导论》,中国人民大学出版社 2007 年版。

林贤治主编:《舍斯托夫集》,上海远东出版社 1997 年版。

罗钢著:《叙事学导论》,云南人民出版社 1995 年版。

〔英〕罗杰·福勒著:《语言学与小说》,於宁等译,重庆出版社 1991 年版。

〔法〕罗兰·巴特著:《S/Z》,屠祥友译,上海人民出版社 2000 年版。

〔法〕罗兰·巴尔特著:《符号学历险》,李幼蒸译,中国人民大学出版社 2008 年版。

〔法〕罗兰·巴尔特著:《文艺批评文集》,怀宇译,中国人民大学出版社 2010 年版。

〔俄〕洛特曼著:《艺术文本的结构》,王坤译,中山大学出版社 2003 年版。

〔俄〕马克·斯洛宁著:《现代俄国文学史》,汤新楣译,人民文学出版社 2001 年版。

〔俄〕М. Ф. 奥夫相尼科夫著:《俄罗斯美学思想史》,张凡琪等译,中国人民大学出版社 1990 年版。

彭克巽主编:《苏联文艺学学派》,北京大学出版社 1999 年版。

〔俄〕舍斯托夫著:《悲剧的哲学——陀思妥耶夫斯基与尼采》,张杰译,漓江出版社 1992 年版。

申丹著:《叙事学与小说文体学研究》,北京大学出版社 1998 年版。

〔美〕苏珊·S. 兰瑟著:《虚构的权威》,黄必康译,北京大学出版社 2002 年版。

〔俄〕弗·索洛维约夫著:《俄罗斯与欧洲》,徐凤林译,河北教育出版社 2002 年版。

陶东风著:《文体演变及其文化意味》,云南人民出版社 1995 年版。

图尔科夫著:《勃洛克传》,郑体武译,东方出版中心 1993 年版。

汪剑钊编选:《别尔嘉耶夫集》,上海远东出版社 2004 年版。

汪介之著:《俄罗斯命运的回声:高尔基的思想和艺术探索》,漓江出版社 1993 年版。

汪介之著:《现代俄罗斯文学史纲》,南京出版社 1995 年版。

汪介之著:《远逝的光华:白银时代的俄罗斯文化》,译林出版社 2003 年版。

汪介之著:《回望与沉思:俄苏文论在 20 世纪中国文坛》,北京大学出版社 2005 年版。

王彦秋著:《音乐精神:俄国象征主义诗学研究》,北京大学出版社 2008 年版。

王佐良、丁往道主编,《英语文体学引论》,外语教学与研究出版社 1987 年版。

王泰来等编译,《叙事诗学》,重庆出版社 1987 年版。

[美]韦勒克、沃伦著:《文学理论》,刘象愚等译,江苏教育出版社 2005 年版。

[英]以赛亚·伯林著:《俄国思想家》,彭淮栋译,译林出版社 2001 年版。

[美]约瑟夫·弗兰克等著:《现代小说中的空间形式》,秦林芳编译,北京大学出版社 1991 年版。

张杰著:《复调小说理论研究》,漓江出版社 1992 年版。

张杰、汪介之著:《20 世纪俄罗斯文学批评史》,译林出版社 2000 年版。

张杰、康澄著:《结构文艺符号学》,外语教学与研究出版社 2004 年版。

赵毅衡编选:《"新批评"文集》,中国社会科学出版社 1988 年版。

赵毅衡著:《文学符号学》,中国文联出版公司 1990 年版。

赵毅衡著:《当说者被说的时候——比较叙事学导论》,中国人民大学出版社 1998 年版。

赵毅衡编选:《符号学文学论文集》,百花文艺出版社 2004 年版。

中国社会科学出版社文学编辑室编:《小说文体研究》,中国社会科学出版社 1988 年版。

周启超著:《俄国象征派文学理论建树》,安徽教育出版社 1998年版。

周启超著:《白银时代俄罗斯文学研究》,北京大学出版社 2003年版。

周启超著:《俄国象征派文学研究》,社会科学文献出版社 1993年版。

索　引

后　记

　　我想,在完成此书之后,自己也许才真正开始理解别雷。现在,在我看来,别雷已不再是文学史上的一个令人生畏的名字,而是经受着风雨的洗礼却始终执著于改变人类命运、建设理想生活的一个不安的灵魂。

　　帕斯捷尔纳克曾说别雷"具备才子的一切特征"。的确,别雷的文章和作品使我深受其才华横溢之累,我对他是时而钦佩得赞叹不已(因为文法),时而憎恨得咬牙切齿(也因为文法)。掩卷而思,我既为别雷的智慧和勇气而感慨,也为自己的微薄之力而惶恐,因为他设的谜局常常令我百思不得其解。所以写作过程对于我来说就像是一个解谜的过程,有时"山重水复",有难以承受之重;有时却又"柳暗花明",有豁然开朗之快。别雷曾多次提到"对读者的要求",他指出,"阅读不是娱乐或者教育,而是合作"。然而这种合作几乎如同挑战。尽管写作过程十分艰难,但是肯定疏漏之处不少。在此恳请各位专家与读者的批评指正!

　　本书是我以自己的博士学位论文为基础重新写作的,中经大刀阔斧的修改,结构上的调整,内容上的充实,表述方式上的转换和文字上的反复推敲,尽管其中的不完善之处仍在所难免。能够完成这项任务,首先应该感谢我的导师汪介之教授。汪老师严谨的治学之风和开阔的学术视野给我留下了深刻的印象,尤其是他对文学研究的那份执著与热爱,更令人钦佩和赞叹。本书从最初的构思到谋篇布局、再到最终的语言润色,都得到过汪老师的指导和帮助。可以说,没有他的悉心指导、诲人不倦,就没有本书的问世。对于他的教育和培养,我深怀感激之情。

我还要感谢我的老师、南京师范大学外国语学院院长张杰教授。他始终关注和扶持着我的成长,给予了我热情的鼓励和无私的帮助。在本书的写作过程中,张老师给我提出了非常宝贵的意见。当然,还要感谢中国博士后科学基金会、南京师范大学学科办、博士后管理办、南京师范大学外国语学院和人民出版社对本书出版的大力支持!要感谢的,还有我的同学、同事、朋友和家人,感谢他们在多方面的关心和帮助。

最后,谨向在"别雷学"研究方面作出贡献的前辈中外专家和学者表示最诚挚的谢意!正是前辈们的研究成果为本书的系统研究提供了极富价值的参考。

管海莹

2011 年 5 月 22 日于南京

责任编辑:杨文霞
封面设计:肖　辉
责任校对:吕　飞

图书在版编目(CIP)数据

建造心灵的方舟——论别雷的《彼得堡》/管海莹 著.
　-北京:人民出版社,2012.4
ISBN 978－7－01－010592－5

Ⅰ.①建…　Ⅱ.①管…　Ⅲ.①别雷(1880—1934)-小说研究
　Ⅳ.①I512.074

中国版本图书馆 CIP 数据核字(2012)第 005673 号

建造心灵的方舟

JIANZAO XINLING DE FANGZHOU

——论别雷的《彼得堡》

管海莹　著

人民出版社 出版发行
(100706　北京朝阳门内大街 166 号)

环球印刷(北京)有限公司印刷　新华书店经销

2012 年 4 月第 1 版　2012 年 4 月北京第 1 次印刷
开本:710 毫米×1000 毫米 1/16　印张:17
字数:240 千字

ISBN 978－7－01－010592－5　定价:36.00 元

邮购地址 100706　北京朝阳门内大街 166 号
人民东方图书销售中心　电话 (010)65250042　65289539